无罪辩护

张海生——著

中国友谊出版公司

图书在版编目（CIP）数据

无罪辩护 / 张海生著. —北京：中国友谊出版公司，2016.7（2017.12重印）

ISBN 978-7-5057-3802-7

Ⅰ. ①无… Ⅱ. ①张… Ⅲ. ①长篇小说—中国—当代 Ⅳ. ①I247.5

中国版本图书馆CIP数据核字（2016）第178901号

书名	无罪辩护
作者	张海生
出版	中国友谊出版公司
发行	中国友谊出版公司
经销	新华书店
印刷	北京嘉业印刷厂
规格	700毫米×980毫米　16开 18.5印张　271千字
版次	2016年9月第1版
印次	2017年12月第5次印刷
书号	ISBN 978-7-5057-3802-7
定价	32.80元
地址	北京市朝阳区西坝河南里17号楼
邮编	100028
电话	（010）64668676

正义是需要追寻和求索的，因为我们无法达到一个完美的正义的现实，我们必须去追求。公正不是结果，而是一个过程。

——艾伦·德肖微茨

目录

城区西郊的棚户区里，一名年轻女性在租住的陋屋中遇害，凶手割断了她的喉咙，又残忍地砍断了她的双手，并剜出了她的双眼。

同时遇害的还有一名不足周岁的婴儿，这个可怜的孩子嘴唇发绀，脸色泛青，嘴里还叼着一截从女性被害人的身上割下来的右乳。

“我那天也是闲的，觉得这哑巴挺好玩，就跟着他，看看他到底想干啥。结果……”老罗犹豫了一下，叹了口气，“这人自己都过着有上顿没下顿的日子，讨来那点吃的，还跑到公园，跟几只流浪猫分着吃。”

“你说，这样的人，会去杀人？”老罗盯着我问。

大学一年级，成绩优异、长相甜美的刘颖被誉为该校的校花。那年的平安夜，晚自习后，这个被家长和老师寄予厚望的女孩儿穿着一袭单薄的白色睡裙，从宿舍楼顶的天台一跃而下。

伴随着她的死亡，一宗恶性的校园霸凌事件冲破了重重阻挠，血腥的罪恶终于暴露在了阳光之下……

引子

我……

我叫简明，四十三岁，单身。

和这个年纪的大多数人差不多，我有点胖，头发掉得也越来越多，估计用不了几年，我就该秃顶了，所以，前几天我索性剃了个光头，配合我右手虎口处的疤痕，这样子看起来的确有点吓人，但是相信我，我可是个穿着西装的不折不扣的办公室白领。当然，其实我不怎么喜欢长时间坐在办公桌前，如果你到办公室来找我，我更愿意半躺在沙发上接待你，这并不是说我不讲礼节，而是我的腰有点问题。

和这个年纪的大多数人也有点不同，四年前，我还不抽烟，但是现在，只要是烟，我就可以抽上两口。要知道，这个年纪才开始抽烟，并不是件容易的事情，所以，套句不怎么时髦的话，我抽的不是烟，是寂寞。我不喝酒，什么酒都不行，只要一点儿酒精，一些我不太愿意回忆的东西就会像冲破了堤坝的洪水猛兽，彻底将我吞噬。

相信我，那绝对不是什么愉快的事情。

与抽烟同时开始的另一个爱好是养花，家里，办公室里都养。但我只养郁金香，黄色的。我不怎么在意它们是否开放，是否漂亮，是否芬芳，只要它们还活着就行。当然，如果它们能活得好一点儿，我会更开心一些。

它们来自于同一批种子，一共十盆，曾经。

我……

对不起，我突然不知道该怎么往下说，如果这是一份征婚广告，接下来我应该介绍一下我的工作。

我有一间曾经很有名的律师事务所，是的，曾经很有名，有名到你在这个城市里提起“杰明律师事务所”，法官和检察官都会感到头疼无比。在我做刑辩律师的十年里，我们接手的刑事案件没有输过一次，几乎所有的当事人都被无罪释放。

真的，我没吹牛，就算一审输了，二审也都改判了。

但是现在，我已经四年没有接过刑事案件了，这间律所只是勉强还活着，有时候我还得自掏腰包养活在这里赚钱养家的人。只因为，我答应过他们，只要我还活着，这间律所就绝对不会关门。

不该是这样的，本来不该是这样的，我们本应该成为中国最有名的刑辩律师。

可是那两个家伙啊，却偏偏在律所最辉煌的时候，潇洒地转身离开了，留我一个人守着这个摊子。

我一个人，怎么可能打赢那些官司呢？

唉，我也不知道今天是怎么了，本来我是打算将这些东西带进棺材里的，可是，早上起来的时候，郁金香又死了一盆，现在，只剩下办公室里的那三盆还在苟延残喘了。

我突然间就觉得很伤感，这个世界上，果然没有什么东西会陪我走到最后，无论是人还是物，无论是有生命的还是没生命的。他们最终都会离我远去，就像从来没有在我的生命里出现过一样。

但是，真的没有出现过吗？

我知道不是这样的，空着的郁金香花盆，空着的律所副主任办公室，堆满了陈旧档案的保险柜，那辆二十年车龄还喷着黑烟在路上蠕动的本田……

就算我再怎么努力不去想、不去回忆，可这些东西就那么摆在那里，赤裸裸地揭示着现实：你无法回避已经发生的过去，就像你无法阻止已经发生的事实。

而且，今天早上，当那盆郁金香在我的后知后觉中结束了生命的时候，我知道，留给我的时间也不多了。

对不起，老罗；对不起，小静。原谅我在四年之后还是开始这样回忆你们。

本来，我答应过你们，永远不会再想你们的。

可是，谁叫四年前留在我右手虎口处的伤疤一次又一次地提醒着我，那盆该死的郁金香偏偏又在一个容易惹人伤感的阴天魂飞冥冥了呢。

而且，那些因为你们的努力，从断头台上捡回了一条命的人，那些因为你们的坚持，原本该被掩埋却得以重见天日的真相，也不希望就这样无人知晓吧。

那么，嘿，我准备好了故事，你们有酒吗?

001

林中女尸

法律的基本原则：为人诚实，不损害他人，给予每个人他应得的部分。

——查士丁尼

1

2002年9月15日，我二十九岁生日。

五年前我通过了司法考试，成为一名职业律师。几天前，我和大学时的同窗，一起通过了司法考试的罗杰合伙创办了杰明律师事务所。

这是我平生收到的最大的一份生日贺礼。

不过，事实上，所谓的合伙，只不过是老罗一厢情愿的说法罢了，我没出一分钱，可是老罗却给了我百分之五十一的股份，并让我做律所的主任，而他只做副主任。

“我这个人哪，自己啥德行自己最清楚，脾气臭，性子急，让我当领导，大家一准儿掉沟里。嗨，怎么开车呢？”对于我第五次提出的质疑，老罗一边忙着超车，一边解释，“你就不一样了，成熟，稳重，考虑事情全面，要说当领导，没有人比你更合适了。虽然你没什么进取心。”

“主任我当行，但是这个股份，是不是有点不太合适？”我抓着扶手，努力压住胃里的翻腾，刻意忽略了他最后一句话。

“嫌少？”老罗眉毛一挑，“大哥你也太贪心了吧？我这可都是家里拿的钱，换了别人他们还不同意给这么多股份呢。”

“不是，我的意思是是不是有点多了？”

“行了，像个爷们儿行不？磨磨叽叽的。”老罗猛地一打方向盘，已经七八年车龄的老本田发出了不堪重负的咆哮，却还是精准地插入了车流的缝隙中，拐上了一条小路，“这也是家里的意思，他们觉得啊，律所完全掌握在你手里才能有所发展，他们管这叫风险投资。”

“这边，这边。”一个穿着警服的女孩儿蹦蹦跳跳地挥着手，束在脑后的马尾辫随着她的跳跃欢快地律动着。

看到这个女孩儿，老罗结束了和我的争执，露出了一抹苦笑。“一定得去吗？”他看着我，苦着脸问。

“一定得去。”我用力点了点头，看着老罗的苦涩，又有点不忍心，用力拍了拍他的肩膀，“静也是一片好心，这可是她费了好大的劲儿才给咱们争取来的案子。”

是的，这就是我今天收到的生日礼物，律所开业后的第一个案子，一个刑事案件。

帮我们联系这个业务的女孩儿叫张静，比我们小四岁，是我们的小学妹，现在是省公安厅的刑事技术骨干。

上学的时候，她急性阑尾炎发作，恰好被老罗撞见，老罗二话不说抱着她狂奔了五公里送到医院。从那之后，张静就发誓非他不嫁。

对于这份飞来艳福，老罗却在第一次约会后就敬而远之。“你不知道，这丫头，看起来贤良淑德，实际上啊……”老罗打了个冷战，“反正我是受不了。”

“看看，看看……”那天约会回来，老罗翻着钱包，“一顿饭，顶我一个月的生活费。”

倒是张静，从来就没有放弃过追逐老罗的脚步，即便是毕业之后，两个人选择了不同的发展路线，张静也从来没有断了和我们的联系。

所以，对于老罗现在的表现，我一点儿都不觉得意外。

今天要接手的这个案子实际上发生在三个月前，6月15日，星期六，一个晴天。

和往常一样，天刚蒙蒙亮，鸟儿便迫不及待地鸣叫了起来，和它们同时起床的，还有那些精力旺盛的老人。

不到五点，公园的树林里就已经聚集了三三两两的晨练老人，这些老人或打太极，或散步，或做着一些一般人叫不上名字的运动。

这其中有一个老人显得极为特殊。他六十多岁，穿着一件白色的背心，一条紧身短裤，一头短发满是银色。完成了几圈倒着跑的慢跑之后，他走到一棵树下，吸气俯身，双手撑住地面，双脚用力，靠着那棵树完成了一个漂亮的倒立。

看得出，老人经常在这个位置做这样的运动，头下的地面已经变得坚硬光滑。

老人保持着这个姿势，平稳地呼吸着。过了几分钟，他脸上的表情渐渐变了，眼神里多了一丝犹疑。

扑通一声，他毫无预兆地摔倒在地。一旁晨练的老人赶忙围了上来。

“怎么了，老王，你没事吧？”一个老人关切地问道。

“林子里……有东西。”摔倒的老人有些惊慌地说道，皱了皱眉头，“好像是辆车。”

老人们看了一眼不远处的树林，郁郁葱葱的枝叶遮挡了他们的视线。

“你眼花了吧？那地方，谁会把车开进去啊。”一个老人说道。

摔倒的老人定睛看了一会儿，挠了挠头说：“也许吧。”

那里几乎是公园的最深处，生长着的都是百年以上的老树，这些晨练的老人平时都不会到那个地方去。

就在这时候，一阵微风吹过，茂密的枝叶动了动，这一次，所有人都看到了，在树林深处，停放着一辆小轿车，车尾灯还亮着。

“还真有辆车啊！”老人们惊讶道。

“去看看？”不知是谁提议道，老人们互相看了看，走进了树林。

五分钟后，老人们连滚带爬地跑了出来。“人……死人……在车里……”

一个老人结结巴巴地蹦出了几个字，却让守在外面的人们清晰地明白了，在那辆车里，有一个死人。

十分钟后，警察赶到了现场，拉起了警戒带。

经查，那是一辆黑色的英菲尼迪轿车，不知出于什么原因，从一条被野草覆盖的小路驶入了树林。

发现时，车门紧闭，车窗合拢。从车前挡风玻璃看进去，副驾驶座椅被放倒，座椅上躺着一个年轻的女孩儿。女孩儿穿着一件黑色的及膝风衣，胸前的扣子掉落，露出了里面凌乱的皮质内衣。

女孩儿的口鼻处有血迹流出，已经发黑。

警方打开了车门，证实女孩儿已经死亡多时，死亡时间应在前一天夜里，即6月14日11点到6月15日零点之间。

法医对女孩儿进行了尸检，在褪下女孩儿的风衣时，惊讶地发现，女孩儿在风衣下只穿了内衣和一双黑色的吊带袜。

而那套内衣是黑色皮质的。

“被害人身着性虐皮质情趣内衣一套。”见多识广的法医在鉴定报告里这样写道。

在女孩儿的脖颈处，法医发现了明显的扼痕，口唇、颜面青紫，眼结膜布满血痕，主检法医断定，女孩儿死于机械性窒息。

从现场情况看，女孩儿生前曾遭遇性侵，尸检也证明女孩儿生前有过性生活，在其阴道内发现了男性精液。在女孩儿的乳房上，发现了撕咬的痕迹。女孩儿的臀部也有被大力抽打过的痕迹。

车内却未见打斗迹象，从女孩儿的指甲内未能检验出任何有价值的线索，但车内发现了大量某男性的痕迹。

现场遗留的证件显示，死者林琳，20岁，本市某大学旅游管理专业在校学生。据其同宿舍的同学回忆，林琳很少在校内居住，她和男友在校外租了一套房子。警方决定对林琳的男友朴某展开调查，询问动机的时候，一个女生给出了重要线索。

“其实，林琳还和一个叫顾明的人有点关系。”这名女生有些难以启齿地说道。

“有点关系是什么意思？”警察不解地问道。

“就是……她被顾明包养了。”女生说，言语中透露出一丝惋惜，脸上却无法掩饰轻蔑。

“顾明又是什么人？”警察问。

“我也不知道。”女生摇了摇头，“就知道好像挺有钱的，开了一辆黑色奇瑞车。不过，那傻孩子大概被骗了吧，哪个有钱人会开奇瑞啊？”

“这事林琳的男朋友知道吗？”警察问。

“应该知道吧，我遇见过好几次，他们两个因为这件事吵架。”女生说。

林琳的男友朴某的作案嫌疑迅速提升，然而还没等警方展开进一步调查，朴某却先一步出现在了派出所。

他不是来自首，而是来报案的。

此时，已经是6月16日了。

据朴某回忆，6月14日中午，两人再次因为顾明的事发生了争吵，不欢而散，林琳扬言分手，此后手机就一直处于关机状态。

以分手为威胁，对于朴某来说不是第一次，事后二人很快就会和好。但今天一早，朴某再次拨打林琳的手机，却依然提示关机，询问林琳的室友才得知，林琳既没有回他们租住的爱巢，也没有回学校的宿舍。

心慌意乱的他在同学的提醒下才想到来报警。

“吵完架之后，你去了什么地方？”警察问。

“我出去上网了，晚上公会有活动。”朴某不好意思地说道。

给他做笔录的警察是一个年轻的女警，听到朴某的回答后不禁怒火中烧，女朋友离家出走，男生却还有心思上网玩游戏？！

“之后呢？”女警压着火气问。

“15号在家里睡了一天。”朴某说，“我和同学合租的房子，他们都能给我做证。”

警方对朴某的话进行了核实，证实了他的确没有作案时间。案发当天下午五点多，朴某在网吧开了机器，一直到第二天早上六点多才结账下机。

网吧的监控视频没有记录朴某中途离开的影像。

警方根据车辆的登记信息查到，黑色英菲尼迪的车主就叫顾明。这与林琳同学的回忆有些微的偏差，但这并不影响警方对顾明展开调查，因为当警方将车辆照片展示给那名女生的时候，女生承认就是这辆车。

英菲尼迪和奇瑞的标志极为相似，对于只看美观度，只关注奔驰、宝马等著名豪车的女生来说，认错英菲尼迪这种低调的豪车并不是什么奇怪的事。

警方依法传讯了顾明。

对于案发当夜的事情，顾明没有丝毫隐瞒，表示每周末都是他和林琳约会的时间，通常周五、周六他们会在顾明长期包住的宾馆度过。

6月14日晚，顾明和林琳来到宾馆，两人发生关系后，顾明沉沉睡去。等他再睁开眼睛的时候，林琳已经不见了，同样消失的，还有他的车。

对于死者林琳的着装以及脖子上的扼痕，顾明承认是他让林琳那样穿，并在做那件事的时候造成的伤痕。常年高压力的工作让他在性事上渐渐失去了兴趣，在做那种事的时候，往往需要一些特殊的手段才能刺激到他的兴奋点，比如虐待。

但对于杀害林琳一事，顾明却坚决否认。对于车辆被盗后为何没有及时报警，顾明也缄口不言。

警方只能从侧面核实此事。

遗憾的是，据值班的保安回忆，当天宾馆的监控录像调试没有开启，无法证明顾明当晚是否离开。不过值班的三名服务员却异口同声表示，当晚11点多，他们看到顾明和林琳离开了宾馆房间，下楼驱车离开。

“当时还是我给他提的车。”一名服务员回忆，车行驶的方向正是案发现场的方向。

相关物证的同一认定也很快就完成，在车内提取到的毛发等痕迹与顾明的相符。被害人林琳身上的指纹、齿痕、阴道内的精液都与顾明的吻合。

警方认为，顾明应是在与林琳进行更激烈的活动时，失手造成了林琳的死亡。仍旧是那名见多识广的法医提出，这种“更激烈的活动”是“窒息式性爱”。

所谓“窒息式性爱”，是指在做爱时利用床单、胶带、塑胶袋之类的道具捂住口鼻，让局部器官因为缺氧而高度收缩，进而制造出近乎窒息的瞬间性快感，那种肉体面临死亡却又极度兴奋的极端感受，有如身处在天堂与地狱的临界点。至于最后究竟是生是死，就看下一秒是否能够吸到氧气。

法医解释了这个名词后，强调这是唯一能解释被害人林琳着装和脖颈扼痕的理由了。这与顾明的特殊爱好不谋而合。

尽管顾明一再否认自己杀人，但动机、证据链都已完善，在重证据轻口供的原则下，该案被迅速移交给检察机关，提起公诉。

按照我国现行法律要求，刑事案件被告人有可能被判处死刑的，必须有委托辩护人，被告人没有委托辩护人或无条件聘请委托辩护人的，由法院指派律师担任被告人的委托辩护人。

遗憾的是，顾明尽管身为企业老板，出事后却没有人来探望，其家人也没有为他聘请律师的意向。公司的法律顾问甚至拒绝接听他的电话。

在张静的“协调”下，法官最终将这个案子指派给了我们这个刚刚成立的律所。至于究竟是怎么协调的，张静没说，老罗说别问，只要知道她有那个能力就行了。

2

刺耳的刹车声将我从对先前了解到的案情的回忆中拉了回来，老罗的车技和他的脾气一样狂暴，要不是有安全带，我一准儿一头撞在挡风玻璃上。

“知足吧，幸好我现在在开车。”老罗一咧嘴，露出一口黄牙。

我却是一个冷战，想起了他办公室的角落里，那个堆满了各种坏掉的遥控玩具的纸箱。在真实的驾驶世界里无法找到酣畅淋漓的乐趣，他只能把热血洒在那种东西上了。

“五分钟，你们迟到了整整五分钟。”一下车，我就看到张静竖起一个巴掌，盯着老罗冷冰冰地说道，“小骡子，你就那么烦我？”

“哪能。”老罗的头摇得像拨浪鼓，下意识地后退了一步，只有一米七出头儿的他站在差一点儿就一米七的张静面前，面临的压力可想而知。

“还不是这破车。”老罗敲了敲车门，讪笑道，“不给力啊。”

“少来这套，晚饭你请。”张静说完，转头就往看守所的大门走了过去，“快点，跟人约好了，过了时间人家可不负责。”

我连忙抓过公文包，和老罗紧跟在张静的身后进了看守所。本案的当事人顾明如今就被看押在这里。虽然从来没有独立打过刑事官司，但首先会见当事人，听听他的说法却是必要的。

“你们只有半个小时。”在进入会见室之前，张静交代道。

“多长时间不是要根据案情来定吗？”老罗眉毛一竖，“《刑事诉讼法》有规定的，不能限制我们会见嫌疑人的时间和次数。”

“哦，我觉得半个小时就够了。”张静摆了摆手，“痛快点，我去订位子了。”

我看了老罗一眼，无奈地摇了摇头。这时，门外传来了一阵哗啦哗啦的声音，戴着手铐脚镣的顾明被武警押送了进来。

此时的顾明怎么看也不像是一个企业的老板，头发凌乱，神情颓废，疲惫不堪，脸色蜡黄，仿佛随时都会崩溃一样。

对于我们的出现，他也是一点儿反应都没有。

“顾先生，自我介绍一下，我是杰明律师事务所的主任律师简明，我身边的这位，是我们的副主任律师罗杰，我们两个将担任你的辩护律师。”见他这副神情，我只好轻咳了一声，说道。

这句话终于让他的眼睛动了动，看了看我和老罗，他突然痛哭失声说：“我没有杀人！救救我，求求你们，救救我！”

“别激动，别激动！”我连忙说，手忙脚乱地翻找着纸巾。

“简律师，你可得相信我，我真的没有杀人。”用了足足五分钟，顾明才止住了哭，眼里满是渴求地看着我。

差不多每个凶手在面对警察的时候第一句话都是这个，但在警方已经掌握了充分的证据，并提起公诉的时候，还能这么说的就不多了。

所以，还没听他陈述案情，只是一看到他的眼神，一种奇怪的感觉就从心头冒了出来，他不是凶手。

“我相信你！”这句话，我几乎是脱口而出，“我就是为这件事才来的。”

老罗用力捅了我一下，责备地看了我一眼说：“顾先生，想赢这场官司，就不能对我们撒谎，知道吧？我知道这事你对警察说过不止一次了，但还是请你再回忆一下，不要漏过任何细节。”

“那天是星期五。”

正如老罗所说，同样的事情，警察大概隔段时间就会问一遍，顾明的回答没有任何的犹豫，甚至连思考的过程都省略了。

按顾明的说法，每周五是他和林琳约会的固定日子。他在学校门口接上了林琳，在市里逛了一会儿街，给林琳买了几件新衣服，吃了顿饭，就和林琳到了宾馆。

顾明这几年生意做得越来越大，家里的那位却到了人老珠黄、活该冷藏的年龄，他实在提不起兴趣，就指着在林琳这具充满了活力的年轻身体上发泄积攒了一周的欲望。林琳洗完澡，换好衣服之后，他就迫不及待地扑了上去。

可惜，这些年为了生意，顾明早在酒桌上掏空了身子，没坚持多久就一泄如注，躺在一边喘起了粗气。过了不到十分钟，他就沉沉地睡了过去。

“不对吧。”老罗目光如鹰一般盯着顾明，“林琳身上那些痕迹是咋整出来的？我提醒你，现在除了我们，没人会相信你，如果对我们有所隐瞒的话，你可就死定了。”

听老罗这么说，顾明咬了咬牙，像下了很大决心一样：“我不光是持久不行，做那事的时候有点小癖好，要不然提不起兴致来。”

“比如说掐脖子、咬人、打人？”老罗冷声问道。

“对。”顾明用力点了点头，说就因为这点癖好，这些年他换了好几个女孩儿，只有林琳能受得了，才一直保持着长期的关系。

“其实，也不是受得了。”想了想，顾明又说道，“其实是她男朋友的原因，我总觉得，她男朋友压根儿没把她当人看，就把她当成赚钱的工具。”

“哦？咋回事？”

“有一段时间，林琳也受不了，结果她男朋友找我谈过一次，说只要价钱给得足够，就没啥事是不行的。”

“这王八蛋！”老罗霍地站起身，握紧了拳头。

“坐下！”我低喝了一声，“那事咱们管不着，先把顾先生弄出来才是正事。”

“哼，回头非好好收拾他一顿。”老罗重新坐好，深吸了一口气，“后来那天晚上又发生了什么？”

“那我就不知道了。”顾明摇了摇头，说因为最近公司运营状况不太好，他有点累，做完那事后很快就睡着了，等他再醒来的时候，林琳已经不见了。他以为林琳醒来后就先走了，可等他下楼才发现，自己的车也不见了，这才意识到不好。拨打林琳的电话，却一直提示关机。

“为什么没报警？”老罗问。

“不敢。”顾明说，要是报了警，这段关系就暴露了。他能有今天的地位，一大半要归功于他老婆家里的扶持，这种事暴露了，老婆家里一定不会放过他的。

“你早干什么来着？！”老罗瞪着眼睛，“你不干那事能有现在这事？！”

“你们俩有没有玩窒息式性爱？”我翻着卷宗，打断了老罗的牢骚问，“警方说你应该是在玩窒息式性爱的时候失手杀害了林琳。”

“那是什么？”顾明不解地问道。

“窒息式性爱就是……”我想了一下，摇了摇头，“算了，你不知道这个更好。开庭的时候你也要说不知道，知道吗？”

“另外，”老罗犹豫了一下，还是说道，“目前检方是以过失致人死亡提起的诉讼，如果你能够取得被害人家属的谅解，适当赔偿的话，是可以争取减罪判决的。”

“不！”顾明却用力摇了摇头，“我没有杀人！我要你们作无罪辩护！”

老罗愣了一下说：“顾先生，你这个态度……”

“我知道了。”我打断了老罗的话，“我们会努力的！”

和当事人顾明的第一次会见就这样结束了，确如张静所说，我们连半个小时都没用上，不过有一个疑点已经让我确认，顾明绝对不是本案的凶手。

“老简，怎么能作无罪辩护？”一出会见室，老罗就不满地问道。

“警方的询问笔录里记载，当日宾馆值班的服务生一口咬定，晚上11点多的时候看到顾明和林琳一起离开，而顾明则坚决否认自己离开过宾馆。这就是我同意作无罪辩护的理由。”我说。

“谁知道这小子撒谎没有？”对于我的疑问，老罗却是不屑地撇了撇嘴，“他的话可没啥证据证明。”

“咱们当律师的，不就是得查明这件事吗？”我笑了一下，和老罗一起走出了看守所，眼前的景象却让我大惊失色。

一群记者拿着话筒和摄像机正围在看守所前，在他们的身后，则是一群素服的年轻人，他们神情悲愤，手里举着请求重判顾明的条幅。

“有毛病吧？判刑是法院的事，这伙人跑这儿来扯什么淡。”老罗哼了一声，就想往停车场走，一支话筒毫无预兆地出现在了他的面前，差点儿插到他的嘴里。持话筒的记者倒是一点儿也不在意。

“请问，你们是顾明的律师吗？”记者问。

“是啊。”老罗下意识地点了点头。

“那，请问你们怎么看这个案子？”记者又问。

老罗疑惑不解地看着这个记者：“你们咋知道我们代理这个案子的？”

看着远处站在车边正做出胜利手势的张静，我突然明白，这是这丫头搞的一次公关活动，看上去她对这次突然袭击式的安排非常满意。

我无奈地摇了摇头，把老罗向后拉了拉，自己凑到了那个记者的面前说：“我认为，我的当事人是无罪的，我们将为他作无罪辩护。”

这个记者大概也没想到我会说出这样的话，一时间竟不知该怎么进行接下来的采访。我却猛地瞪大了眼睛：“闪开！”我一把抓住那个记者的肩膀，将她推向了一边，躲过了突然飞过来的石头。

这时候，我的肩膀也被人大力拉扯了一下，接着老罗就站到了我的面前，身材并不高大的他长得却极为壮实，站在我面前就像一座小山，尽管他比我矮了整整一头，却没来由地给人一种安全感。

“小兔崽子，信不信我弄死你！”老罗指着那个扔石头的人吼道。

迎接他的却是更加密集的石块，老罗竭力护住头脸，剧烈地喘息着。“撒手！”他吼了一声，用力扭动着身体，试图挣脱我，而我却紧紧地抱着他的腰：“别冲动！在这儿动手会被取消辩护资格的。”

“去他妈的辩护资格，老子非弄死他！”老罗怒吼着，挣扎的力度却小了不少。

幸好张静终于及时赶了过来，她死死地按住了车笛，看上去油门也踩到了底。在死亡的威胁面前，没有人敢于阻挡，她顺利地把车开到了我们面前。

“上车！”她冷冷地喊道。

我拉开车门，拖着老罗钻了进去。

“这怎么回事？”我平复着激荡的心绪问道。

“杰明律师事务所一战成名，等着看明天的报纸吧。”开车的张静得意扬扬地说道。

“当这是啥好事啊？”老罗眼睛一挑，“你想啥呢你？”

“老罗，静也是为咱好。”我连忙劝道。

“就是。”张静撇了撇嘴，“老……本姑娘为了让你们尽快打开局面，苦心孤诣策划这么一场大戏，没有功劳还有苦劳吧？瞧你那副德行，不服啊？”眼看着老罗挽起了袖子，张静眉毛一竖，“罗杰，你敢跟老娘叫板，是不是活腻了？”

“我可没有。”老罗用力摇了摇头，“我就是想教训一下老简这浑小子，无罪辩护这种事能在记者面前随便说？”

3

事情并没有像张静预料的那样发展，对于看守所门前的这场闹剧，第二天的媒体上没有任何报道。显然，张静的能力虽然大到可以调动一部分媒体资源，但还没大到能够指挥媒体做有针对性的报道。

老罗搜罗了全城所有的报纸，没找到相关的只言片语后终于放下了心，开始为这个案子奔波。尽管警方此前已经做过了详尽的调查，但是作为律师，对警方的调查进行核实也是一项重要的工作。

一大早，我们就跑到顾明当晚入住的那家宾馆，找到了那几个提供证词的服务生，他们看起来还不到二十岁，胸前的工牌显示，这几个人并不是酒店的正式员工，只是实习生。

“确认就是这个人吗？”我把一摞照片放到桌子上，看着他们从中抽出了顾明的那张，问。

“就是他。”服务生用力点了点头，“那个大老板人很好，经常给我们小费。”

“要是当时监控没有调试，就能取得更直接的证据了。”老罗看着大厅里的摄像头，叹了口气，“安全主管上班了吗？有几个问题想问他一下。”

“没。”服务生摇了摇头，“主管在休年假。”

“可真会挑时候。”老罗站起了身，“走吧，回去继续研究卷宗，肯定还有我们没发现的东西。”

“明啊，你记不记得，顾明有没有说过他和林琳做那事的时候用没用套？”老罗叼着烟，一辆无线遥控的赛车在他手指的翻飞中做着各种高难度的动作，翻开的卷宗被随意地丢在桌子上。

“好像没有吧。”我想了一下，摇了摇头，“他没说用没用。”

“你看这地方。”老罗把法医的尸检报告递给我说：“警方说在林琳的阴道内发现顾明的精液，但同时也指出，林琳的阴道里有避孕套上的油性物质。”

“你是说……”我皱了皱眉，“避孕套破了？”

“傻啊你！”老罗用力一扭遥控器，遥控赛车贴着我的脚面飞了过去，“瞅半天卷宗，你都瞅啥了？警方的物证里提到避孕套了吗？”

听他这么一说，我连忙把卷宗从头到尾翻阅了一遍，果然就像老罗说的那样，自始至终，警方都没有提到在案发现场及宾馆房间里发现避孕套这个重要的物证。

“看吧，我就说，顾明不可能是凶手。”我用力挥了一下拳头说，“他既然想到带走避孕套，怎么会不清理别的痕迹？还把精液这么重要的证据留在了林琳的身体里，还不开走自己的车？

“老罗，我觉得，事情有可能是这样的：林琳在和顾明发生关系后，联合别人盗走了顾明的车，并在车里和那个人发生了关系，而那个人是戴着套的。不知出于什么原因，那人杀死了林琳。”

“你当警察和你一样蠢？这么明显的问题看不出来？”老罗白了我一眼，“我倒觉得是另外一种可能，林琳的确联合别人偷了顾明的车，不过顾明跟踪了林琳，发现了林琳做的事，一气之下宰了林琳。同时，他有可能还杀了另外一个人。这就能解释他为啥丢弃自己的车了，他想伪造成车是被偷的，和他没关系。”

“我们作为当事人的辩护律师，是要帮他脱罪或者减轻罪行，怎么到你这儿变成罪加一等了？”我看着老罗，颇有些无奈。

“合理推测。”老罗得意地说道，“要真是这样的，我们咋办？”

“不知道，我想静静。”

“谁想我？”

我刚说完，办公室外就传来了一个悦耳的声音，接着张静就站到了门边。我下意识地侧头看了一眼老罗，果然，愁容几乎是在一瞬间就浮现在了他的脸上。那辆飞得正欢的遥控赛车也一头撞到了她的脚上，摔了个底朝天。

不知道为什么，看到他这个样子，我却忍不住笑了出来。

“怎么？小骡子，看见我不开心？”张静拎起赛车，不满地说道，“昨天那顿饭你可还欠着呢。是不是把钱都花这上面了？”

“我就那么像欠债不还的人？等忙完这个案子。”老罗垮着脸，把遥控器扔到了一边，浑身的力气都像被抽走了一般，一只手死死地抓着口袋里的钱包。

“行了，别一脸上刑场的样儿。”看着老罗的表情，张静也忍不住笑了出来，“说说，你们那案子怎么样了？”

“我觉得这案子另有凶手，老罗觉得啊，顾明杀了不止一个。你说这叫什么事？”我走到饮水机旁，给张静冲了一杯咖啡，“两块糖？”

张静点了点头，一脸惊奇地看着我们：“哟？你们两个律师还干起破案的事来了？说说，怎么回事？”

“作为律师，我们有义务维护当事人的隐私，老简，你不能把案情告诉与本案无关的人。”老罗一脸的义正词严，却招来了张静的白眼。

“我是无关的人？”张静“嘁”了一声，“这案子还是我给你们争取来的呢。再说了，老……本姑娘可是你们的首席技术顾问。小明哥，你说！”

看着张静充满了威胁的眼神，我下意识地把刚才和老罗讨论的内容告诉了她，看着她脸上逐渐凝重的神情，我连忙说道：“都是瞎想的，你这个专业的可别笑话我们。”

“不对，你们说得很有道理。”没想到张静突然说道，叹了口气，“对于检察院来说，这案子确实证据充分，足够定罪了，换谁来都能轻松打赢。也就是你们，才会从当事人不是凶手这个角度考虑问题。”

“那是。”老罗得意地说道，“检察院是给人定罪的，我们是给人脱罪的，这就决定了我们考虑问题的角度是绝对相反的。”

“别高兴太早。”张静冷哼了一声，“小骡子说的那个有点异想天开，顾明要是杀了两个人，就得同时控制住这两个人，要不然就得使用更暴力的手段，难免会留下血迹。报告里没提到这个。至于小明哥说的那个，我有个想法。”

张静故意卖了个关子。

“啥想法？”老罗毫无诚意地摆出了一副感兴趣的样子问道。

“你们知道‘现场还原’吗？”张静兴冲冲地说，“就是模拟犯罪现场发生的一切，有时候会发现一些忽略掉的证据。”

“你的意思是？”我看着张静，皱眉问道。

“对啊，我们也可以搞一下现场还原啊。”张静说。

“但我们不懂啊。”我无奈地摊了摊手。

“我懂啊。”张静说，“就今天晚上吧，怎么样？一切听我指挥，说不定真能找到有价值的线索呢。就这么定了。”

夜里11点多的时候，在张静的胁迫下，老罗开着车，载着我们抵达了案发现场。

对于这次行动，出于一些特殊的原因，老罗是有些抵触的。一路上，他一直不安地看着窗外，不满地嘟囔着：“为啥一定要在这地方？为啥一定要在这个时候？”

“既然是现场还原，当然要尽可能还原一切，包括当时的环境。停车停车，就这地方，往回倒一点儿。”张静说着，指挥老罗在林子里停好了车。

“老罗啊，我想起一件事来。”看着黑漆漆的树林，我阴笑了一声，“这林子里以前就发生过凶杀案吧？好像也是一个女大学生，被人拉到这里杀了？听说这地方闹鬼啊，一到晚上就有人听到女人的哭声。”

“呜呜……”坐在副驾驶座的张静适时地帮我配了个音。

老罗的脸色一下子苍白不已，说：“对啊，这地方闹鬼。要不，咱明天早上再来吧？”

“有鬼啊？有鬼好啊！”张静一脸的兴奋，“我还没抓到过鬼呢，这要是逮一只回去，没准儿能得诺贝尔奖呢。”

“哈哈。”听着张静的话，我终于忍不住笑了出来。

“笑，接着笑，待会儿有你好看！”老罗回头恶狠狠地瞪了我一眼，接着他的眼睛一下子瞪大了，直愣愣地看着我的身后。

“鬼……鬼啊！”他嗷地叫了一声，吓了我一跳，没等我反应过来，他就一巴掌扫了过来，我鼻梁上的眼镜瞬间飞了出去。

顾不上眼镜，我连忙回过头，就看到车外不远的地方，一团火光摇曳生辉，几个黑影围在火光周围，他们的影子在火光的照耀下张牙舞爪。饶是胆大的张静也吓得屏住了呼吸。

片刻后，张静推开了车门，大喊道：“谁在那儿？”

那几个身影愣了一下，接着发出了惊恐的叫声，四散逃窜。

“好像有点眼熟啊。”看着那几个逃离的身影，回过神来的老罗皱着眉，突然说道，“老简，你看像不像那几个服务生？”

我哪知道像不像，没了眼镜的我，一米以外的东西都看不清。

“算了。”老罗无奈地说道，又看了看张静，“现在咋办？”

张静没说话，从包里拿出了一个档案袋，借着车灯，找出了几张照片看了看。

“小骡子，把副驾驶座放倒，你躺上去。”听着张静的话，老罗有些不明所以，但在张静强硬的目光下，也只有依言行事。

“系上安全带。”张静指挥道，“小明哥，你趴到他身上去。”

“啊？”我愣了一下，不敢置信地确认了一遍，“我趴到老罗身上？”

“要不然呢？”张静摊着手，“还原现场嘛，就得有人扮演被害人，有人扮演凶手。”

“那为什么不是你扮演凶手？”我脱口而出，随即却暗自后悔。

果然，张静的表情有些失落，噘着嘴：“你以为我不想啊，可是你根本就不知道该注意什么。”

“那为啥不是老简当被害人？”已经躺在椅子里的老罗喊道。

“你看看你那小体格，一米七，要不是当年你狗熊救美，我能看上你？你再看看小明哥，一米八五，人高马大，谁攻谁受还用说？好了，别废话，赶紧趴上去。”张静不满地说道，同时，一股大力从我的屁股上传了过来，我连忙回过头，就看到她正施施然地收回那条诱人犯罪的长腿。

而此时的老罗，我现在只想狠狠揍他一顿。他正双眼紧闭，脸侧向了一边，嘴里不知道在嘀咕着什么。我凑近了一点儿才听到，他一直在说：“我是直男，我不是同性恋！”

“老子也不是！”我气得吼了一声，看着车外的张静，“接下来呢？”

“我看看啊。”张静翻看着卷宗，脸上露出了一抹怪异的神色，“报告里说，两人应该发生了关系，所以……”

听到这里，老罗一下子把双手放在了胸前。我也直起了身，几乎同时大吼道：“不！”

“做做样子而已嘛。”张静满不在乎地摆了摆手，“我还没说吃亏了呢。”她一脸委屈地看着我，那副泫然欲泣的神情让我顿时收起了所有反抗的念头，下意识地俯下了身。老罗一看我动真格的，一下子激烈地挣扎了起来。

“对，就是这样！”车外的张静一脸的兴奋，“小明哥，扒他衣服，掐他脖子。”

我认命地闭上眼睛，一把扯开了老罗的衣服，却并没有按照张静的要求卡住他的脖子，而是捂住了他的嘴，另一只手按住了他的双手，这个动作让我全身都趴伏在了老罗的身上，场面极为暧昧。老罗的挣扎越来越激烈，脸色涨得通红。见我还没有撒手的意思，他猛地给了我一脚，直接把我从车里踹了出去。

“靠，老简，你真想杀了我啊！”老罗大口大口地喘着气，不满地骂道。

“她让的。”我指了指张静。此时的张静正端着相机，一脸的阴笑。

“你弄啥？”老罗惊疑不定地问道，我则手忙脚乱地整理着衣服。

“这么精彩的场面，当然要留个纪念啊。”张静晃动着相机说道。

“一世英名啊！”黑暗中，传来了老罗的惨叫。

“你有个屁英名！”张静撇了撇嘴。

“怎么样？”我问。

“应该就是这样吧。”张静说，“凶手违背被害人的意愿强行发生了性关系，却没想到被害人死亡，草草收拾了现场后逃跑。”

“小明哥，现在你是凶手，会怎么办？”张静问。

“跑啊。”我想也不想地说道，“肯定是一脚把老罗踹下车，开车就跑。”

“顾明的话，应该也是这样吧。”张静皱着眉，“但他丢下了车。小明哥，你的话，会对用过的避孕套怎么处理？”

“随便找个地方扔了。”我想了想，“不对，那是重要物证，烧了最保险。”

张静的脸上露出了一丝失望的神色，钻进车里说道：“走吧。”

“这就完了？”老罗不解地看着张静，“啥都没发现嘛。”

“怎么什么都没发现？”张静笑意盈盈地看着老罗，“小明哥不是说了嘛，他肯定会开着车跑路啊。不过，”张静突然换了一副严肃的神情，“这里有个重要的前提条件，凶手认为开走这辆车也不会有什么危险，换句话说，这车是他自己的。”

老罗愣了一下，想了一会儿，摇了摇头说：“那有啥用啊，根本没证据，法庭不会采纳的。”

“别动。”我喊了一声，照着老罗的脑袋就是一巴掌。

“你干啥？”老罗愣了一下。

“蚊子。”我皱着眉，双手飞舞着，和车里的蚊子做着激烈的战斗，“就这么一会儿，这车里就这么多蚊子。你说，那两个人怎么想的，跑这种地方来亲热。”

“情趣呗。”老罗嘿嘿一笑，“你这种万年单身狗是不会理解的。”

4

庭审的时间日渐临近，我和老罗的心情也日渐消沉，我们已经翻阅过能找到的所有类似案例，却还是没能找到帮顾明脱罪的办法。开庭前，我决定再去见一次顾明，我想起一件事要跟他确认，要是能找到证据，就再好不过了。

顾明的状态比我们上次见到的时候还要糟糕，整个人瘦了一大圈，眼神里已经没有了绝望，取而代之的是死寂。

他好像已经知道了自己的命运，放弃挣扎了。

“顾先生，事情比较难办，但还不是没有办法。”我仔细斟酌着措辞，不想给他太多的希望，毕竟希望越大，失望也就越大，却又不能让他彻底绝望，那样也可能会断送我最后的希望，这是很困难的一件事。

“我想请你回忆一下……”

“不用了。”没等我说完，顾明就打断了我的话，颓然中又带着些解脱地说道，“我认罪。”

“啥？”老罗一下子瞪大了眼睛，不可置信地看着顾明，“你认罪？”

“对。”顾明点了点头，突然笑了，笑容中带着一丝解脱。慢慢地，他泪流满面，没过多久便掩面痛哭了起来。

“顾先生，到底发生了什么？”我忍不住问。

“我活着没什么意思了。”顾明止住了哭泣，告诉了我和老罗这段时间发生的事情。

就在过去的这三个月里，他的公司由于疏于管理破产了，被另一家大公司收购，收购他公司的，就是他的岳父。然后，就在几天前，他的妻子提出了离婚，并以顾明婚内出轨为由，拟剥夺他的财产分割权和孩子的抚养权。

换句话说，就算保住了命，出狱后顾明也已经一无所有。

“留得青山在，不怕没柴烧。”想了半天，我只想到这么一句安慰他的话。

“顾先生，你孩子今年五岁了吧？”老罗突然问道。

顾明不解地看着老罗，点了点头。

“那已经记事了。男孩儿？”老罗又问。

顾明再次点了点头。

“你有没有想过，假如你真的被以强奸杀人定罪，你孩子咋办？”

“我的事，跟孩子有什么关系？”顾明更加不解了。

“龙生龙，凤生凤，老鼠的孩子会打洞。来一支吗？”老罗掏出烟，往顾明面前送了送，见顾明摇了摇头，自顾自地点上了一支，狠狠地吸了一口，突然猛地一拍桌子吼道，“你是认罪了，你死了是一了百了了，但你的孩子呢？他会被人当成是强奸犯的儿子，会被认为将来也是个强奸犯、杀人犯！你忍心看着他背着这个骂名活着？”

“这案子输赢我们俩根本不在乎，说实话，代理你这个案子我们俩根本不挣钱。”老罗从包里拿出一沓发票，抖开，“看看，这是我们为了你这个案子的调查取证花的钱，你知道这个案子我们才能挣多少钱？法律援助，我们一分钱都赚不到！”

“老简，这家伙这么想死，爱怎么办怎么办吧，我们走！”老罗站起身，怒气冲冲地说道。

“简律师，罗律师，你们想问啥？”顾明犹豫了一下，说道。

“那天晚上你和被害人林琳一共发生了几次关系？有没有使用避孕套？”我一看事情有了转机，连忙问道。

“就一次。”顾明想也不想地说道，“没用避孕套。”

“你肯定？”

顾明点了点头。

“要是能有什么证据就好了。”我皱了皱眉。

“我做过输精管结扎手术。”顾明想了想说，“有了孩子以后，家里那头母老虎怕我在外面乱搞，将来孩子继承遗产出问题，就逼着我做了输精管结扎手术，那以后我都不用套。”

“嗯。”我连忙在笔记本上记录下了这句话，“那天晚上你说你只做了一次，这一点能不能证明？”

“这个……”顾明咬了咬嘴唇，犹豫了很久才说道，“恐怕没人能给我做证。”

“好吧。”听他这样说，我有些遗憾，“明天开庭的时候，不要乱说话，听我们的安排。”

结束了和顾明的会见，我和老罗刚回到律所，就接到了张静的电话，电话里张静说明天会出庭做证，她手里掌握了一份非常重要的证据，让我们做好申请证人出庭的准备。

“啥证据？”老罗紧张地问道。

“这个，到时候你们就知道了，放心，保证让你们大吃一惊。”张静说，“对了，小骡子，我建议你们再去查查这几个人的关系。”张静报上了几个人的名字，老罗在便签本上记了下来。

看着那几个名字，我忍不住皱了皱眉，这几个人正是那几个提供了证词的宾馆服务生。

第二天的庭审上，不出所料，我和老罗提出的关于凶手若是当事人，应在作案后将车开走，以及因为做过输精管结扎手术，当事人在行房过程中不会使用避孕套的辩护意见被公诉方驳斥得体无完肤。

“审判长，我请求新证人出庭。”眼看着庭审陷入了僵局，我深吸了一口气，决定祭出“撒手锏”。

“反对！”公诉人举手说道，“证据、证人应该在举证期满前提出申请，现在已经过了举证期。”

我一惊，公诉人说得没错，所有证据、证人的提交申请都要在举证期内提出，过了举证期，再提出就要看法官的心情了。

我不禁有些懊恼，这么重要的事情我竟然忘记了。

“公诉人说的只是一般情况下。”老罗举手说道，“但是，在庭审中如果发现新证据、新证人，并对本案的审理有关键性影响的，可以当庭提出，审判长也应酌情做出裁决。今天我们申请出庭的证人就符合这条规定。”

见审判长有些犹豫，我也连忙说道：“审判长，我想提醒大家一下，法庭存在的意义是查明事实真相，对被告人进行公正的审判，如果刻意忽略了某些证人证言，很有可能造成我们了解到的事实并不是真相而酿成冤假错案。”

审判长在与其他几名审判员商议后，最终还是同意了我们的申请。

紧闭的法庭大门敞开，一阵清脆的高跟鞋敲击地面的嗒嗒声传了进来，接着是旁听席上的惊呼，就连公诉席里那个年迈的公诉人都在手忙脚乱地找着眼镜。

看着走进法庭的张静，我忍不住揉了揉胀痛的太阳穴。这丫头，真是看热闹的不嫌事大，作为辩方证人出庭的她，却穿了一身整齐的警服。虽然这身警服让原本就靓丽高挑的她更显得英气逼人，可也无疑让大家知道，要帮被告人做证的是一个警察。

“肃静！”审判长连喊了几声“肃静”才让喧闹的旁听席安静下来，却不能阻止情绪激动的被害人亲友做出失控的举动。

“小心！”我都来不及喊出这句话，一只鞋子就擦着张静的头发飞了过去。

张静吓得脸色煞白，公诉方却一脸的幸灾乐祸。

就因为这件事，张静和公诉方结下了仇，有事没事就要找找检察院的麻烦。很久之后，她的名字还是检方的一个忌讳，只要提到这个“女魔头”，公诉方想到的第一件事就是怎么又惹上了“检方公敌”，第二件事就是赶紧重新翻看卷宗，看看有没有什么疏漏。

“证人，你的身份？”恢复了法庭秩序后，审判长问道。

“张静，省公安厅刑事技术勘察员。”张静说。

“证人，你是否清楚你有义务如实向本法庭做证，如作伪证或故意隐瞒事实，要承担法律责任？”审判长又问。

“清楚。”

“辩护人，请提问。”审判长说。

“证人，本案中，你认为凶手是不是眼前的被告人？”说实话，这是我第一次开刑庭，对于怎么向证人问话完全不清楚，所以只能选择这种直截了当的方式。

“不是。”张静说，“我有充足的证据表明，凶手不是被告人。”

合议庭里响起了一阵嗡嗡声，法官们交头接耳地议论着，片刻后，审判长才说道：“证人，我重申一遍，你所说的每一句话，都要承担相应的法律责任，你是否清楚这一点？”

“是的，我很清楚。我有证据。”张静平静地说道。

“请出示你的证据。”审判长说。

张静拿出了一份鉴定报告，说道：“我们接受了律师提出的对物证进行重新鉴定的请求，经批示，我和同事对现场发现的车辆进行重新鉴定，在车内发现一只死蚊子。在该蚊子体内提取到了微量血迹。经鉴定，血迹不属于被害人，也不属于被告人，而是属于另外一个人，被害人的男友朴某。”

“这并不能证明顾明没有杀人。”公诉人马上说道。

“是的，这并不能证明我的当事人没有杀人，但是大家不觉得奇怪吗？为什么被害人的男友朴某会出现在车里？审判长，我申请另外一名证人出庭。”老罗也站起身，胸有成竹地说道。

新出庭的这名证人是一名头发花白的老人，走上证人席后，他自我介绍是本市旅游学院的老师。

“证人，请问这几个人你认识吗？”老罗将酒店几名服务生的照片和林琳男友朴某的照片一一递给老人，问道。

老人戴着老花镜，仔细地看着这几张照片，片刻后，点了点头说：“是的，我认识。”

“他们是什么人？”

“我的学生。”老人答。

“都是你的学生吗？”

“是的。”

“这几个人之间是否认识？”

“认识，他们在学校是一个宿舍的，目前在同一个地方实习。”

“审判长，我的话问完了。”老罗甚至没有解释提问这些问题的目的，就结束了问话。

“公诉人，请提问。”审判长说道。

公诉人摇了摇头，出现这样的场面是他们万万没想到的。

“证人，你可以下去了。”审判长说，又看了看我和老罗，“辩护人，你们是否还有新的证人、证据需要提交？”

“是的。”我连忙起身，说道，“这是我们刚刚取得的一份证词，当事酒店保安部的主管证实，当天并没有安排监控调试。我们有理由认为，有人人为地关闭了酒店的监控系统，甚至可能删除了监控记录。鉴于公诉方提供的几名证人之间关系密切，且在此前刻意隐瞒了相互之间的关系，我们请求排除这部分证据。”

“辩护人的意见本合议庭会充分考虑，现在休庭，三十分钟后重新开庭。”审判长说道。

案件的转折点竟然出现在一只小小的蚊子身上，这在开庭前，是我和老罗万万没想到的。一休庭，我就拉着老罗找到了在外面休息的张静。

“你怎么会想到这一点呢？”我问。

“很简单啊。你记不记得那天晚上，做完现场模拟走的时候，你在车里拍死了一只蚊子，还说就那么一会儿，车里怎么就那么多蚊子？”张静坐在椅子上说，调皮地晃动着修长的双腿。

“是有这么回事。”我想了想，点了点头。

“当时我就想，没准儿林琳遇害的时候车里也有蚊子呢，说不定就咬了凶手。所以就去查了一下啊，结果，你们都知道了。”张静说。

张静说得很轻松，可我很清楚，这可不是什么容易的事，那么小的蚊子没那么容易被发现，不知道她找了多久，又耗费了多少精力才从蚊子体内提取到重要的血迹。

“没想到，这回立功的竟然是一只蚊子。”老罗感叹，“这就是命运啊。”

“是我好不好？那可是我发现的。”张静跳着脚说道。

“老罗，这回不请静大吃一顿都说不过去啊。”

“她在乎那个？她吃过的很多东西你见都没见过。”

“张大美女在乎的不是吃什么，而是和谁吃。罗杰同志，为事业献身的时候到了，上吧，皮卡丘！”我用力地在老罗的后背拍了一巴掌。

虽然还没有宣判，但是直觉已经告诉我，这个案子，我们基本拿下了。

庭间休息的时间非常短暂，法庭很快就再次开庭。尽管知道这案子的最终结果会如何，但我还是有些忐忑。有着十几年经验的老刑辩律师告诉过我们，刑事案件想要庭上翻案是很难的。

一方面是因为刑事案件影响太大，公诉方在证据上往往都会做得特别扎实，让辩护律师无从下手；另一方面也是因为，在个别法院，当庭宣布一名刑事案件的嫌疑人无罪会被认为是对法律的亵渎、法官的无能。

对于顾明能得到什么样的待遇，我也不清楚，其实这时候我已经做了最坏的打算，寄希望于二审的时候能让顾明摆脱罪名。

但是这个案子的结果大大出乎我和老罗的意料。

再次开庭之后，检方突然提出因重要证人、证据发生变化，请求延期审理此案，补充侦查。

5

接下来，就是我和老罗度过的最难熬的一个月，法庭接受了检方提出的延期审理的请求，时限是一个月。

那一个月里，几乎每天都有人往律所打骚扰电话，接通后对方却并不说话。老罗停在地下停车场的车也隔三岔五就被划伤，有一回刹车线还被人做了手脚，差点儿酿成大祸。他去找停车场的管理员，对方竟然说根本没注意是谁干的。气得他直接找到了物业，在消防斧和律师执业资格证的双重压力下，最终物业同意免去他一年的停车费，同时承担车辆保养维修的费用，并保证以后此事绝不再发生才算作罢。

其实，我和老罗都知道，因为我们的辩护，本案的当事人顾明本已注定的命运发生了转机，有些人并不愿意看到这些，这只不过是他们给的一点儿小小的警告。

这些人有被害人的亲友，也有那些自诩正义还带着一些侠义精神的人。

在经过了媒体的放大报道后，我和老罗更被描绘成了两个收了黑心钱、罔顾事实、全然不考虑被害人家属感受甚至将法律玩弄于股掌之中的“讼棍”。

而我们在看守所前与被害人亲友发生冲突的事情也终于被挖掘出来，一时间，一场轰轰烈烈的口诛笔伐肆虐开来。

“真他妈冤枉。”看着财务报表上大大的赤字，老罗一脸的无奈，却不知道找谁出这口恶气。

在这一个月里，我也没闲着，四处打听案子的进展，可不知出于什么原因，这一次，无论是警方还是检方，对这个案子都守口如瓶。就连有事没事都跑律所溜达一圈的张静也出奇地安静，整整一个月没和我们有任何联系。连老罗的电话她都毫不犹豫地拒接了。

要知道，她巴不得老罗天天给她打电话呢。

眼看着延期审理的最后日期就要到了，检方究竟取得了什么新的证据，我们却完全不知情。我倒还好，老罗可就有点坐不住了。

抱着最后再试试看的想法，老罗再一次拨打了张静的电话，电话铃声却在走廊里响了起来。

老罗“嗷”的一声冲了出去，他从来没有哪一刻如此迫切地想要见到张静。

可此时的张静一脸的愁容，脚步沉重。

“静啊，你怎么了？”老罗一脸忐忑地问道。

“还能怎么，输了呗。”张静看了一眼老罗，又看了看我，在老罗的椅子里坐了下来，修长的双腿交叠，搭在了办公桌上，丝毫不顾及这样的姿势简直是在引人犯罪。

“输了？”尽管一审的这个结果在我们的意料之中，但是真正放到我们面前的时候，却还是有些令人难以接受。

老罗恨恨地一拳砸在了桌子上，说：“这群王八犊子，明知道不是那么回事，非得这么判，就不怕出门被车撞死？”

“明天开始，我开车。”我连忙说道，“再说，这案子咱们还没输呢，不还有二审吗。放松点，老罗。”

“你们想什么呢？”张静不解地看着我们两个，“我是说，我又输给小明哥了！”

“啊？”我愣住了。

“真想挖了你那双钛合金狗眼，看人怎么就那么准呢？”张静恶狠狠地说道，“顾明要被无罪释放了！”

“怎……怎么回事？”我一时间有些转不过弯来。

“咳，想知道怎么回事，那得伺候好姑奶奶。”张静夸张地叹了口气，揉捏着双腿，“本姑娘为你们这点破事跑前跑后，腿都快跑断了，还被领导警告，差点儿连工作都丢了。”

老罗一路小跑着在张静的身前蹲了下来，轻轻敲打着张静那双充满弹性的长腿说：“姑奶奶，感觉怎么样？”

那个样子，怎么说呢，看过电影《大话西游》的应该都记得那句台词：“那个人好像一条狗哦。”

实在太没节操了。

我摇头叹气，走到饮水机旁，给张静冲了一杯咖啡，小心地递到了张静的面前：“一袋咖啡两块糖，小心烫。老佛爷，还有什么需要小的做的？”

“嗯，味道刚好。”张静喝了一口，满意地点点头，“不过我还是爱喝现煮的咖啡。”

“小王。”老罗马上冲着律所的行政喊了一声，“去买台咖啡机，再买几袋上好的咖啡豆。还有，你会煮咖啡不？不会的话就打报告滚蛋，让人事找一个会煮咖啡的行政来。”

我霎时觉得，在不要脸这件事上，我可能一辈子也赢不了老罗。

“好了，看在你们如此诚恳的分儿上，我就大发慈悲地告诉你们吧。”张静靠在椅子里，一脸享受地说道，“顾明的案子，检察院决定撤诉了。”

“撤……撤诉？”我想过法庭会判决无罪释放，也想过二审的改判，但是检察院在判决下达前撤诉，却是我完全没想过的。

“很意外吧？”张静一脸的得意，“还不全是本姑娘的功劳？本姑娘找到的那只蚊子现在可是重要物证。”

原来，检察院在提出了延期审理的请求后，就对张静提交的鉴定报告进行了核实。在确认鉴定报告没有任何问题后，检察院和本案的主办侦查员进行了一次沟通，最后决定重新调查此案。

只不过这一次，警方将本案的嫌疑人放在了被害人林琳的男友朴某的身上。

在依次将朴某及为他做证的三名服务员带入不同的审讯室后，这四个人很快就崩溃了，并交代了犯罪事实。

就如顾明所说，被害人林琳与他之间的关系，从一开始朴某就知道，但从未提出过反对，甚至鼓励林琳和他在一起，因为林琳从他那里得到的钱大部分都被朴某挥霍掉了。

因为顾明有施虐的爱好，有一段时间林琳难以承受，想要结束这段关系。让她没想到的是，男友朴某不仅不支持她的决定，还主动联系了顾明，声称只要价钱出得够，林琳可以随便让他玩。

“钱钱钱，到底是钱重要还是我重要？我是你女朋友，不是你手底下的妓女！”林琳第一次发了这么大的火，但是让警方难以理解的是，她最终竟同意了朴某的要求。

“那傻娘儿们，爱我呗。”审讯室里，朴某吸着烟，得意地说，“我是她第一个男人，对我的话，她言听计从。”

至于这次作案，则源于朴某在游戏中和人的一次争执。

就像林琳同时有两个男朋友一样，朴某也不止林琳一个女朋友。在游戏里，他还有一个“老婆”。但是游戏里的这个“老婆”后来跟一个公会的老大跑了，那个老大是一家公司的小老板，有房有车。

朴某气不过，又没有足够的钱，就打起了歪主意。顾明不是有车吗？借他的车拍几张照片，去骗骗那些女孩子还是比较容易的吧？

6月14日中午，在交代了林琳晚上要做的事之后，朴某一个人在网吧的包间里开了台机器，一直玩到晚上10点多才从二楼的窗户离开，到了林琳和顾明开房的酒店。

在那之前，他已经和在这家酒店实习的几个同学打好了招呼，今天晚上，这几个人会调班，以便出事的时候好有个证人。

11点多的时候，林琳套着一件风衣，拿着车钥匙下了楼。

“快点，等会儿那死鬼醒了就麻烦了。”林琳紧张地说道。

“怕啥？”朴某不屑地嗤笑了一声，看着林琳的打扮咽了口唾沫，“走，老公带你兜风去。”

不由分说地，他拽着林琳，在那几个同学暧昧的目光中走出了酒店。

朴某开着车，载着林琳，在夜色中兜着风，车行驶到公园的时候，朴某突然来了兴致，将车开进了树林里，不顾蚊虫的叮咬，打算和林琳亲热亲热。

“不行。”没想到的是，平时一向百依百顺的林琳这一次居然拒绝得如此干脆。

“怎么？老公还不能碰你了？”朴某眉毛一挑，伸手扯开了林琳的外衣，看到她里面的衣服，朴某笑得更开心了，“穿成这样，是不是来勾引我的？”

“别这样。”林琳剧烈地挣扎着，语气中带着哀求，“我累了，你就放过我吧。”

“臭婊子！别的男人都能，我不能？”朴某“啪”的一声打了林琳一巴掌，这一巴掌让林琳当场呆住了。朴某借着这个机会翻身而上，没想到林琳突然尖叫了起来。

朴某伸手捂住了林琳的嘴，控制住了林琳的双手，等林琳失去了反抗的力气后，强行与之发生了性关系。完事后朴某才发现林琳已经一命呜呼了。

这一下，朴某彻底慌了手脚，匆匆收拾了自己的东西后，离开了现场。

夜风一吹，他才想起，酒店的监控视频可能记录下了他和林琳离开酒店的影像，赶忙回到酒店。

朴某并没有向他的这几个同学隐瞒犯罪事实，但也向他们保证，顾明是个有钱人，林琳又没有家人，回头只要案发了，让警察抓到顾明，他就去索要赔偿，到时候大家一起分钱。如果不这样做，他跑不了，这几个同学也一样会被认为是帮凶，被警察抓起来。

在朴某的威逼利诱下，这几个人串通好了供词，又删除了当天的监控录像。而朴某则潜回网吧继续上网，直到第二天早上才离开，后来又跑到公安局报案。

整个案情只有一个地方和我们的推断不符，朴某并没有烧毁或者扔掉那只避孕套。他那几个同学也不傻，作为互相牵制的东西，那几个同学不仅保留了这只避孕套，甚至对酒店当天的监控录像进行了拷贝，最终这些都成了警方的重要物证。

“现在，有的年轻人啊，”听完张静说的故事，老罗站起了身，长叹一声，“怎么说呢？”

“生活糜烂，三观不正。”张静说。

老罗点了点头，表示赞同：“真不知道这群孩子都跟谁学的，虚荣心咋就那么强，有啥可攀比的呢？为了钱真是什么都不在意了。”

“笑贫不笑娼呗。”我苦涩地笑了一下，“有个说法是，有钱什么都能办，没钱寸步难行。不过，好在这个案子里该付出代价的人都付出了代价，虽然这个代价大了点。”

“你们说，这个朴某真的是过失致人死亡吗？”老罗突然若有所思地问道。

“什么意思？”张静问。

“你们在林琳的身上没有检查到任何和朴某有关的线索吧？指纹、毛发，统统没有。”

“确实没有啊。”张静点了点头。

“朴某离开网吧的时候，并没有走正门，而是从没有监控的窗户离开，又从窗户返回。而且，他还特意让同学调班，以备出事的时候有个照应，按他的说法，他就是借车拍几张照片，能出啥事？”

“啊，我明白了。”张静的脸色瞬间变得煞白，“一切都是朴某计划好的，他从一开始的目的就是杀人，所以才要刻意避开监控，作案的时候肯定戴了手套，作案后又仔细清理了痕迹。”

“对。”老罗点了点头，“所以，朴某根本不是过失致人死亡，而是故意杀人！”

“可是，他为什么这么做？”张静眉头微蹙，“如他所说是为了炫富，那就是缺钱，把车卖了不是更好？何必要杀人呢？”

“这个嘛。”老罗冷笑了一声，“林琳再咋说也是他的女朋友，这绿帽子戴得他都快成绿巨人了，表面不说，他心里会不记恨？再说，他只是个学生，恐怕根本没有渠道出手那辆车，而且那车也不值几个钱，风险又大。林琳死了，向顾明申请民事赔偿，来的钱又多又安全，换了你——你咋选？”

“我先走了。”张静站起身就向外跑，“我得向厅里汇报这事。”

“人心啊，简直太险恶了。”看着张静的背影，我忍不住叹道。

“是啊。”老罗表示赞同。

“我说你，为了省顿饭钱，这种借口都编得出来。”

“这你可错怪我了。”老罗一脸的无辜，“不信我们等着瞧吧。”

三天后，检察院正式以故意杀人罪起诉了林琳的男友朴某，据说朴某最终被判死缓。同时，警方解除了对顾明的强制措施，我和老罗帮助他完成了相关手续。戏剧的是，顾明前脚刚刚走出看守所，警方后脚就又拿着一份逮捕令站到了他的面前。

顾明的前岳父在收购了他的公司后，聘请专业会计对公司账务进行了清查，结果发现公司账务存在严重问题，顾明涉嫌挪用公款，数额将近一千万。包括他那辆英菲尼迪轿车，原本属于公司财产，也被他通过一些非法的手段弄到了自己的名下。

“简律师，救救我！”顾明再次被逮捕，还没等进看守所就喊道。

“不救！”我干脆利落地回道。

“别介啊，老简，你看咱都代理过一次了，再来一次，把本钱赚回来啊。”老罗心疼地说道。

“之前代理是因为我相信他没杀人，这回不一样，我才不给有罪的人作辩护呢。”我撇了撇嘴，转头就走。

“嗨，你等会儿我，着什么急啊。”老罗在我身后喊道，“行，不代理就不代理，但咱这发票什么的，是不是得找法院报销啊，钱总不能就这么白花了吧？”

002

衣冠禽兽

与其责骂罪恶，不如伸张正义。

——丁尼生

1

2002年，中国男子足球队突破性地打入了世界杯决赛圈，创造了有史以来的最佳战绩。

2002年，巴西2∶0战胜了德国，第二次捧起了大力神杯，第五次夺得世界杯冠军。

2002年，一场被命名为非典型性肺炎的疫情暴发，谣言四起，引发了哄抢加碘盐的闹剧。

2002年，我度过了二十九岁生日，有了自己的律师事务所，正式开始了刑辩律师的生涯，打赢了生平第一个刑事官司。

2002年，老罗创纪录地在一个月内搞坏了三台遥控玩具，其中一台价值颇高，让他高喊着要剁手，第二天却还是搞了一个新的回来。

就在我拥有自己的律所前三个月，大概6月底的时候，又一批大学毕业生怀揣着对未来的美好向往，踏上了他们新的征途。

为了谋求一个更好的发展空间，这些即将离开象牙塔的孩子几乎是在一夜之间长大成人，褪去了他们单纯的外衣，开始各展神通。家世好的拼爹拼门路，家世不好的拼和老师的关系，没家世、和老师关系又不好的只能努力考研。

林峰作为大学教授，在社会上又有一定的人脉，就成了这些学生公关的对象之一。

这天晚上，林峰接受了学生们的宴请，一直喝到半夜11点多才回家。他喝得实在太多了，在家门口就险些睡过去，幸亏一个好心人搀扶着他进了家门。刚一碰到沙发，他就迫不及待地进入了梦乡。

第二天一早，天蒙蒙亮的时候，林峰的邻居下楼锻炼，却发现林峰家的大门虚掩，钥匙还插在锁孔里，一股浓重的血腥味正从门缝里肆无忌惮地汹涌而出。

“林老师，你没事吧？”邻居不放心地问了一句，门内没有传来任何的回应。

这个邻居小心地推开门，就看到林峰浑身鲜血，手里握着一把沾满了血肉碎末的钉头锤，靠在沙发里，紧闭着双眼。

在林峰的脚下，趴着一个女人，她身上衣衫破碎，一道道明显是抽打出来的伤痕触目惊心。更加恐怖的是，她的脑袋已经碎裂，粉色的脑组织混合着红色的血液，喷溅在地板上。

邻居扶着门框就吐了出来，整整五分钟之后，才想起跑回家报了警。

警察赶到的时候，林峰还躺在沙发上，只不过换了个姿势，睡得正香。鉴于林峰可能就是本案的凶手，警方当即对他采取了强制措施，带回警局进行进一步的侦查审讯。

法医和痕迹检验人员分别对被害人的尸体和现场痕迹进行了检查勘验。

初步证实，被害人徐某，正是林峰的妻子。

尸检显示，徐某死于颅骨损伤造成的失血性休克，推断凶器与现场林峰手中握着的那把钉头锤吻合。

法医同时表示，徐某在死亡前曾遭人毒打，凶器应是一条皮带。警方在林峰家的衣柜中找到了这条皮带，经林峰辨认，承认这条皮带是他本人的。

在这条皮带上，警方发现了一些陈旧的血迹，经鉴定，属于被害人徐某，还有一部分年代更为久远的血迹，血迹主人无从查找。

被害人徐某的身上除了新鲜的伤痕外，还有一些陈旧伤，从伤痕形态上判断，正是这条皮带造成的。

而痕检人员在现场并未发现外人暴力侵入的迹象，也并未发现除林峰和其妻子外其他人的痕迹，甚至没有发现被害人徐某有反抗的迹象。

至于林峰口中的那个“好心人”，警方没有任何发现。

林峰的作案嫌疑迅速上升。

警方认为，林峰存在暴力倾向，时常对被害人徐某进行殴打。案发当晚，醉酒的林峰失控，在对徐某进行殴打后，用那把钉头锤杀死了徐某。

对于警方的这个推断，被捕后的林峰全盘否认。他声称自己与妻子徐某的感情非常好，两人结婚十余年来甚至没有吵过嘴，自己是高级知识分子，不可能做出那种丧尽天良的事来。但对于凶器为什么会在他的手中，以及他的身上为什么会沾有那么多喷溅状的血迹，林峰却无法解释。

警方只能从侧面寻找证据佐证自己的推断。

林峰的邻居大多表示并不太清楚他家里的状况，因为林峰作为大学教授，有一种天然的优越感，很少和邻居们往来。林峰的同事们则表示，他不太可能是那种会殴打妻子的人。在和同事们的交往中，他待人接物总是彬彬有礼，甚少和人发生冲突。有限的几次见过徐某与林峰在一起，两人都表现得异常恩爱，林峰对妻子的话更是言听计从。

经过进一步的搜查，警方在案发现场找到了一本手册，那是一家民间妇女权益保护组织的宣传手册。抱着试试看的态度，警方找到了这家组织。负责人表示，他们的确接到过被害人徐某的咨询，但对于这件事他们并没有深入调查，因为徐某中途撤销了自己的委托。

同时，警方对位于林峰楼下的一户人家进行了调查，一个正上高中的孩子表示，有时候半夜会听到楼上传来砰砰砰的声音，不知道在干什么。负责调查的警察问他，像不像是在打人，这个孩子说是很像。

严格意义上来讲，这两条证据都不算是特别有力的证据。但从现场形态分析，林峰杀人的事实已经构成，至于动机，其实不太重要。

况且，还有那条染血的皮带作为直接证据呈现。

三个月后，检察院对林峰提起了公诉，第一次开庭的日期就定在了顾明被免予起诉后的一个月。

这个案子原本和我们没有任何的关系，可就在开庭前一周，本案的当事人林峰却突然提出更换律师，并指名由我和老罗担任他的辩护人。

2

对于这个案子，老罗原本是不愿意接的，他脾气虽然暴躁，却有一个古怪的原则——无论什么时候都不会对女人动手。一听说林峰可能涉嫌对女人施暴，他就拍起了桌子，新买的遥控器再次粉身碎骨。

“不接，你们说出花儿来这案子我也不接！我告诉你们，我最恨打女人的男人。大学教授怎么了？衣冠禽兽！”

“再研究研究。”我说，“我觉得这案子有搞头，对于他是否家暴这个问题，材料里的证据不太充分。”

“还不充分？皮带、妇女权益保护组织都出来了，你还想怎么充分？”老罗瞪着眼睛，“我可跟你说，老简，你要是接了这个案子，别说我跟你恩断义绝。”

“三十万。”一直坐在沙发上，安静地听着我们争吵的张静突然没来由地冒出一句。

“三十万？”老罗冷笑了一声，“我是那种见钱眼开的人？”

“你是！”我和张静对视了一眼，默默地点了点头。

“老简你到底哪伙的？”老罗指着我，咬牙切齿地说不出话来。

“好。”他突然重重地点了点头，“接这个案子也成，五十万，一口价，先交钱。”

“走吧。”张静站起身，理了理警服，“我带你们拿钱去。”

张静说的拿钱的地方其实是看守所。在会见室里等了十分钟，林峰坐到了我们面前。和三个月前相比，他显得清瘦了许多，但脸上的气色还不错，一双眼睛依旧有神，身体也坐得笔直，脸上带着淡淡的微笑。

就连那件橘黄色的马甲也被他穿出了一股儒雅的气质。

“五十万，不还价。”老罗一只胳膊撑在桌子上，竖起了手掌，“别急着点头，先付，而且我们不保证打赢。”

“可以。”林峰淡定地说道，“合同带来了吗？签完合同你们去找我父亲，就能拿到钱。”

“爽快。”老罗竖起大拇指，把合同丢到林峰的面前，看着他在上面签了字，说道，“好了，林先生，现在先回答我一个问题：你有没有打过你老婆？”

“没有。”林峰摇了摇头，“我们结婚十年，连一次吵嘴都没有。”

“那天晚上到底发生了什么？你必须跟我们说实话。”我想了想，问道。

“我记不清了。”林峰微微皱眉，摇了摇头，“我喝多了，就记得在门口被人扶了进去，之后的事情，我完全没印象。”

“那么，凶器你有印象吗？”我把凶器的照片递到他的面前，看着他的眼睛问。

“没见过。”林峰再次摇了摇头，补充道，“我家里没有这种东西。”

“这是个疑点。”老罗翻动着卷宗，“确实没提到他家里有相关的工具，谁也不能平白无故在家里摆个钉头锤吧？”

我点了点头，却有些头疼。对于那天晚上的事情，林峰完全没印象，也就意味着从他这里，我们将得不到任何有价值的线索。

我不死心地看着林峰，脑子快速转动着，试图寻找到一个突破口：“那个扶你进去的人，你能不能想起点什么？”

“完全没印象了。”林峰摇头，“身高好像和我差不多，但是，好像是个女的。”

“女的？”我皱眉，难道这案子的真凶是那个神秘的女人？

老罗突然笑了一声：“不会是你老婆吧？”

“不是。”林峰断然否定道，“那人是从我后面上来的。晚上10点之后，我老婆从来不出门。”

“这样啊……老罗，”我看了一眼老罗，“事不宜迟，看来我们得从别的地方找找突破口。”

“那就走呗。”老罗说着，站起身，根本没去看林峰的反应。

见我们要走，林峰连忙问道：“简律师，那我的事？”

“放心，林先生，这案子我们接了就肯定给你想办法。”我微微一笑，和老罗一起走出了会见室。

“怎么搞？”老罗看着我，一脸满不在乎的表情，“先说好，这案子，我可没什么动力。”

“钱都收了，不办事你好意思？”我笑了一下，“分头查吧，你去核实一下那几个证人的证词。”

“那你呢？”老罗点上一支烟，大口地抽着。

“我？我回去想想这案子的辩护方向。”

“嗨，脏活累活全给我，你小子回去坐空调办公室是吧？我不干，爱谁干谁干。”老罗三口就抽完了那支烟，顺手又点上一支。

“去拿钱啊。你去拿钱的时候顺便就把这事办了。”我无奈地摇了摇头，“少抽点吧，听说抽烟太凶，那玩意儿会变短。”

“那你不就不用那么痛苦了？”老罗暧昧地笑了一下。

“小明哥，小骡子。”张静看我们出来，从车里走了下来，扬着手里的档案袋，“快来，我发现点有意思的东西。”

老罗翻了翻眼皮，问：“啥玩意儿？”

“你们看这个。”张静难得没有教训老罗的态度问题，而是从档案袋里拿出了一本画册，那是警方在林峰家里发现的那个民间妇女权益保护组织的宣传手册。张静把手册翻到了其中的一页，那上面用红笔勾勒出了一部分内容。

“林某，三十九岁，长期生活在家庭暴力环境中，对丈夫的殴打虐待不敢反抗，不敢报警，最终被活活打死。这啥玩意儿啊？”老罗看了一眼，不解地看着张静。

“哎呀，谁让你看这个了，看这儿！”张静用力点了点下方的一个电话号码，“看到没？”

“这有啥用啊？”老罗更加狐疑了。

“得，这回空调办公室我是坐不成了。”我摊了摊手，“老罗你说吧，你是去拿钱，还是去调查这个电话号码？”

老罗瞪了我一眼，像看白痴一样看着我说：“那还用问？当然是拿钱去啊。”

“嗯，静跟你一起。”

“那我还是去查这个电话号码吧。”一听说要跟张静一起，老罗连忙说道。

“那也是跟静一起。”看着老罗的脸一下子垮了下来，我无良地笑了。

“我说小骡子你什么意思？”张静看着老罗，“你就那么烦我是吧？行，你们俩爱干吗干吗，搞得好像我一天没什么事，光围着你们俩转似的。”

老罗嘴一咧，露出了一口黄牙说：“你早这样不就好了？你老跟着我们混，你们领导能开心吗？”

“不能这么说啊，老罗，静可没少帮咱们。”我瞪了老罗一眼，“静，别听老罗瞎说。”

“无所谓啊。”张静耸了耸肩，一脸阴险地看着老罗，“反正他跑不了。不过我现在是真有事，我要是没猜错的话，小明哥一定在怀疑扶林峰进屋的那个人，要找到这个人，那可是我的领域。”

我猛地一拍额头，张静就是搞刑侦的，我能想到的，她自然也能想到，只不过这个案子她并没有参与，此前也就没权去调查，按她的性格，也肯定不愿意主动去招惹这个麻烦。但是现在，我和老罗接下了这个案子，以她对老罗的感情，不设法查明真相，帮我们打赢这场官司，那怎么可能呢？

“让老罗协助你。”我大手一挥，决定了老罗的命运。

至于我，则拨通了宣传册上的那个电话。半个小时后，我就已经坐在了这家民间妇女权益保护组织的办公室里。

坐在我对面的就是这个组织的负责人，一个四十多岁的女人，留着一头精干的短发，穿着职业装，举手投足之间散发着一种强大的气场。

她给我的名片上写着她叫王凌。

“这事警察也找我们问过。”听闻我的来意，王凌犹豫了一下，说道，“这个徐女士确实找过我们，希望得到我们的帮助。”

“我注意到一件事。”我说，“警方在调查里说，那件事最后不了了之，你们没有提供明确的结论，为什么？”

“怎么说呢？”王凌侧头想了一下，“我们的调查遇到了很大的阻力，没能查清真相。”

“阻力？”我的心猛地一沉，难道，林峰真的像警察说的那样，有暴力倾向？

“是的，不过很奇怪，这个阻力来源于徐女士。”王凌回忆说，“我们每次上门取证，徐女士都会改口说，其实并不是林峰打的，是她自己摔伤的。”

“摔伤？”我愣了一下，“徐女士为什么这么说？”

“徐女士说，她主要是想引起丈夫的注意。”王凌说，“林峰是那种典型的工作狂，对家庭的关心不够，尤其对徐女士的感受并不太关心。徐女士希望通过这种方式引起林峰的关注。”

“调查记录你这里有吗？”

“有。”

“我们需要那份调查记录，能给我吗？另外，我还有个不情之请。这个案子开庭的时候，你能出庭做证吗？”

“这个，”王凌犹豫了一下，才说，“我考虑考虑吧。”

3

很快就到了庭审的日子，但是对于打赢这个官司，我却突然失去了信心。答应我考虑考虑要不要出庭的王凌突然失去了联系，打她的手机关机，打她办公室的电话，她的同事告诉我，王凌已经几天没有上班了。

倒是老罗，丝毫没有受到任何影响，整天嘻嘻哈哈的，拿到钱之后立马儿又弄了一个遥控赛艇回来，可惜在我严厉禁止了他在公司弄个水池的想法后，那东西他只能在家里的浴缸里玩了。对于那天和张静的配合到底发现了什么，他也是闭口不谈。

我在车里最后一次拨打了王凌的电话，得到的依然是对方关机的提示。

“走吧，兵来将挡，水来土掩。”我咬了咬牙，推开了车门。

“等会儿，等我抽完这根烟。”老罗用力吸了几口，这才下了车，看我一脸的沮丧，他用力拍了拍我的肩膀，咧嘴笑了一下，“整得跟上刑场似的，放心，今天这案子肯定没结果。”

我白了一眼老罗，不明白他有什么可高兴的。

“能多关他一天是一天。”老罗嘿嘿一笑，“这么说吧，这小子说没打过他老婆，肯定是撒谎了，这种人，干吗不好好收拾他一顿。”

“神经病。”我摇了摇头，走向法院的大门。

法庭前已经聚集了一大批人，这些人以女性为主，胸前挂着绶带，绶带上的标志显示，他们都是王凌负责的那个组织的人。这些女性向过往的行人发放着宣传手册，看到我和老罗，她们自觉地让出了一条通道，向我们行起了注目礼。

这种待遇让我很不适应，因为这些人的目光不是欣赏，不是鼓励，而是鄙夷和嘲弄，甚至还有些怨恨。

那种如芒在背的感觉让我下意识地想要逃离。

在他们的心中，是已经将林峰定了罪的。

同样，我和老罗在她们眼中的形象则是“助纣为虐”。

短短的一段路，我却走得忐忑不安，生怕顾明的那件事在这里重新上演。倒是老罗，满脸的不在乎，但我却注意到，他一直小心地把我护在身后。所幸这些人还算理智，并没有采取过激的行为。

一走进法院的大门，我顿时长出了一口气。

庭审进行得按部就班，对于检方提出的所有证据，当事人林峰一概否认。我和老罗反而没有什么作为了，王凌没能作为我们的证人出庭，张静那边的调查暂时也没有什么实质性的进展，此前已经通知过我，今天她不会出庭。

所以，我们既没能提出新的证据，也没能对检方提出的证据做有效的反驳。

“公诉人，你是否还有新的证据提出？”庭前调查进入了尾声，法官依照惯例问道。

而我已经开始收拾东西，准备在庭辩阶段尽尽人事，期待案子二审的时候，张静的调查能有些进展。

这时候，公诉人的一句话却让我停下了手上的动作。

“是的，审判长，我们请求新的证人出庭。”

我不敢置信地看着公诉人，无法理解在这个时候，他们怎么还能找到新的证人证据。

当公诉方的证人走入法庭的时候，我彻底呆住了，只能一脸震惊地看着这个证人，张着嘴说不出话来。

公诉方的新证人竟是那家民间妇女权益保护组织的负责人王凌。

这下，我总算明白王凌为什么会对我们避而不见了。

我下意识地看了一眼老罗，却发现老罗根本没什么反应，对于眼前的这一幕他似乎早就有所准备。一直在摆弄着手里的一支钢笔。

“证人，你的身份？”审判长问。

“××妇女权益保护组织负责人。”王凌答。

“证人，根据我国法律规定，你有如实向法庭做证的义务，如有意作伪证或隐匿罪证，要承担法律责任，你听清楚了吗？请你在如实做证的保证书上签字。”审判长说道。

王凌在保证书上签字后，审判长说道：“公诉人，请对证人提问。”

“证人，你是否认识本案的被告人？”公诉人问。

“是的。”王凌答，“他曾是我的调查对象。”

“被告人为什么会成为你的调查对象？”公诉人问。

“我们曾接到他妻子徐女士的求助电话，称遭到了被告人的虐待和殴打。”王凌说。

“证人，请你辨认一下，徐女士是否就是本案的被害人？”公诉人递给证人一张照片。王凌看了看照片，点了点头。

“对于徐女士的请求，你们的调查结论是什么？”公诉人问。

“没有结论。”

“为什么没有结论？”

“调查一开始，徐女士就表示不需要我们调查了，说是自己摔伤的，请求我们的介入是希望能够引起被告人的注意。”

“她为什么要这样做？”

“徐女士称被告人平时对家中关心较少，一心扑在工作上。”

“从你个人角度来讲，你认为，被告人是否曾对被害人徐某实施过暴力行为？”公诉人问。

王凌没有立即作答，而是想了想，才说道：“我认为被告人曾对被害人徐女士实施过暴力行为。”

“你有啥证据？”老罗突然站了起来，问道。

“辩护律师，请注意你的言辞，还没到你提问的时间。”审判长提醒道。

“没关系。”公诉人毫不在意地说道，“审判长，我的问题问完了。”

“请辩方律师提问证人。”审判长说。

“证人，你说我的当事人对徐某实施了暴力，请问你这样说的依据是什么？”老罗阻止了我起身发问，问道。

“徐女士身上的伤痕和我们调查时她的精神状态。”王凌说。

“我记得你和我的同事讨论过这个问题，你说徐女士亲口承认伤痕是她自己造成的，与我的当事人无关。”

“是的。但是那并不是我们的结论。”

“那你们的结论是什么？”

“我坚持认为徐女士自己不可能造成那种皮带抽打的伤痕，尤其很多伤痕在她的后背。”

“你是医生？”

“不是。”

“法医？”

“不是。”

“你是否具有伤情鉴定资质？”

面对老罗连珠炮一样的发问，王凌愣了一下，摇了摇头说：“没有。”

“反对，辩护人的问题与本案并无关系。”公诉人举手说道。

“审判长，请允许我解释一下。”老罗说，“很显然，徐某遭到我的当事人殴打一事属于证人的主观推断，而证人并不具备伤情鉴定资质。只凭感觉做出了徐某身上的伤痕是皮带抽打的痕迹，以及这些伤痕是由我的当事人造成的推断。”

“我希望法庭注意一件事，伤情鉴定是极为专业的，应由专业人士来完成，证人并不具备这种专业资质，她的陈述是基于主观的推断，因此证词不应被采纳。”老罗说。

“公诉人的反对无效，辩护人，请继续提问。”审判长说。

“谢谢。”老罗点了点头，挑衅似的看了一眼公诉人，继续问道，“证人，你刚刚说到，判断徐某遭到我的当事人虐待，还有一个原因是徐某的精神状态，请问她的精神状态怎么样？”

“萎靡。”有了刚才的那一幕，王凌回答这个问题的时候小心了很多，仔细想了想才说，“回答我们的问题时，多次看向被告人，很害怕。”

“你依据什么判断徐某的恐惧来源于我的当事人？”

“她多次看向被告人。”王凌犹豫了一下，“我不是心理专家，但那种恐惧即便一般人也能看得出来。”

“也就是说徐某并没有亲口承认这种恐惧来自于我的当事人，这还是你的推测，是吗？”老罗微微一笑，问道。

“是的，但每个人都能看得出来。”王凌急忙说道。

“但是，我们之前的调查已经得知，林峰与徐某之间非常恩爱，徐某对林峰也非常依赖，她在回答问题的时候，看向我的当事人有没有可能是寻求安慰？”

“这……”

“换句话说，有没有可能，徐某的这种恐惧是来自于你们？据我所知，我的当事人和本案的被害人徐某都是高级知识分子，很在意公众形象，有没有可能是这样的，因为你们的调查可能会对徐某和我的当事人造成不好的影响，她才会有那种恐惧？”

“我不确定。”

“谢谢。审判长，我的问题问完了。”老罗得意地做了个胜利的手势，回到了律师席。

“公诉人，你是否还有新的证据提出？”法警将王凌送出庭外后，审判长又问。

“是的。”公诉人恶狠狠地瞪了老罗一眼，“我们调查到，十五年前，被告人曾因涉嫌过失致人死亡受到警方的调查。死者是他的前妻刘某，法医在对刘某进行尸检的时候发现，刘某的全身布满皮带抽打的伤痕，疑似遭到了被告人的虐待，并造成神经性休克死亡。换句话说，刘某死于难以忍受被告人对她的殴打造成的剧烈疼痛。这是当时的调查报告。”

公诉人将调查报告呈给了法庭，同时副本也被送到了我们的面前。

“我提醒大家注意的是，那个案子的被害人刘某、本案的被害人徐某，身上有同样的伤痕。”公诉人说。

我不可置信地看着这份报告，首先想到的却是按住老罗，以他的脾气，这时候肯定会暴跳如雷。

“审判长，各位审判员，我请求暂时休庭。对于是否继续担任被告人的委托辩护人，我们将重新进行评估。”

可惜，我的动作还是慢了一步，在我的手刚碰到他的时候，他这句话已经铿锵有力地说了出去。

审判长讶然地看着老罗，在他十余年的法官生涯中，当事人当庭更换辩护律师的情景并不少见，但律师当庭表示放弃为委托人辩护，估计这是头一个吧。

“老罗，坐下！”我连忙低喝了一声，又对着审判长赔起了笑脸，“对不起，审判长，我的同事情绪不太稳定，我认为他不适合继续参加接下来的庭审，我请求法庭准许，接下来由我一个人完成庭审过程。”

“不，我很好。”老罗微微低下头，看着我，我猛然注意到，这家伙微微眨了眨眼睛，脸上还带着一抹意味不明的笑容。

与此同时，他还不忘继续说话："审判长，我有理由相信，我的当事人对我们隐瞒了非常重要的信息，直接导致我们在庭审中陷入被动。同时，当事人对我们进行了误导，让我们做出了错误的辩护。"

"辩护人。"审判长和身边的审判员商议之后，说道，"合议庭经过充分讨论后认为，你提出的理由不足以支持休庭。合议庭决定继续进行庭审，辩护人，请针对公诉人提出的证据质证。"

"好啊，既然非要让我说，那我可就说了。"老罗哼了一声说，"审判长，我要提请合议庭注意的是，在公诉人提交的这份证据中，最后因证据不足并未对我的当事人提起公诉，即并不能证明我的当事人对其前妻进行了殴打和虐待并致其死亡。公诉人试图以一个根本没有定论的罪行强加到我的当事人身上，让大家相信他现在杀了人，这算不算污蔑？

"那个案子既然没有充足的证据证明是我的当事人做下的，公诉人却在这里口口声声说我的当事人有罪，在法庭判决前，任何人都是无罪的。公诉人这种说辞明显在有意引导各位法官的内心倾向，同时在有意误导今天来旁听的媒体，试图操纵舆论给法庭施压。这种手段简直太卑劣了，算不算造谣诋毁？审判长，我请求法庭制裁公诉人的不当言论，他必须为此道歉！"

老罗说得义正词严，可我的情绪却不太高。

中国的法庭虽然不像欧美国家那样采用陪审团制度，有时候只需要从情感上打动陪审团成员就能抛开事实对被告人进行无罪裁定，但中国的审判依然是由人来完成，由审判长和审判员组成的合议庭在进行裁决的时候依然会受到个人情绪的左右。

检方也知道这一点，并未打算依靠这份证据来说服法官，他们要的只是在感情上影响合议庭的最后裁决。

显然，他们的策略成功了。老罗再怎么挣扎，也不会有太大的成效。

4

庭前调查阶段完成之后，法庭并没有直接进入庭辩。

为了照顾老罗的情绪，我只好拉下脸来找法官请求延后庭辩，而且，眼下这个案子我们也的确需要更深入的调查。

老法官尽管一百个不情愿，但当老罗搬出张静的名头时，他还是同意，三天后再重新开庭。

“哎，老罗，静到底什么来头，她面子怎么这么大？”我不解地问。

“她？嘿嘿，反正我惹不起。”老罗嘿嘿一笑，“别打听这事，知道真相的你眼泪会掉下来的。”

我皱眉看着老罗，此时，他的精神状态太奇怪了。没有咒骂，没有愤怒，好像，对于法庭上所发生的这一切，他完全就是一副无所谓的样子。

“老罗，你可给我听好了。”我沉下脸，严肃地说道，“不管你怎么看当事人，这案子我们已经接了，就必须为林峰争取合法权益，要是因为你消极怠工，这案子出点什么问题，我饶不了你。”

“我知道我知道。”老罗不耐烦地摆了摆手，“我好歹也是律师，律师的职业准则是啥，我能不明白吗？放心吧，我可没消极怠工。来，听听，听听。”

老罗说着，从口袋里摸出了一支笔，又拿出了一副耳机，在我目瞪口呆的注视下，他把这两个东西连在了一起，然后把耳机插入了我的耳朵。

“我记得你和我的同事讨论过这个问题，你说徐女士亲口承认伤痕是她自己造成的，与我的当事人无关。”

“是的。但是那并不是我们的结论。”

“那你们的结论是什么？”

“我坚持认为徐女士自己不可能造成那种皮带抽打的伤痕，尤其很多伤痕在她的后背。”

“你是医生？”

“不是。”

“法医？”

“不是。”

“你是否具有伤情鉴定资质？”

“没有。”

“反对，辩护人的问题与本案并无关系。”

“审判长，请允许我解释一下。”

“很显然，徐某遭到我的当事人殴打一事属于证人的主观推断，而证人并不具备伤情鉴定资质。只凭感觉做出了徐某身上的伤痕是皮带抽打的痕迹，以及这些伤痕是由我的当事人造成的推论。

“我希望法庭注意一件事，伤情鉴定是极为专业的，应由专业人士来完成，证人并不具备这种专业资质，她的陈述是基于主观的推断，因此证词不应被采纳。”

耳机里传来的竟是法庭上老罗发言的那段。我一把扯下了耳机，指着老罗说：“你，你想什么呢？擅自录音，这让法庭知道，非弄死我们不可。”

“怕什么？谁知道我这个是录音笔？”老罗得意地笑道，“好几千块呢，怎么样？帅不帅！”

“帅你大爷！”我恶狠狠地骂了一句，“迟早让你害死！”

相比于玩这种高科技的东西，我倒是觉得，老罗那个小孩子一样的爱好没那么碍眼了。

“别提了，上回打赢那场官司，你大放光彩了，我妈可不干了，这回我看她还能说啥。啧啧，可惜了，要是能录像就更爽了。”老罗小心地收起录音笔，惋惜地说道。

“活活让你气死！”面对老罗，我实在不知道该说些什么，“干正事，接下来咋整？”

“吃饭，我饿了！”老罗发动汽车，五分钟后就到了省厅门口，我一下子瞪大了眼睛，张静竟已经等在那里了，她的脸上带着难以掩饰的疲惫，走向我们的时候，竟然还一瘸一拐的。

“法庭上的事，我听说了，别灰心，小明哥，这只是你们通往著名律师路上的一点儿小小的挫折，我相信，这点挫折对于你们来说，根本算不上什么。”一上车，没等我说话，张静就用力拍了拍我的肩膀，充满鼓励地说道。

“你小明哥这回可是遭了大难了，他那双钛合金狗眼这回看错人了。”老罗这个没心没肺的货说这句话的时候，充满了兴奋。

“我真不爱听你说话。”我白了一眼老罗，“我相信我的判断，林峰绝不是凶手。静啊，你那边查得怎么样了？”我满怀期待地看着张静。

“难啊。”张静叹了口气，“对不起啊，小明哥，这回我可能真帮不了你了。”

“哦。”听她这么说，我的心一下子沉到了谷底，一时间失去了所有的兴致，“老罗，送我回事务所吧，我想静静，你们去吃。”

“我就知道小明哥最爱我了，看看，小骡子，你学着点，我就在这儿，小明哥还生怕我不知道他想我呢。”张静得意地说道，我却只能报以苦笑。

“身体是革命的本钱，小明哥，就算回去要跳楼，也得先吃饱再说啊！”张静用力拍了拍我的肩膀，豪气干云地说道，“何况，今天可是小骡子这个铁公鸡拔毛，不吃你可就赔了。”

十分钟后，老罗将车开到了律所楼下，走进了我们常去的那家小饭店，我浑浑噩噩地跟在他们的身后。对于这顿饭，我实在没什么胃口，以至于等菜上来后我才知道，老罗竟然要了三份最便宜的五元钱一份的麻辣烫。

“小骡子，小明哥，你们混得也太惨了吧？”张静百无聊赖地扒拉着碗里的青菜，一脸的心疼，“这种东西你们怎么吃得下去？哪有营养啊。”

“不懂了吧？”老罗擦着嘴角，“大餐不是用价钱来衡量的，不信你尝一口。再说了，你缺海参龙虾鲍鱼？请你吃那些东西你也没胃口。偶尔换个口味，你会发现这世界上有很多美食是你忽略了的。”

“你还是头一个把小气说得这么义正词严的呢。”张静噘着嘴，挑起一根粉条尝了一口，脸上的表情马上变成了惊喜和陶醉，顾不上形象，三口两口吃光了自己的那份，学着老罗，连汤都没放过。

“看看，哥没说错吧？”老罗得意地看着张静。

“好吧，原谅你了。”张静拍拍手，却又叹了口气，“小明哥啊小明哥，我说你点什么好呢？”

“嗯？”我看了一眼张静，却从她的双眼中看到了一丝心疼和不忍。

“算了，再继续逗你，我都有负罪感了。”张静说着，从包里掏出一份文件，递到了我的面前，“看看吧。”

“这是什么？”我接过文件，翻开，意外地发现，这竟是一份尸检报告，而被尸检的人正是林峰的前妻刘某。

在这份尸检报告中，法医指出，刘某的死因是神经性休克，虽然全身遍布伤痕，却没有一处致命伤。我突然想起，眼下的这个案子中，被害人徐某的死因是失血性休克，而且脑袋整个被敲碎了。

“神经性休克和失血性休克有什么区别？”我猛地抬起头，盯着张静问道。

“小明哥就是聪明，这么快就找到疑点了。”张静赞叹地说道，“通俗一点来说，所谓神经性休克就是活活疼死的，失血性休克就比较简单了，就是字面的意思，结合到现在这个案子里，就是脑袋都被打碎了。”

我放下卷宗，摘下眼镜，用力揉着鼻翼，此时此刻，我的脑袋里冒出了一个非常大胆的想法，假如……

没等这个想法完全蹦出来，我就用力摇了摇头，这太冒险了。

“小明哥，还在想什么？这恐怕是现在唯一的办法了。”张静有些急迫地说道。

“那案子还没过追诉期。”我说，“而且，就算林峰承认了也没有用，他必须得拿出证据来，但那就意味着，那个案子肯定会被追诉，我们不能这么干。”

张静和老罗对视了一眼，突然叹息着摇了摇头说：“我就知道这招对你没用。要是换了小骡子，他早猴急猴急地跑去找林峰了。”

说着，她再次从包里拿出了一份档案：“这个给你吧，下午的时候才刚刚出来的结果。”

我愣了一下，看了眼老罗，突然间就明白了为什么对于法庭上发生的一切，老罗表现得那么怪异，完全不是他平时的作风。原来张静早就得到了想要的，只不过一些结论出来得晚了一些而已。

我迫不及待地翻开了档案，笼罩了我一整个下午的阴霾在这一刻烟消云散。

“小明哥这个工作态度啊。”张静摇了摇头。

“活该单身一辈子。”老罗不无鄙夷地说道，“走吧，静，咱俩逛街去，让你小明哥自己兴奋去吧。”

“好啊，走，今天老娘要奢侈一把，做个足疗去。”

说着，这两个人真就携手离开了饭店。对于老罗这个对张静避之唯恐不及的人却突然转性陪张静逛街的做法，我尽管感到奇怪，但是那份档案带给我的冲击实在太大了。我根本无暇顾及他们。

对于再次开庭这种事，我从来没有哪一刻像现在这样急迫过。在煎熬中，终于迎来了这个重要的日子。这天一大早，我就迫不及待地拉着老罗跑到了法院。张静已经过来等着了，她一如既往地穿着一身警服。

“小明哥，加油！”见到我们，张静用力地挥舞着小拳头。

“一定！”我用力挥了挥手。

“老简，这案子，今天能让我主辩吗？”在走进法庭前，老罗却突然拉住我，神情无比肃穆地说道。

“怎么？上瘾了？”张静提供的证据让我对打赢这场官司充满了信心，情不自禁地开起了玩笑，“要不要我不出庭，在旁听席给你录像啊？”

“那倒不用。”老罗促狭地笑了笑，“反正，这案子就交给我吧。”

“行，我就让你在伯母面前风光一下。”眼尖的我已经看到，老罗的母亲已经走进了法庭，坐在了旁听席，“可别掉链子啊！”

“我罗杰是谁？”得到了我的许可，老罗自信心爆棚，“你就等着瞧好了！”

“审判长，我请求新的证人出庭做证。”履行完必要程序后，老罗起身说道。

“准许证人出庭。”审判长说。

张静靓丽的身影再次出现在了证人席上，公诉人一看到她，就忍不住皱起了眉。看着张静那一身英气逼人的警服，那张白皙娇嫩、完美无瑕的脸和灵动的眼睛，我忍不住露出了一抹微笑，却又暗自叹了口气。

没人知道，在过去的那几天里她是怎么度过的。她提供给我的那份文件是一份微量物证鉴定报告，提取的地方则是案发当天林峰穿的那身衣服，从那上面找到不属于林峰的东西，无异于大海捞针。

我几乎可以看到，她把自己关在实验室里，一个又一个夜晚不眠不休，对每一个提取到的检材进行鉴定匹配，却又一次次失望。挫败感从未有一刻停止过对她的侵袭，希望和失望轮流折磨着她的精神，以至于到最后终于成功了的时候，她已经提不起一丝一毫的兴奋了。

“证人，你的身份。”

“省公安厅刑事技术鉴定员，主检法医师。”

“请辩护人提问。”

审判长在例行公事地履行着法庭的程序，我的思绪却早已飘到了远方。完成了那份微量物证鉴定，张静并没有停止自己的工作。作为一名法律工作者，我们很清楚，光是能够证明当事人无罪是不行的，对于一个已经提起了公诉的凶杀案，在没有找到真凶前，任何一个法官，宁可拖着这个案子不下判决，也不会轻易做出无罪的判决。

张静还必须找到真正的凶手，对于孤军奋战的她来说，这件事哪有那么容易？一个人，两条腿，在这个城市里寻找着每一个可能的目击证人，她不断地重复着林峰在案发当天的行动路线，询问着每一个有可能见到过林峰的人。

对于张静的真实身份，她没有说，我也没有问过，但是老罗透露出的只言片语让我知道，这丫头家世显赫，在家里恐怕也是个需要人伺候的千金小姐。

可是为了这个案子……

“那丫头，傻不傻？脚上全是水泡啊！”老罗那天回来后跟我说的话，此刻犹在耳边。

“证人，你是否查阅过十五年前刘某遇害一案的尸检报告和本案中被害人徐某的尸检报告？”老罗问道，这句话让我瞬间清醒了过来，愕然地看着老罗，他的问题和我们之前拟订的辩护方案完全不符。

他却刻意避开了我的目光。

“是的。”证人席上的张静也像是早就知道这个结果，平静地答道。

“你对这两份报告有什么意见？”

“首先，两名被害人的死因并不相同，刘某死于神经性休克，徐某死于失血性休克。其次，施暴人的手法并不相同，对刘某施暴的人手法巧妙，避开了要害，并未留下致命伤。对徐某施暴的人，手法简单粗暴，致命伤明显。”张静说。

“所以你的结论是？”

“两次案件并不是同一人所为。”

“我反对！”情急之下，我顾不上自己辩护律师的身份，出声喊道，“律师提出的问题和本案并没有直接关系！”

“简律师，麻烦你注意下你的身份。”法官哭笑不得地看着我说，又看了一眼张静，“证人，你能说得再清楚一些吗？”

“每个人都有惯性思维和习惯性动作。这些在凶手身上表现得最为明显，因为心理素质再好的人，在杀人的时候也会紧张，下意识地做出一些习惯性的动作。在凶杀这种案件中，则直接表现为凶手的杀人手法，同一名凶手在不同的案件中通常会有特定的杀人手法或者特定的举动。这也是我们在实际工作中做同一认定的重要依据。”

“法官，请不要让她再说下去了！”我喊道。

“简律师，你要是再这样，我就不得不以扰乱法庭秩序的名义请你离开法庭。”法官沉下了脸。

我焦急地看着老罗说："老罗，你说句话，这官司不能这么打。"

"为什么不能？"老罗笑了一下，随后就不再理我，将目光转向了法官，"各位一定很奇怪，我为什么要问这个问题，所以，现在，我想请我的当事人为大家解释一下。"

"林峰，不能说！"我喊道。

"法警，将简律师送出法庭冷静一下！"法官敲响了法槌，那清脆的声音敲在桌子上，却像直接敲在我的脑袋上，"轰"的一声，我瘫坐在了椅子里，任由法警将我拖出了法庭。

坐在法庭的门边，我苦笑着听着法庭里的辩论。

"当事人，你是否承认本案中你杀害了你的妻子徐某？"老罗问。

"不，我没有。"林峰说。

"你是否承认你前妻刘某的死与你有直接关系？"老罗又问。

"是的。"林峰说，"我的前妻是在一次我对她进行殴打的时候死亡的。"

这句话一出，法庭哗然，我能想象到，此刻，所有人一定都是带着不可置信的目光看着林峰的。

疯子！简直就是疯子！

我终于明白，老罗那天突然和张静那么亲密，其实只是为了支开我，两个人一定去找了林峰，唆使他接受了这个辩护方案。

明明我们已经掌握了确凿的证据，可老罗和张静却还是执意要采取这个辩护方案，为了什么，一切已经不言而喻了。

我原本以为，老罗终于成熟了，可实际上，他只是比以前聪明了点，知道做某些事情的时候要避开我。

一个疾恶如仇，脾气火暴；一个刁蛮任性，天不怕地不怕。这两个人凑到一起，能搞出什么好事来？

"畜生！"法庭里突然传来了一声怒骂，接着是一声痛呼。

"没错，老头儿，你女儿就是我打死的！"林峰张狂的声音传了出来，此时的他，早已不复学者的温文尔雅。

“肃静！肃静！法警，将闹事者请出法庭！”审判长连敲法槌并喊道。

法庭的大门再一次打开，一个头发花白的老人在法警的搀扶下走了出来，他的一只脚光着，兀自不甘心地大骂着。

“王八蛋，你不得好死！”

孱弱的老人此刻却迸发着难以想象的力量，两名法警竟然有些控制不住他。

他大概就是林峰前妻刘某的家人，但是此刻，我却无暇关注他，而是垂下了头，将脑袋藏在了双腿之间。

我有些乱，从律师的职业道德角度讲，老罗的做法无疑是错误的，有可能会给我们带来灭顶之灾。但是假如抛开职业，回归为一个活生生的人，我知道，老罗的做法一定会得到大多数人的赞同。

从这个角度讲，我竟然有点不敢看这个老人。

法庭里的庭审依旧在继续。

“当事人，你是用什么殴打你的前妻刘某的？”老罗问。

“一条皮带。”林峰说。

“就是本案中发现的那条皮带吗？”

“是的。”林峰说。

“审判长，我的当事人已经明确表示，刘某死亡一案是他造成的，也提供了相应的证据。而我的证人也已经从专业角度给出建议，两次案件并不是同一人所为，也就是说，徐某并非死于我的当事人之手。另外，我想继续询问证人。”

“证人，你是否曾对物证进行过检验？”得到了法官的允许，老罗问。

“是的。”张静平静地回答道。

“在物证中你有发现疑点吗？”

“在凶器上我发现了其他人的指纹。”

“审判长，我没有问题了。”

“公诉人，请对证人提问。”

“证人，如你所说，假如本案中有另一凶手存在，你怎么解释被告人身上的喷溅状血迹？痕迹专家已经证实，被告人只有处于凶手的位置才能留下那样的痕迹。”公诉人问。

“这很简单啊。”张静说，“只要凶手穿着被告人的衣服杀人就可以留下相应的血迹了。至于脸上的血迹，很明显，有涂抹的痕迹。脸上糊满血，人会下意识地擦拭，这也就很容易瞒过警方的勘验了。”

“另外，我必须说明一点，在被告人的衣服上，我们已经发现了别人的毛发，我有理由认为，那是真凶留下的。”张静似笑非笑地补充道。

她此刻说的这些内容在之前交给我的文件里已经提到过，这也是我有信心打赢这场官司的原因。我知道她和老罗一样，有点正义感爆棚，只是我完全没想到，她和老罗两个“臭味相投”的家伙会想出这么一招来。

我们是律师，可是他此刻在做的事，却是一个公诉人该干的。

公诉人已经结束了提问，审判长宣布休庭15分钟，15分钟后继续进行庭审。

对于事情接下来的发展，我已经没有兴趣知道了，以目前的形势判断，对于林峰涉嫌杀害徐某一案，本次庭审是否会做无罪判决不好说，但最终他肯定是要被无罪释放的，只要抓到那个真凶。而对于他涉嫌杀害刘某一案，检察院必然会启动追诉程序。

我站起身，摇摇晃晃地向外走去。我不知道该怎么面对林峰，我并不是一个合格的律师。

“老简，别这样。”一只有力的大手抓住了我的胳膊，老罗有些不忍地说道。

“小明哥，对不起啊！”张静也满是歉意地说道。

听着她清脆悦耳的声音，我的心一下子就软了下来。张静，这个天之骄女，此时此刻，就在我的面前，竟然诚恳地道歉了。

“不怪你！”我努力扯出一抹笑容，“假如我不是律师，我也会这么干的。”

“怪我咯？”老罗耸了耸肩，“随便，只要你开心，就在这儿揍我一顿都行，保证不还手！”

“那倒不用。”我摇了摇头，“只不过，下次再有这种事，能不能提前跟我说一声？凭什么英雄你当，挨骂这事就得我来？”

5

“简律师、罗律师，公诉人希望取消庭辩阶段，由本法庭直接对本案做出裁决，你们同意吗？”再次开庭前，审判长突然将我们叫了过去问道。

“为什么？”我和老罗同时愣了一下，看了看公诉人，又看了看审判长。

公诉人笑了一下说：“原因不方便透露。”

我看着老罗，老罗也看着我。

“你说句话啊！”老罗突然说。

我瞪着老罗说：“你不说今天这案子你主辩吗？”

“辩完了啊，决定的事不得由你这个主任来做吗？”老罗一脸的无辜，搞得我哭笑不得。

“那好吧。”我苦笑着摇了摇头，看向审判长，“如果法庭能够采纳证人张静的证词证言，我可以同意取消庭辩。”

“可以。”审判长的回答没有任何的犹豫，这倒是让我愣了一下，然而随即一股狂喜便涌上了心头，我盯着老罗，却见他正似笑非笑地看着我。

“你是不是知道什么？”我问。

“静曰，不可说不可说！”老罗摇头晃脑地走进了法庭。

“肃静！现在开庭。”所有人员到齐之后，审判长宣布开庭。

“经公诉人提出申请，辩护人同意，合议庭经充分研究后决定，取消本案的法庭辩论，合议庭已对本案做出裁决，现在宣读判决书。全体起立！”审判长说道。

这突如其来的变故让当事人林峰焦躁不安，看向我们的目光中多了些怀疑。老罗对此却不闻不问，我只好向林峰打出了一个安心的手势，让他放心。

“……合议庭充分听取了控辩双方对本案的意见，以及双方证人的证词证言，其中省公安厅刑事技术警察、主检法医师张静已查明本案中存在另一嫌疑人的证据。结合已查明的相关事实，本法庭认为，公诉人提出的被告人林峰涉嫌杀害被害人徐某一事，证据不足，本法庭不予支持。

“对于被告人林峰涉嫌殴打虐待其前妻刘某致其死亡一案，不在本次法庭审理范围内，公诉人可另案起诉。”

错愕、犹疑、狂喜……多样的情绪在林峰的脸上不断闪过，他竭力压制着自己的情绪才没有表现出过激的行为。

“如不服本判决，可在接到判决书的第二日起十日内，通过本院或者直接向高级人民法院提出上诉。书面上诉的，应当提交上诉状正本一份、副本三份。现在宣布，退庭！”审判长敲响了法槌。

直到这一刻，林峰的脸上才露出了一抹得意的笑容。

“值！这50万花得值！”在法庭门口，林峰如长者一般拍着我的肩膀，“简律师果然名不虚传，这样的官司也能被你们打赢。”

我不易察觉地动了动，和林峰拉开了距离。就在他的身后，几个检察院的工作人员和警察已经走了过来。

“林峰，你的前妻刘某遇害一案经检察院批复已重启调查，你因涉嫌此案，现在检察院正式批复对你的拘捕决定。”一名检察官神情严肃地说道。

林峰愕然回头，不可置信地看着眼前的警察，又猛地回过头，双眼通红地看着我和老罗。“你们坑我？！”这一刻，这个衣冠楚楚的大学教授终于露出了他狰狞的爪牙，“我要起诉你们，作为我的律师，你们陷害了我！”

“别这么说。”张静从我们身后钻了出来，悠然地说道，“他们代理的只是你涉嫌杀害你妻子徐某的案子，现在这个案子结束了，法庭已经宣判你无罪，他们很好地完成了你的委托。”

“但他们诱导我承认我杀害了我的前妻！”林峰咆哮道，“浑蛋，我要让你们生不如死！”

“这事是你自愿承认的啊，在和你讨论辩护方案的时候，我已经向你讲明了风险。”老罗冷冷地说，“在三到七年刑期和十年刑期之间，你自己选择了前者，我从来没对你承诺过什么。”

“你现在改口也不是不可以。”张静挑衅似的笑道，“这样就不会对你之前的事进行调查起诉，不过你杀害徐某这个案子，结果可能就要变一下了。我倒是很期望你能选择后者。”

林峰徒劳地挣扎着，想冲上来，却被警察牢牢按住。老罗已经提起了拳头，张静也适时地躲到了我的身后，却从我的肩膀探出了头。“动手啊，殴打国家执法人员，罪加一等哦。”

“吓死我了。”直到林峰被带走，张静才拍着胸口夸张地说道。

“现在知道怕了？你们这么做的时候怎么没想过害怕？”我冷哼了一声。

“好啦，小明哥，别生气了嘛，大不了，今天我请你们吃大餐喽。”张静说着，蹦蹦跳跳地迎上了又一组检察院的人。

带头的是个年迈的老人，精神却无比矍铄，看着这个人，我却瞪大了眼睛，他和老罗之间竟有一些神似。而老罗看到这个人，竟然躲到了我的身后。

“这是我五叔，我们家最严厉的一个，检察院的副检察长。”老罗悄声说。

“哼！”老人冷哼了一声，狠狠地瞪了一眼老罗，又看了一眼张静，脸在一瞬间就垮了下来，颇有些无奈地看着张静，“静静，我们已经按照你的意思完成任务了，那些证据，是不是可以交给我们了？”

“笑一笑嘛，罗叔叔，不要摆着一张臭脸啦。”张静甜腻地一笑，从包里拿出了一份鉴定报告和一个U盘，“都在这里啦。”

老罗的五叔接过材料，苦笑着摇了摇头说：“你这丫头，这回检察院的脸可丢光了。”

“还不是为了他。”张静冲躲在我背后的老罗努了努嘴，“罗叔叔，你这个侄子，可真是不让人省心啊。”

“哼。”罗副检察长再次冷哼了一声，“要不是为了这个小兔崽子，我能做这种违反原则的事？”

“罗叔叔，不要这样说。”听到罗副检察长这样说，张静却拉下了脸，“我们可是帮了你们哎。要不是我们，不就又有一个冤假错案发生在你们手上了？小骡子在这事里可是主力呢。”

“好了好了，罗叔叔说不过你。我去办正事了，丫头你来不来？”罗副检察长说道，看都不看老罗。

“去啊，当然要去，我还没抓过人呢。”张静蹦跳着说道。

罗副检察长的脸一下子垮了下来，看来，他原本以为张静会推托一下，显然，他不太了解张静古怪的脾气。

“到底怎么回事？”我快步追上张静，问。

“交易啊，我让他们故意输掉这个官司，要不然就不把证据给他们，而是交给媒体。等着瞧，明天报纸的头条肯定是你们，两个正义的律师！”

“我说的不是这个，要去抓什么人？”

“凶手呗。”张静嘻嘻一笑，“我不是说了嘛，在凶器上有别人的指纹。我拆了那把钉头锤，你猜怎么着？锤头和锤柄交接的地方垫了几张纸，大概是怕锤头下滑。那几张纸上有别人的指纹，沿着这个线索，我就去查了销售这种钉头锤的几个店铺。”

“等等，那玩意儿很常见吧？你怎么查？”我问完，马上就恍然大悟，“怪不得老罗说你脚上都是水泡，你是怀疑凶手一直跟在林峰的身后，而他准备凶器也可能是在这条路线上。”

“Bingo！”张静打了个响指，“小明哥你不来做警察太可惜了。”

“可是这玩意儿又不是实名制的，你怎么查啊？”我再次皱起了眉。

“我都说了发现了那几张纸，当然是那些纸给我的线索了。”张静白了我一眼。

“好像你一看到那几张纸就确定嫌疑人了，到底是谁啊？”我问。

“等下你就知道了。”张静神秘地一笑。

说话间，我们已经站到了一个刚刚从法庭走出来的女人面前。看着这个人，我有些目瞪口呆，她四十多岁，一头短发，一身凌厉的气场，竟是那个民间妇女权益保护组织的负责人王凌。

“那几张纸是他们的宣传手册？”我恍然大悟。

“聪明！”张静赞道。

“你怎么会想到她是凶手呢？不可能仅仅因为那几张纸吧？”我还是有些难以理解。

“当然，要是那么容易，第一次庭审的时候我就出庭了。”张静叹了口气，“当我从林峰家附近的一个五金店看到监控视频的时候，我还不太确认她就是凶手，因为没有指纹匹配，更没有DNA匹配。”

“所以，我只能从动机上入手，如果真的是她，她为什么要这么做？我一下子就想到了她宣传册上的那个故事，那个因为不敢反抗家暴被活活打死的被害人。那个故事不可能是她编的。我去查了一下档案，你猜我找到了什么？”

张静歪着头看着我说：“那个案子的被害人也是被人敲碎了脑袋，而凶手就是这个王凌，那年她只有十岁，被害人是她的母亲。”

我瞪大了眼睛，看着王凌，我下意识地后退了一步。不去制裁实施暴力的人，却对遭遇暴力的人下死手，这是一种怎样的心理才能做出的事？！

此时的王凌，面对检察院和警方出示的拘捕文件，并没有反抗，而是面带微笑地伸出了双手。在被带上警车前，她停了一下，看着法院门前那些发传单的她手下的工作人员错愕的眼神，她微微一笑，高声说道：“大家要相信，你们做的事情没有错。家暴这种事，出现一次，就会有第二次，寄希望于男人回心转意逃脱噩梦是不现实的。身为女性，只有勇敢地站出来才能保护自己，那些懦弱的妇女都是帮凶！”

“确认了王凌曾以同样的手法杀人之后，我就密取了她的指纹和DNA，结果证明，我的推测是正确的。王凌是尾随林峰进入他家中的，因为被害人和王凌认识，所以王凌伤人的时候，被害人根本一点儿防备都没有。打晕被害人后，王凌就换上了林峰的衣服，对被害人进行了残忍的杀害，然后再把衣服给林峰换回去。很精巧的一个诡计，可惜，微量物证她是没办法清理干净的。”张静说，“至于为什么要这么干，我想，她刚才已经说得很清楚了。”

“这个，算加班吧？”老罗突然蹦出来一句，“额外给钱不？”

003

同根相煎

在我看来，失手杀人其罪尚小，混淆美丑、善恶、正义与不正义，欺世惑众，其罪大矣。

——柏拉图

1

我和老罗的律所位于市中院旧址的隔壁，一栋32层的写字楼里，从13年前成立开始就一直在那儿。如今市中院已经搬到了城市的另一头，原本和我一样在这里起家的一些律所也都搬走了，现在我所在的楼层，就剩下我这一家律所。很多人也劝我搬家，方便工作，但我一直没有动过，甚至从来没有想过要搬走。

我并不是个怀旧的人，否则，那些过往我不会到今天才说出来。

我只是有点害怕，我怕我搬走了，老罗和张静回来的时候会找不到。

我只是，稍微有一点儿担心，担心搬到了新的地方，我没有能力复原老罗留在办公室里的一切。

老罗的办公室就在我的隔壁，那是整个律所唯一的禁地，除了我和另外一个人，没人有那间屋子的钥匙，我也从不允许别人进入。

每天早上，先走进老罗的办公室，精心打扫里面的卫生，伺候好那几盆黄色的郁金香，这已经成了我日程表上雷打不动的内容。

到现在已经过去三年了，可是每次走进这间办公室前，我都要努力做几次深呼吸，才能让自己平静下来，才有勇气把钥匙插进锁孔。

“咔嗒”，那一声细微的轻响，每一次都会让我的心猛地揪紧，我真希望当我推开门的时候，老罗就坐在办公桌后，“啪”一拍桌子，豪气干云地喊一嗓子：“我罗老三又回来了！”

然而，没有，什么都没有。

只有凌乱的文件扔在桌子上，那台老旧的电脑甚至不知道还能不能启动，旁边的烟灰缸里还堆着三年前的烟蒂。墙角的纸箱里放着那些散落的遥控玩具和一个工具箱。在最后那段日子里，老罗终于长大了，不怎么买新的玩具，而是开始尝试修复那些破损的玩具。

我真的很仔细地清扫了这间办公室，从他离开的那一天开始，我绝对不允许一粒新的灰尘在这里停留。

没错，我让这里停留在那一天，永远地停留在那一天，这样，当老罗和张静回来的时候，就能够从那一天开始，继续我们的生活。这样，他们就从未离开过我。

花开花落，花落花开。我知道，当最后那一盆郁金香死去的时候，就是我们三个人再次聚首的时候。

“加油，老罗，我先忙去了。”我对着空荡荡的办公室说了一句，锁好门，回到了自己的办公室。

一份报纸摆在我的办公桌上，《刑法修正案（九）》在这一天正式实施了。

这份新的修正案最重要的一条就是规定了“收买被拐卖的妇女儿童一律入刑”，这对于打击拐卖妇女儿童的犯罪行为具有里程碑式的意义。在以往的《刑法修正案》中虽然也规定了要对收买被拐卖妇女儿童的人入刑，但也补充说如果收买了被拐妇女，不阻挠她离开，就可以不追究刑事责任，不阻挠解救行为，没有虐待儿童行为，就可以不入刑，这实际上就意味着诸多违法犯罪行为会因此逃避法律的制裁。

新的《刑法修正案》则明确规定收买被拐卖的妇女儿童要一律入刑，不阻挠离开的，可以从轻或者减轻处罚；收买被拐卖的儿童之后，不阻挠解救，没有进行虐待，可以从轻处罚。言外之意就是都必须定罪。

这条新闻让我的思绪直接回到了2002年12月。

距离我们打赢林峰那场官司已经过去了两个月。和严冬一起到来的还有律所经营形势的急剧恶化。

在过去的两个月里，律所几乎没有接到新的业务。民事案件的委托人想当然地认为，打赢了两场棘手官司的杰明律所收费必然高昂，看不上他们的小官司。刑事案件的委托人则在和我沟通后，要么被我打发了回去，要么觉得风险实在太大，不知道会被挖出什么黑历史，放弃了合作。

对于这种状况，我倒是不在意，我有我自己的择案标准，通过顾明和林峰这两个案子，我已经确定，只要是刑事案件我必须确认当事人无罪才会接。

老罗可是急得不行，他已经两个月没买新玩具了。

“老简，你干啥呢？”他捂着因为牙疼而肿胀的腮帮子，不清不楚地说道，“再这么弄下去，咱们都得喝西北风去。”

“老简啊，你是我哥行不？”老罗哀求地看着我，“别管输赢，先把钱赚了啊。你看看，这个状况让我咋跟家里交代？”

老罗把当月的财务报表丢给我，那上面是大红的赤字。

“老简！你听着没啊！”

见我丝毫不为所动，老罗气得上来就要掐我的脖子。

“咳！”办公室门口传来了一声轻咳，老罗一惊，赶忙松开了手，回过头就看到张静一脸暧昧的笑容站在门边。

“你咋来了？”见到张静，老罗愣了一下。

“你这什么态度？”张静哼了一声，在沙发上坐了下来，“本姑娘俗事缠身，特意抽空来看看你们，你还不高兴了？”

“不是不是。”老罗搓着手，“我这不也是俗事缠身，业务繁忙嘛，你来了也不提前打个招呼。要不我们改天再约？”

“嗯，业务繁忙。”张静动了动老罗的电脑，经典游戏红色警戒的画面呈现在了电脑屏幕上，“哟，你这还都是国家大事呢，以一己之力对抗六国围攻啊，怎么着，想当秦始皇统一六国？”

“这不是调整一下状态，放松放松嘛。”老罗大言不惭地说。

“咖啡，现煮的！”我给张静煮了一杯咖啡问道，“那件事怎么样了？”

“在这里。”张静拍了拍包，却并没有打开，而是严肃地看着我，“小明哥，你真打算这么干？”

“嗯。”我点了点头。

“你俩背着我干啥了？”一见我们俩这样，老罗紧张地问。

“结婚。”张静下巴一扬，说，“小明哥年轻有为，高大威武，又斯文绅士，哪像你？所以啊，我答应他的求婚了。”

“啥？”老罗一下子瞪大了眼睛。

“别听她瞎说。”我的脸腾地就红了，“老罗你别误会，我就是让静帮我查个案子。”

“老罗你别误会，我的心一直在你这里。”张静粗着嗓子，学着我的语调说道，狠狠地瞪了我一眼，从包里拿出了一个档案袋丢给我，“一点儿都不懂配合。”

“啥案子？”老罗凑上来兴冲冲地问道，“我就知道，你小子肯定不会坐以待毙的！”

其实，那是一个很特殊的案子，案子发生在那年10月初，就在我们为林峰的事奔波不已的时候。

当时正值黄金周，集中出行的人将高速公路堵了个水泄不通，连日奋战的高速交警们疲惫地疏导着交通，还要对可疑的车辆进行检查。

案子就发生在交警对一辆刚刚驶下高速的集装箱货车临检的时候。

货车司机看到交警示意他靠边停车，便缓缓地降低了车速，在交警准备上前检查时，货车却突然加速，试图冲过关卡。反应敏捷的交警迅速跳到了一边，才避免被卷入车轮下。交警迅速通知了前方路段的同事，布置了路障。

货车司机见难以闯过，便停下车，跳出车门夺路而逃。配合交警部门工作的武警见状追了上去，在连续鸣枪示警，货车司机却依然负隅顽抗后，武警开枪打中了他的腿，将他擒获。

交警随即试图打开货厢，还没等撬开锁，就听到货厢里传来一阵咚咚咚的敲击声，还有女人的哀鸣和求救声。

几个交警和武警对视了一眼，脸色苍白，武警迅速将子弹上膛，枪口对准了货厢的门。

“打开！”带队的警官深吸了一口气，命令道。

随着货厢门打开，首先迎接警察们的是一阵阵恶臭，接着是女孩儿们刺耳的尖叫。

站在门边的警察看到，货厢里是三十几个衣衫褴褛、面容憔悴的女孩儿。她们普遍脸色蜡黄，目光呆滞，有几个女孩儿甚至还挺着大肚子。在货厢的最里面，躺着几个枯瘦的女孩儿，早已没有了生命的气息。

突如其来的阳光让还活着的女孩儿们下意识地挡住了眼睛。

货厢的一个角落里，摆放着一个简易的马桶。地面上凌乱地扔着一堆白色的一次性餐盒，里面的食物已经腐烂发臭。

这个地狱一般的货厢，既是这些女孩儿的起居室，也是她们的卫生间、餐厅和活动室，甚至还是一些熬不住的女孩儿的长眠之地。

“别害怕，我们是警察。”带队的警官尽可能平和地说道。

女孩儿们的目光中终于多了些神采，流下了激动的泪水，抱头痛哭。

过了几分钟，一个穿着打扮还算整齐，除了疲惫，精神状态也还好的女孩儿率先走了出来，在警察的搀扶下下了车。

“别让她跑了，她和人贩子是一伙的！”警察刚要把这个女孩儿带上车，货厢里的女孩儿们就高声喊道。

警察一愣，不可置信地看着这个娇弱的女孩儿，却见她神色凄然，主动伸出了双手。

经查，这些被拐卖的女孩儿普遍年龄没有超过二十二岁，其中有二十人年龄刚满十六岁。

这是一个贩卖妇女儿童的团伙组织，主犯就是被武警击伤的货车司机吴英，而那个被受害人指认的女孩儿叫林琼，是这个犯罪团伙的二号人物，同时也是吴英的老婆。

这两个人在集团中处于供货商的地位，根据买家的要求，在各地搜集货源，然后通过名下的运输公司，以长途货运的形式将“货物”送到买家的手中。

在运输途中，吴英的职责是开车，林琼则和被拐卖妇女们待在一起，监视她们的一举一动，对她们进行适当的“照顾”，以免品相太差，遭到退货。

同时，在这个集团中，吴英还担任着“质检员”的角色，对于每一个货物，他都要亲自检验。对于一些听话的女孩儿，他会先留下她们，让她们在集团所属的夜总会等地方出卖肉体，先帮他们赚第一笔钱。等到这些人的身体不再有优势的时候，才会被卖到偏远山区。

对于那些不怎么听话的，吴英就会优先出售，并在一路上不断摧残她们的肉体，消磨她们的意志。

那几个怀孕的女人，肚子里的孩子都是吴英的。

让警方难以理解的是，林琼作为吴英的妻子，对他这种荒唐的举动不仅没有任何阻止的行为，反而会在一旁协助。

归案后，吴英和林琼对自己所犯的罪行供认不讳。林琼同时交代，在本市，他们还有一个秘密的据点，那里关押着一批早期怀孕不适合被短期内运走的女孩儿。吴英的计划是等这些女孩儿生产后，再将孩子和妇女分成两批出售。

警方根据林琼的交代，迅速解救了这批女孩儿，同时向各地警方发出了协查通报，力求一举打掉这个邪恶的犯罪集团。

看完了卷宗，老罗半天没有说话，闷头抽着烟，过了许久才说："老简，你不是打算接这个案子吧？"

我点了点头说："是有这个想法。"

"你是不是傻？"老罗霍地站起身，"这案子性质这么恶劣，非法拘禁、拐卖妇女儿童、强奸，这案子我们能接？我告诉你，老简，我今天把话撂到这儿，你敢接这个案子，我马上跟家里说，撤出投资。大不了一拍两散！"

"老罗！坐下！"我拉了一把老罗，把他按在沙发上，"你听我说完！"

"我不听！"老罗脑袋一歪，"不管是什么理由，你帮着人贩子打官司就不行！"

"一百万。"张静突然开口说道。

"一百……万？"老罗突然瞪大了眼睛，尾音不由自主地上扬，马上换上了一张笑脸，"哎呀，早说嘛，这种事你们瞒着我干啥？不管当事人是什么人，作为律师，我们都有义务维护他们的合法权益！"

我无奈地摇了摇头，还是张静了解老罗，一句话就击中了他的软肋。

“因为不保证能赢。”张静满眼鄙夷地看着一脸义正词严的老罗，“不能赢的案子，小明哥肯定不会接，让你接了的话，这案子就输定了。”

“哥好歹也是职业律师，别对哥这么没信心行不？”老罗不服气地说道，“哥现在就有辩护方案了，认罪态度良好，有立功表现，可以争取宽大处理。一百万啊，这回能买多少专业级的了，可以凑齐海陆空三军了。”

“委托人要求作无罪辩护。”我一盆冷水浇熄了他刚刚燃起的小火苗。

“无罪？”老罗目瞪口呆地看着我，“这是哪个傻了吧唧的玩意儿提出来的要求？根本不可能嘛。不过，那可是一百万啊，顶上我们两年的营业总额了。”老罗满脸期待地看着我，“老简，你既然打算接这个案子，就一定有办法对不对？”

“没有，我只是打算试试。”我摇摇头，“你看这个地方。”我指了指卷宗上的某一页，“在审讯中，林琼多次反问警方，如果自己愿意承担全部罪责，能不能对吴英轻判或者免除刑事责任。这句话有很大问题，值得我们深入研究。”

“你就说让我做啥吧。上刀山下火海，我要是皱一下眉，就让我一辈子当处男。”老罗大义凛然地说道。

“小骡子。”张静微微一笑，“要赚那一百万呢，其实没那么麻烦，只要……”

“想都别想，我要凭双手开创一片天地，靠你，我算什么男人。”老罗脖子一梗说。

“喊什么嘛。”张静不满地嘟囔着，“不过，我可提醒你们，这一百万没那么好赚，要是打输了，别说没钱，你们这律所能不能再开下去都是问题。”

“为啥？委托人还通了天了？”老罗不服气地说道。

“差不多吧。”张静点了点头。

2

这案子的委托人势力虽然还没到通了天的地步，却也是我难望其项背的人物。自始至终，我都没有和委托人做过直接的接触，一切来往的信息都是通过张静来传递的。

而且委托人提出了一个奇怪的要求，并不要求我们为吴英和林琼两个人进行辩护，只要保住林琼一个人就行了。

而张静也不过是卖给他们家老太爷一个面子。

至于我敢接下这个案子，则是因为张静前期调查回来的线索让我认为林琼很有可能是在万不得已的情况下才参与犯罪的。

大概十年前，林琼还只是个单纯的高中生。

那年，刚满十六岁的林琼在放学回家的路上失踪了。她的家人从那个时候起就开始了漫长的寻找。起初，考虑到自家雄厚的财力和势力，家人一度怀疑林琼遭到绑架，为了避免刺激绑匪撕票，林家并没有报案。这个错误的决定让警方错过了解救林琼的最佳时机。

一周后，林家在既未接到绑匪的敲诈电话，也没有得到林琼的任何消息下才选择了报警。此时，警方已经无能为力，只能尽尽人事地搜寻一番，随即便将这个案子束之高阁。

但林家人从未放弃对自己女儿的寻找，这个案子一发生，林家很快便得到了消息，并在第一时间确认了案犯林琼就是他们当年失踪的女儿。

以林家的势力，要保住自己的女儿其实只是一句话的事，但林琼的父亲是个原则性极强的人，他否决了家里人“和相关人通通气”的提议，而是找到了张静的爷爷，请他帮忙找一个能够打赢这场官司的律师。为此，林家愿意出价一百万，条件是“必须赢”。

就是在这样的背景下，张静才把这个案子交给了我们。

在过去的十年里究竟发生了什么，会让一个单纯的豪门大小姐与罪恶的人贩子结合？又是什么原因让她沦落成了一个人人得而诛之的人贩子？

这是我迫切想要知道答案的问题，对于是否能够救出林琼、解开这些疑问也至关重要。

我们在看守所的会见室里见到了林琼，虽然穿着囚服，但她的精神状态看上去还不错，看得出她并没有受到警方疲劳审讯的待遇。

“有钱有势，就是好啊。”老罗感叹。

“你自己的家世也差不到哪儿去吧？”我白了老罗一眼，坐正身体，看着林琼，“自我介绍一下，我是杰明律师事务所的主任律师简明，这位——”我指了指老罗，“是我们所的副主任罗杰，我们两个受人委托担任你的辩护人。”

林琼的目光中突然多了些畏惧，下意识地向后缩了缩身子。这是一种自我防卫的表现，我更加确定，在过去的十年里，林琼没有一刻不是生活在恐惧中。

“别害怕。”我连忙说道，“你的案子我们已经了解过，现在有些问题想跟你再核实一下。”

“吴英怎么样了？”林琼突然问。

“什么？”我愣了一下，看着林琼，却见她一脸忧色。

“吴英怎么样了？他会不会有事？”林琼又问了一遍，这一次她的声音中充满了急迫。

“他有另外的律师，会怎么样我们也不太清楚。我们只关心你的事。”老罗说。

“简律师，罗律师。”林琼咬着嘴唇，像是下了很大决心一样，目光灼灼地看着我们，说道，“要是我认罪，承认我才是组织的领导者，吴英是在我的命令下才这么做的，是不是他就不用坐牢？”

“你疯了？！”老罗不可置信地看着林琼，“你知不知道你这么做可能会被判死刑的？！”

“你别管，就说这样行不行。”对于“死刑”这个可怕的字眼，林琼全无反应，只是一脸哀求地看着我们，“求求你们，救救吴英！”

“我做不到。”我摇了摇头，努力思考着林琼为什么要这么做。

“我是你的委托辩护人，我的职责是为你辩护。”

“那你们走吧。”林琼突然像泄了气的皮球，一下子瘫在了椅子里，凄然地说道，“我不需要这样的律师。”

“林琼，能告诉我为什么吗？”沉默了片刻，我问。

林琼此刻的表现已经不能用爱来解释了，她或许会因为爱去协助吴英犯罪，或许会因为爱帮助吴英隐瞒罪行，也可能因为爱放任吴英的恶行。但是，在两个人已经对罪行供认不讳，在林琼有明显立功表现，在警方已经查明了大量事实的情况下，依然要代替吴英顶罪，有点脑子的人都不会这样做。

“因为，他是个好人。”林琼双手捂着脸，肩膀耸动，抽泣了起来。

我愕然地看着林琼，我想过她会说是受到了威胁，想过她有什么把柄落在吴英的手中，却完全没有想到，她给我的是这么一个比“爱”更不靠谱的理由。

“他爱我，他比任何一个男人对我都好。没有他，我早就死了，他救了我的命，我想要报恩。”

“能告诉我究竟发生了什么吗？”我犹豫了一下，问。

林琼却猛地打了个冷战，脸上出现了恐惧的神色，哆哆嗦嗦地说道：“我不想回忆……太可怕了……那简直就是噩梦！警察……送我回去！”

她大声喊道。

狱警奇怪地看了看我们，将林琼送回了监室。

我和老罗都很无奈，苦笑了一下，打道回府。林琼拒绝说出那段过往的经历，我们就无法知道她为什么会走上犯罪的道路，也就意味着，我们只能在她有立功表现这件事上着手，而无法为她进行无罪辩护。

我们回到办公室的时候，张静这个“不务正业”的省厅刑警正坐在老罗的位子上摆弄着他的电脑。

旁边放着一架摔散架了的直升机。

“你干啥呢？”老罗没好气地说道，“电脑里可都是重要资料，泄密了咋整？”

见老罗对那架直升机没说什么，张静悄悄地出了一口气，白了老罗一眼说：“嘁！我泄露给你们的秘密还少？”她喝了一口咖啡，说，“我可不是来跟你们扯淡的，喏，有人要找你们！”

她扬了扬下巴，我们这才注意到，墙边的沙发上坐着一个干瘦干瘦的年轻人，皮肤黝黑，身高大概比老罗强不到哪儿去，脸上不带任何表情，犹如一尊雕塑。

他身上的制服显眼地告诉我们，他是一名检察官。

我愣了一下，不明白检察官这时候来找我们干什么。

“上面让我交给你们的。”见我看向他，这个年轻的检察官从随身的包里拿出一个档案袋，递到我的面前，“我没来过，这份资料也不是我送过来的。”

他说了一句莫名其妙的话就转身离开了办公室。

“神经病啊！”老罗挠了挠脑袋说。

我拆开了档案袋，看着那一沓资料，忍不住笑了出来。

“笑得那么猥琐。”老罗嘟囔了一句，从我手里抢过了资料，看了看，“这玩意儿给我们干吗？我们和检察院不是……敌人吗？”

“什么啊？”张静一扬手，那份资料就到了她的手里，她随手翻了翻，“嗨，这还不简单，检察院摆明了只想追究吴英一个人的责任，问题是现在所有的证据都表明林琼也难逃刑事责任，他们这是没办法，只能指望你们了呗。”

话音刚落，张静的脸色突然苍白起来，目光重又落回到了资料上，半晌，她才冷冷地吐出了两个字：“畜生！”

她会有这样的反应并不奇怪。

那个神秘的检察官送来的是这个团伙内部其他人的审讯笔录。这份笔录里详细记载了十年前发生的事情。

十年前，这个犯罪团伙初成立，他们第一个下手的目标就是林琼。在林琼放学的路上，他们利用诱骗的方式，将单纯的林琼骗到了偏僻的地方，随即实施了绑架。

他们并没有立即将她出手，而是将她囚禁了起来，没日没夜地在她的身上发泄着兽欲。一个月后，年仅十六岁的林琼怀上了自己的第一个孩子，又十个月后，她生下了一个男孩儿，然而，还没等她看自己的孩子一眼，这群人就将这个孩子卖掉了。

随即，策划并实施绑架她的吴英便将她带离了这个城市，这一走就是五年。五年后，当林琼再次出现在这群人的面前时，已经是这个组织的二号人物了。

在看守所的时候，林琼曾对我们说过，吴英比任何一个男人对她都好，没有他，她也许早就死了。现在来看，她指的应该就是这段不堪的回忆。

“简直太没有人性了！”张静“啪”的一下把资料摔在了桌子上，气呼呼地喘着粗气。

不知道是有意还是无意，那份资料刚好落在了那架直升机上。

“王八蛋！”老罗也是一巴掌，接着就是一声声嘶力竭的号叫。在这个案子里，他已经弄坏两个价格高昂的玩具了。

“人贩子本来就是毫无人性的。落在他们手里，是对‘生不如死’最直白贴切的说明。”我叹了口气，“麻烦的是，林琼现在觉得是吴英救了她，为了吴英，她什么都愿意做。在她失踪的那五年里一定发生了什么，才让她成为现在这样的人。”

“交给我吧！”老罗想都不想地说道。

“你有办法？”我问。

“没有。”老罗摇了摇头，“但是我们时间不多了，你一个人忙不了两件事。光有这些证人证词还不够，你还得取得被害人的证词，林琼那五年的事就交给我。”

“我和你一起！”张静起身说。

“不，你和你小明哥一起。”老罗摇了摇头，“别任性，丫头，我要去的地方可能会很远，你小明哥的调查如果没有你的协助会很麻烦。”

“哦！”张静嘟起了小嘴，不情不愿地答应了。

“事不宜迟，我现在就走。”

老罗说着，抓起车钥匙就走。

“回来！”张静喊了一声。

“还有啥事？”

“冒冒失失的，你知道去哪儿查吗？”张静似笑非笑地看着老罗。

“我……”老罗挠了挠头，嘿嘿笑了笑。

“去吴英的老家，不远，开车五个小时就能到。”张静在便签纸上写下了一个地址，“我考虑过，吴英要带着被绑来的林琼到其他地方肯定不方便，把她藏在老家是最保险的。”

“明白！”老罗打了个响指，收好了地址。

看着老罗的背影，张静却微不可闻地叹了口气，说：“走吧，小明哥，我们也该开始工作了。离开庭就剩三天了。”

我点了点头，和张静下楼，开车赶往疗养院。所有被解救的女孩儿暂时都被安置在那里，接受统一安排的心理康复治疗。

对于我和老罗来说，张静不仅仅是一个头脑灵活的刑警，同时也是一张移动通行证，对于守卫森严的疗养院，原本我们是不可能进去的，但是有了张静，这些问题就迎刃而解了。

我们有这样的待遇，不代表所有人都有这样的待遇。吴英的辩护律师，一个又瘦又矮像猴子一样的男人和他的助手就被守卫拦在了门外。

看着我和张静走进疗养院，这个猴子律师不干了。

“凭什么他们能进我们就不能进？律师有调查取证的权利，你们无权阻止我！”

说着，他竟伸手去拨守卫，嘴里还叫嚣着说：“来打我，来打我，让大家都看看你们这些人是怎么干预司法自由的！”

“老兄，消消火。”本已经走进疗养院的我忍不住又走了回来，“律师是有调查取证的权利，但是，证人也有不见你的权利对吧？这几个哥们儿呢……”我指了指门口的守卫，“奉命行事而已，没必要这样吧？想取证，约一下证人不就好了？”

“呸！”猴子律师啐了一口唾沫，“得意什么，走着瞧！”

“别理他，小明哥，我们走！”张静冷冷地说道，拉着我向病房走去。

我无奈地摇了摇头，要是换了老罗在这里，这货要是不见血才见鬼了呢。

3

三天的时间几乎一眨眼就过去了。开庭的日子马上就到了，可是老罗却没有传回来任何消息。

事实上，从他离开那天起，我们就断了联系。尽管我和张静都不停地拨打着老罗的手机，可始终没有拨通。

“吴英的老家在山区，那地方没有信号，放心，老罗不会有事的。”我用这句话安慰着张静，也安慰着自己。

老罗是谁？跆拳道黑带，悍不畏死，曾经一人单挑七个流氓，自身毫发未损，就算遇到什么麻烦，他也一定能逃出来的。

“我相信他不会有事的，可能……调查中发现了重要的线索，想要深入调查一下。加油，小明哥！”在走进法庭前，张静细心地为我整理好衣服，在我的胸口重重地敲了一拳，为我鼓劲。

就是下手重了点，差点儿把我砸趴下。

我深吸了一口气，以目前掌握的证据，我自然无法为林琼作无罪辩护，现在，我只能将希望寄托在二审上了。

庭前调查进行得按部就班，对于公诉方提出的各项证据，我和吴英的律师都没有提出任何质疑，当事人吴英和林琼也供认不讳。

庭审顺利地进行到了法庭辩论阶段。轮到我发言的时候，我清了清喉咙，站起了身。

“审判长，各位合议庭成员，本案中，我的当事人林琼在被捕时并未反抗，归案后主动交代了全部犯罪行为，认罪及悔罪表现非常明显，态度良好。并且主动交代了警方尚未查明的犯罪事实，这一部分应裁定为自首。同时，我的当事人林琼还协助警方解救了多名被囚禁的被害人，这是重大的立功表现。”我不疾不徐地说道，“根据本案中被害人的证词证言，我的当事人林琼虽然参与了对她们的诱拐，但并未对她们进行殴打、虐待等暴力行为，相反，一路上，林琼对这些被害人百般照顾，对于吴英对这些女孩儿的迫害行为也有劝阻举动。”

我从辩护席上拿起了几张纸，在法庭工作人员的协助下，递交给了审判长。这是目前我掌握的对林琼最有力的证据了，它的来源就是那些被解救的妇女。

那天我和张静见到这些被害人的时候，她们的状态已经好了很多，对于我的来意，尽管她们还有些戒备，但很快一个挺着大肚子的女孩儿就说道：“她人倒是没那么坏。虽然参与了拐卖我们，但是一路上对我们很好，吃的喝的都是优先给我们，也没打骂过我们。”

有了这个突破口，这些女孩儿七嘴八舌地回忆了起来。

“对啊，你这么一说，好像还真是这样。那个吴英来找我们的时候，林琼有时候还会阻止一下。”

“她好像不太想看到我们受罪，好几回我看到她偷偷抹眼泪。”

“我觉得，她也不是自愿做这件事的吧。她也挺害怕吴英的。”

……

这是一件很奇怪的事情，被害人竟对加害人产生了同情，你一言我一语所说的都是林琼的无奈和不忍。

这种情绪产生得莫名其妙，但这一切却是作为律师的我喜闻乐见的。

“综合以上我的当事人的相关举动，依据《刑法》第六十七条：被采取强制措施的犯罪嫌疑人、被告人和正在服刑的罪犯，如实供述司法机关还未掌握的本人其他罪行的，以自首论。犯罪分子如实供述自己罪行的，可以从轻处罚；因其如实供述自己罪行，避免特别严重后果发生的，可以减轻处罚。第六十八条：犯罪分子有揭发他人犯罪行为，查证属实的，或者提供重要线索，从而得以侦破其他案件等立功表现的，可以从轻或者减轻处罚；有重大立功表现的，可以减轻或者免除处罚。我请求法庭对我的当事人宽大处理。”见审判长已经看完了证词，我说道。

审判长点了点头，从他的目光中，我看出了一丝思索的神情，我知道，减罪辩护的策略至少在此刻是正确的。

“审判长，各位审判员。”还没等我坐下，吴英的辩护律师就站了起来，“对于林琼的辩护人提出的辩护意见，我表示并不赞同。林琼之所以对被害人表现出友好甚至照顾的态度，主因并不是她同情这些被害人，而是出于‘出货’的考虑，她明显是意识到一旦被害人的品相不好将很难售出，甚至遭遇退货，才这样做的。

“相反，我的当事人吴英虽然涉嫌组织卖淫、贩卖妇女儿童等罪行，他自认情节恶劣，并不希望法庭能够宽大处理，认罪及悔罪态度相当良好。但我作为他的辩护人，通过多方调查取证还是查明，吴英是在林琼的授意下才这样做的，在这起案件中，林琼才是主犯。”

“我反对这位辩护人的意见。”这个猴子律师在这个时候竟然提出了这样的辩护意见，我第一时间站起来表示反对，“被害人的证言证词已经充分说明，我的当事人林琼在本案中处于从属地位，甚至可以说是在被胁迫的状态下参与本案的。其本人也是吴英贩卖人口一案的被害人，理应受到宽大处理。”

“正因为其本人曾经也是被害人，现在却参与到案件中且成了主要领导人，因此法庭才更不应该对这样一个堕落的人轻判，否则将是对法律的亵渎和侮辱。”猴子律师义正词严地说道。

可我怎么看，他都像是在耍猴戏，但律师的职责让我此刻不能无所顾忌地笑出来，只好强忍着笑故作不满地说道：“请不要对我的当事人发表侮辱性的言论。已经查明的事实很清楚，吴英才是本案的主犯，我的当事人林琼是被胁迫的。”

“一号被告人的辩护律师，请注意你的言辞。”审判长提醒道。

“对不起，审判长，我收回我刚才的话。”猴子律师摊了摊手，“但我这样说并不是信口胡说的，我有充足的证据证明这一点。”

审判长微微皱了皱眉，转身和身边的合议庭成员低声说了几句，便说道：

“鉴于一号被告人的辩护律师称有新的证据提出，合议庭现在宣布法庭辩论暂时中止，对本案展开重新调查。辩护人，请提交你的新证据。”

“谢谢审判长，谢谢合议庭。”猴子律师从包里拿出了一份文件，说道，“这是我从本案二号被告人林琼处取得的证词，这份证词中林琼明确表示自己是本案的主要领导者。”

“我反对。”我霍地站起身高声说道，“林琼作为本案的被告人，我的当事人，任何人要取得她的证词都应在我的陪护下进行。对方律师所取得的这份证词我并不知情，我请求法庭排查这份证据。”

“可以。”出人意料地未等法庭做出裁决，猴子律师就说道，“审判长，既然对方律师要求在他的陪同下取得证词，我请求当庭对二号被告人进行询问。”

“准许。”审判长犹豫了一下点点头，“请辩护人对被告人进行询问。”

“谢谢。”猴子律师走出了辩护席，走到了林琼的面前，“被告人，你是否承认是你组织并领导了这起案子？”

林琼浑身哆嗦了一下，目光看着地面。我的心一下子沉了下来。

“是的，我是组织者，我罪大恶极，请求法庭重判。”林琼用极轻的声音说道，但经过了麦克风的放大，这句话还是清清楚楚地传递到了每一个人的耳朵里。

“很好，谢谢。”猴子律师一脸得意地看着我，走回了辩护席。

“审判长。”我恶狠狠地瞪了猴子律师一眼，起身说道，“在之前我与当事人林琼的沟通中，她曾向我表示，如果她愿意承担本案组织者与领导者的罪行，法庭是否能够对吴英，即本案的一号被告人宽大处理。现在她做出与已查明的事实矛盾的供述，我有理由认为，她并非是基于事实做出的供述，我请求询问我的当事人。”

“准许。”

“林琼，请你抬起头来！”得到了审判长的允许，我严肃地说道。

林琼慢慢地抬起了头，但只有一瞬间，便又迅速低下了头。

“林琼，你是否受到过威胁，才做出了这样的供述？”面对这样的林琼，我很无奈，只好耐心地问道。

“没……我是自愿的……”林琼蚊子般的声音通过麦克风才让法庭里的人听清。

“威胁你的人是不是就在法庭上？”我追问道。

“反对！”猴子律师尖锐地叫道，“审判长，对方律师是在误导被告人。”

“辩护人，请注意你的言辞。”审判长皱眉提醒道。

我没有说话，目光灼灼地盯着林琼。我知道，同样关注着林琼动态的还有检方的公诉人。历来法庭辩论都是公诉人和辩护人唇枪舌剑的时刻，可是今天的庭辩，主角却换成了两名被告人的辩护律师，公诉人反而成了配角。

作为公诉方，公诉人自然乐得见到两名被告人的辩护律师内讧。但对于林琼的表现，公诉人却表现出了一脸的忧色。

对于这一点，我也只能感到无奈和无力，遇上这样一个律师是我万万没想到的。

林琼的身体不自然地扭动着，目光瞟向了吴英，猛地打了个冷战：“我说……不要打我……都是我做的……我才是组织者……求求你……不要杀我！”

林琼突然大喊道。

“肃静！肃静！”审判长连敲法槌，林琼却像疯了一样大喊大叫。

“法警，将二号被告人暂时带离法庭。”审判长不得不说道。

“不要，我认罪，都是我做的！不要杀我！”在林琼的喊叫和旁听席里众人的喧哗中，法警将她拖离了法庭。

突如其来的这一幕让庭审被迫中断，我那颗躁动不安的心却放下了不少，看眼前的情况，今天的庭审是不可能完成了。这样一来，老罗就能够及时赶回来，在一审的时候就结束这个案子。

可是，老罗，你现在在什么地方呢？

“被告人林琼的证词，合议庭讨论后认为，证词取得的合法性、林琼提供证词时的状态都有待商榷，有明显的被胁迫迹象。本法庭裁定，该证词不予采纳。”短暂的讨论之后，审判长做出了裁决。

吴英的辩护律师还想再争取一下，审判长已经做出了送客的手势。“同时我提醒辩护律师，请注意你的言行举止，否则本合议庭将以涉嫌教唆制造伪证罪取消你的辩护权利，并追究相应的法律责任。”

“简律师，合议庭决定十天后视林琼的精神状态决定是否再次进行庭审，你们还有十天的时间调查取证。十天后如果没有新的证据提交，法庭将根据目前查明的事实拟定判决。”吴英的辩护律师离开后，审判长和颜悦色地看着我说道。

“这个案子不太好办啊，我们已经尽力了。”公诉人也说道。

“我知道，大家都尽力了。”我苦笑了一下，转身想要离开法庭。

“简律师，加油吧。”公诉人用力拍了拍我的肩膀。

这是很奇怪的一幕，法庭上你死我活的两方人，在这一刻，却犹如多年的老友。如果被记者看到，不知道又会怎么报道这样的场景呢？

4

“怎么样？有消息了吗？”

一出法庭，我就向一直守在门边的张静问道，可看到她的样子，我又无力地摇了摇头。

张静满脸的担忧，手死死地握着手机，茫然地摇了摇头。

“没有，还是没有小骡子的消息，小明哥……”

张静说到这儿，就再也说不下去，眼圈瞬间发红，眼泪不受控制地流了出来。

“别哭，别哭，静，没事的，没事的！”我手忙脚乱地翻出面巾纸，“你放心，静，老罗那家伙，咱俩都出事了，他也不会有事的。就算……”我咬了咬牙，“就算他真的出事了，小明哥豁出去后半辈子啥也不干了，也要帮你把他找回来！”

“活要见人，死要见尸！”张静用力抽了抽鼻子，一把把面巾纸扔到地上，“反正我生是他罗家的人，死是他罗家的鬼。别以为这样他就可以逃出老娘的五指山。”

“静，别做傻事。”看着她一脸的决绝，我连忙说道。

“我们去找他吧，小明哥！”张静看着我，明明是在询问，可语气却是肯定的。

“好！”我用力点了点头。

没有收拾任何随身的物品，我们两人轮流开车，循着导航向吴英的老家驶去。五个小时后，当太阳落山的时候，我们的手机信号也时断时续。

在这种环境下，就算老罗想要和我们取得联系，也不太可能。

吴英的老家并不在县城，而是在一座大山深处，崎岖的山路让我们的车颠簸摇晃。张静已经打开了车灯，双脚不停地在油门、刹车和离合器之间切换着，神情专注地盯着前方的路面。

“慢一点，静，老罗不会有事的！”我心惊胆战地劝道。

张静没有说话，可车速又提快了一些，我只好将一只手放在车门上，另一只手放在了张静的安全带边。我打定了主意，一旦有事，就第一时间解开她的安全带，推开车门，把她扔出去。

嘎吱一声，车子猛地顿了一下，停了下来。

“小明哥，你看！”张静瞪大了眼睛，看着前方。

循着她的目光，我看到一群人正站在那里，手里举着手电，而他们团团围住的，是一辆白色的本田车，正是老罗那辆七八年车龄的车。

“小骡子……”张静咬紧了嘴唇，没有继续说下去。

“他没事！”我深吸了一口气，强迫自己冷静下来，“至少现在还没被抓住，不过，他肯定惹了麻烦，才会让人在这儿等着。”

我话刚说完，张静已经推开车门走了下去，一只手轻放在腰间，那个地方放着她的配枪。

“我是警察，你们是什么人？干什么呢？”她在离那群人不远的地方站住并喊道。

人群愣了一下，面面相觑。

“车的主人呢？在什么地方？你们把他怎么了？”张静问道，手指已经弹开了枪套的搭扣。

“冷静点！”我快步走到张静的身边，按住了她的手。

人群似乎意识到了什么，只片刻的工夫，这些人就消失了，只留下一地的烟头证明他们曾在这里待过。

张静几步走到了老罗的车前，一把拉开了车门：“小骡子……”

她叫了一声，就停了下来，车里并没有人。

“小明哥，小骡子他……”

我没有接话，目光四处逡巡着，老罗的车就停在山脚下。很显然，他应该没有被困住，但是他想要逃到这里的想法也被这些村民识破了，所以才会等在这里。

可是老罗究竟做了什么，才会让这些村民聚集在一起？他的任务不过是查明林琼是否在这里出现过，以及在这里都发生了什么。

“我就知道，你们俩肯定会来的。”一个疲惫的声音传了过来，我和张静愕然回头，就看到老罗在一个女孩儿的搀扶下，踉跄着向我们走了过来。

他的脸上糊满了血，腿也一瘸一拐的，尽管带着笑，可那笑容怎么看怎么吓人。

“小骡子，你……”张静一下子捂住了嘴，眼里再次闪出了泪花。

“不是说话的时候，赶紧走。”老罗说，“老简，你开我的车，我没法开车了。丫头，你带着这个姑娘走，先走，我和老简跟着你！”

“不，我要和你……”

“不是任性的时候。”老罗不耐烦地说道，“赶紧的！”

说着，他已经钻进了副驾驶的位置，我看了一眼张静：“听老罗的。”

张静咬了咬牙，钻进了自己的车，发动车子，掉转了车头。

“怎么弄成这样？”我小心地开着车，皱着眉，副驾驶上的老罗龇牙咧嘴。

“别看我这样，我没什么大毛病，那几个小子，不躺个把月，别想起来。”这个时候，老罗还有心思炫耀自己的光辉战绩。

“你怎么搞成了这样？”我又问了一句。

“这个……”老罗从身后拽出一个挎包，把里面的东西倒了出来，那里面有饭碗，有锁链，甚至还有一些粪便，但那粪便并不完整，似乎被人咬过，而锁链上，更是血迹斑斑。

“这些东西，回去让静化验一下，就能还原林琼在这里究竟发生了什么事。”

“那姑娘又是谁？”

“被拐到这儿的，正好被我撞上了，就一起带出来了。”老罗带着满足的笑容说道。

他摸了摸自己的脸，又是一阵龇牙咧嘴。“这回是彻底毁容了，静那丫头，该死心了吧？”

“小骡子，就冲你做的这些事，别说你毁容了，就算你残疾了，老娘也不会抛弃你的！”我的口袋里，突然传来了张静的声音。

尽管张静最终同意开车带着那个女孩儿，但对于老罗，她可并没有放心，上车之前就已经拨通我的电话，并且严令我不许挂断。

她用这种方式掌握着老罗的一举一动。

或许，这几天的失去联系让她彻底体会到了什么叫作“五内俱焚”，才会不肯放过这一点点的时间吧。

老罗的伤恢复得很快，这得益于他强壮的体魄。第五天的时候，他的腿已经没有大碍了，而张静那边的鉴定也有了结论。

第十天的时候，法庭按原定计划开庭。我本打算让老罗在医院继续养伤，可这小子却坚决要求出庭，还要求主辩，脑袋上还缠着纱布呢。

在将从吴英的老家带回来的物证和张静做出的鉴定结论交给法庭后，老罗站起身说道：“审判长，各位审判员，在正式开始法庭调查前，请允许我先讲个故事。”

他那滑稽的样子配上肃穆的神情，怎么看都无比诡异，然而在现在这个场合，所有人都下意识地坐正了身子，静静地聆听着。

“大约在十年前，一个年仅十六岁，风华正茂的女高中生在放学的路上被人劫持了。劫持她的是一伙穷凶极恶的暴徒，这些人劫持这个女孩儿的目的并不是为了勒索，而是贩卖。但在将这个可怜的女孩儿出手之前，这些人渣却对女孩儿进行了惨无人道的虐待。他们轮流对她进行了奸污、殴打，直到这个还未发育完全的女孩儿怀孕。

“女孩儿的命运并没有因为怀了孩子而有任何的改观，相反，那些人渣对这个女孩儿的凌辱变本加厉，对她的哀求充耳不闻。等到她生下孩子后，还来不及看自己的骨肉一眼，那个孩子就被卖给了别人。

“女孩儿对自己的命运彻底绝望了。她的这种表现让这群暴徒的头儿非常满意，将她据为己有。这一部分，我想大家都已经知道了，但是，这个女孩儿却在人们的视线中消失了五年的时间，这五年她去了哪里？她再次出现在人们的视线里的时候，又为什么变成了一个人见人恨的人贩子呢？”

我看着老罗，没有打断他深情的演讲，而是叹了口气。

在过去的十天里，在我和张静的不断逼问下，老罗终于一五一十地交代了他在过去几天里经历的一切。

那天，他抵达吴英的老家后，很顺利地就打听到了林琼的确曾在这里生活过，整整五年的时间。

一向冲动的老罗，这个时候却长了个心眼，他意识到光凭证人证词还不能为林琼作无罪辩护，因为证人只说林琼在这里生活过，但对于她是怎样生活的，这个证人却不肯透露只言片语。

老罗决定去吴英的家里看看。这个提供证词的人犹豫了一下，便带着老罗来到了吴英的家。那是一个破旧的老宅子，一看就知道很久没有人在这里居住了。窗户的玻璃都已经破碎，却根本没人去管。锁上也布满了铁锈，处处透露着一幅荒凉的景象。

走进院子之后，证人并没有停下脚步，而是绕过了房子向后院走去。

“她不住这里。”见老罗有些犹豫，证人说，黝黑的脸上露出了一丝不忍，不易察觉地叹了口气。

这一点微小的神情却没有逃过老罗的眼睛，他静静地跟在证人的身后来到了后院。后院中央的地面上有一个落了锁的铁门。

一个古怪的想法在老罗的脑海中浮现：林琼在这里的时候就生活在这个铁门之后。

果然，证人说话了，他指了指那道铁门：“她那时候就关在这里面。”

老罗皱了皱眉，快步走到了铁门前，看着那把锁，又看了看已经腐朽的木质边框，犹豫了一下说：“有钥匙吗？”

证人摇了摇头。

老罗咬了咬牙，找了一块石头，用力向锁上砸去。“砰”的一声，铁锁应声而断，老罗却紧张了起来，他分明听到，就在门后传来了若有若无的呻吟声。

“里面还有人？”老罗问。

“不……不知道啊！”证人的脸上露出了惊恐的神情。

老罗一把拉开了铁门，一股腐烂恶臭的味道扑面而来，老罗却顾不上。他摸出手机，当成照明的工具，呈现在他眼前的是一个漆黑的地窖，角落里传来了沙沙的声音。

一向怕鬼的老罗在这一刻却没有那么害怕了，他慢慢地探进头，终于找到了声音的来源。那是一个蜷缩在角落里的人。

“你还活……”

没等他这句话问完，就感到身后传来了一股大力，他不由自主地向前扑倒，一下子就跌进了地窖。接着“哐当”一声，地窖的门再次被合上了。

“你妈！”老罗怒吼了一声，不顾身上的伤痛顺着梯子爬到门边，用力推了推，那道门发出了不堪重负的吱呀声却无法打开。显然尽管没有了锁，可带他来的那个看起来老实巴交的人却用别的东西别住了门。

“有种一辈子别让老子出去，要不然我弄死你全家！”老罗一边喊着，一边不死心地推着那扇门。

“没用的。”角落里传来了一个嘶哑、虚弱的声音。

老罗神情一凛，戒备地问道：“你是谁？”

“我也是被关在这里的。”那个声音充满了痛苦。

老罗这才注意到，这似乎是一个女人。他从梯子上下来，循着声音慢慢地走了过去，借着手机散发出的微弱的光芒，他终于看清，那是一个岁数不大的女孩儿，穿着单薄的衣服，双手却被锁链锁在了墙壁上。

“怎么回事？”老罗问。

“出不去的，除非我怀上孩子……”瘦削的女孩儿没有回答老罗的话，双眼无神地盯着面前的墙壁，淡淡地说道。

但老罗已经知道了女孩儿的身份，毫无疑问，她是被拐卖到这里的，她唯一的任务就是为买主生下一个孩子，男孩儿。否则，她就要永远被关在这里。

这个地窖，恐怕不只是吴英关押林琼的地方，也是村子里的人关押被买来的女孩儿的地方。

他打量着地窖的四周，入目的场景证实了他的推测。同样的锁链，在这个地窖里不下五个。

“林琼被锁在什么地方？”老罗问。

“林琼？”女孩儿冷笑了一声，满是恨意地说道，“她会被锁在这里？我就是被她骗来的！”

“不。”老罗摇了摇头，“她和你一样，也曾被人关在这里。”

女孩儿愣了一下，她没有想过，那个将她骗来这里，毁了她一生的人，竟然有过和她一样的命运。

“活该！”女孩儿咬牙切齿地说道，“她怎么没死在这里！”

“我们得出去！”老罗强迫自己冷静下来，不，不仅要离开这个地方，他还得找到足够的证据，完成委托人交给他们的任务。

林琼曾在这里生活过，就一定会留有痕迹。

“吴英已经被抓了，林琼也被抓了。”老罗在女孩儿的身边蹲了下来，看着她手上的锁链，从口袋里拿出了一把瑞士军刀，费了一番功夫，将女孩儿解救了出来，“但是现在我们证据不足，我来就是要找到给他们定罪的证据的。”

他没有实话实说，以女孩儿对林琼刻骨的仇恨，一旦知道老罗是为了帮林琼脱罪来取证的，一定什么都不会说的。

即便是现在，她的双手已经恢复了自由，却依然没有任何离开的意思，只是虚弱地靠在墙上。

“你不想报仇吗？”老罗想了想说，“你不想亲眼看着他们被枪毙吗？”

这句话让女孩儿的眼中升腾起了一团火苗，但也只是一瞬间，便又熄灭了。

“我们逃不出去，他们只要在外面锁上门，我们就逃不出去。”

老罗笑了一下说：“我能进来，就一样能出去。我是律师，他们也太小看我这双眼睛了。你只要告诉我，林琼是不是在这里待过，待在哪个位置，就够了。”

也许老罗的笑容给了女孩儿足够的勇气，她沉思了片刻，终于说道：“我不知道她是不是在这里待过，不过，那个地方……”她指了指对面的墙壁，“那个地方从来没锁过人。林琼每次来的时候都会跟我们说，要是我们不听话，就会像她当初一样，被打断手脚，锁在那里，没有吃的只能吃自己的大便。永远别想从这里走出去。村子里的所有雄性动物都会来和我们发生关系，我们生下来的孩子也会被卖掉。她说，她自己就被卖掉过五个孩子。”

尽管老罗已经明确告诉女孩儿，吴英和林琼都被捕了，可女孩儿在叙述这一段的时候，却还是难以掩饰从骨子里散发出来的恐惧，说话的过程中不停地蜷缩着身子。

老罗走到女孩儿所说的那个位置前，也许林琼说的是对的，为了保持对被囚禁在这里的女孩儿的威慑，这个锁链上血迹斑斑，地面上也有一团紫黑。一个已经看不出本来颜色的碗里，是一块已经发干却明显曾被人咬过的大便。

强忍着恶心，老罗将这些收进了随身携带的包里。

“走吧。”他阴沉着脸说道。

“明天早上，他们会来送饭，那时是我们逃跑的机会。”女孩儿积攒了一些力气说道。

“等他们来了，我们就走不了了。”老罗笑了一下，重新爬上了梯子，开始用力撼动那道铁门，铁门连带着门框开始晃动。

在打开铁锁前，老罗就已经察觉到了身后的那个男人有问题。一直不肯开口说林琼生活状态的他，怎么可能好心带他来曾经关押林琼的地方？所以他才没有拆门，而只是打破了锁。现在，连门带框一起拆下来，就是他的想法。

这完全符合老罗一贯的作风，而且屡试不爽。当月光照进地窖时，老罗看到，女孩儿的脸上露出了他们见面以来的第一个笑容。

两个人从地窖里逃了出来，但是当他们来到停车的地方时才发现，村民们已经将那辆车包围了。他们正试图将那辆车隐藏起来。

而他们逃离了地窖的消息也很快传来，村民们开始了围捕。老罗打了几个硬仗，打残了几个人，才带着女孩儿逃离了重围，在大山深处打起了游击。

老罗也受了不轻的伤，但是他说，他从来没有放弃过，他知道，自己一直不回去，我和张静一定会来找他的。所以，他一刻也没有离那辆车太远。

“这叫灯下黑！他们打死也想不到，我们就在他们眼皮子底下。”老罗不无得意地说道。

可惜，有一个女孩儿却再也无法离开了。那个被救出来的女孩儿在逃亡的路上告诉老罗，和她一起被关在那里的还有另外一个女孩儿，只是那个女孩儿性子刚烈，不肯屈服在吴英的淫威之下，半年前，吴英亲手将她扔进了一口深井。

“五年之后，女孩儿终于摆脱了那种地狱般的生活。或者说，她妥协了，向命运妥协了。她离开了地窖，重新回到了阳光下，但是这时候的她，已经不再是那个单纯、对生活充满了幻想的女高中生了。她胆小、怯弱，对那个浑蛋的话言听计从。因为她害怕，害怕死亡，害怕再回到那个地窖里。离开了地窖，她本来有很多次机会逃走，可是她不敢，她只能眼睁睁地看着机会从眼前溜走。”

“各位，一个如花似玉的女孩儿，一个原本该享受幸福生活的女孩儿，一个原本应该在父母的庇佑下快乐成长的女孩儿，就这样被毁了，毁在了一个十恶不赦的人贩子手里。”

老罗掷地有声地结束了发言，静静地等待着法庭情绪的发酵。

吴英的表情没有任何变化，冷冷地瞪视着老罗；林琼脸色苍白，摇摇欲坠；旁听席上的人不可置信，眼中燃起了熊熊的怒火。

“这位辩护人，”一个极不和谐的声音就在这时候传了出来，吴英的辩护律师站了起来，“这个故事非常精彩，故事中女孩儿的遭遇让人无比痛心，我想这一点在座各位的感受是一样的。但正是因为这样，我们才不能对罪大恶极的人贩子宽大处理，尤其是本案的主犯林琼，更应该受到法律的严惩。我想，这一点，大家应该也没有反对意见。”

“你瞎吗？！”老罗瞪视着猴子律师，竟逼得他下意识地后退了一步。

“鉴定报告你看不到吗？！”老罗愤怒地将鉴定报告的复印件摔在了猴子律师的脸上，“铁链上是林琼的血，大便上是林琼的齿痕，林琼的X光片显示她的四肢曾多处骨折，妇科检查证实她至少生过五个孩子，孩子呢？他妈的让你吃了吗？”

“抗议！抗议！”猴子律师终于反应了过来，高声叫道，“这是对我的侮辱，是对法庭的蔑视！”

“肃静！”审判长敲响了法槌，“法警，请罗律师出去冷静一下。”

老罗威胁地向猴子律师挥了挥拳头，跟着法警走出了法庭。在他的身后，却是旁听席上如潮水一般的掌声。

5

“审判长，既然我的同事已经离开了法庭，那么请允许我继续完成我的辩护职责。”法庭恢复审理后我第一时间站起了身，“我想问大家一个问题，你们听说过‘斯德哥尔摩综合征’吗？”

2002年的时候，“斯德哥尔摩综合征”这个词在国内还属于冷门，只有极少数专家和关注这方面的人才了解。

见法庭上的人露出了疑惑的神情，我说道：“我请求传唤证人到庭。”

“准许。请证人出庭。”审判长说。

我们找来的这名证人是一个头发花白的老人，穿着一身白色西服，精神矍铄。

“证人，你的身份？”审判长问道。

“第七医院院长。”证人说。

旁听席上顿时传来了一阵喧哗，第七医院并不是一所普通的医院，而是一所精神病医院。

“证人，你是否清楚你的权利与义务？”审判长问道，“你是否清楚你有如实向本法庭做证的义务，如有意作伪证或隐匿罪证，要承担法律责任？”

在得到了证人肯定的答复后，审判长看了看我说：“辩护人，请对证人提问。”

“谢谢审判长。”我走到证人席前问道，“证人，请问你是否听说过‘斯德哥尔摩综合征’？”

“是的，那是我的研究方向之一。”证人自豪地说道。

“能否向我们阐述一下，什么是‘斯德哥尔摩综合征’？”

“可以。”证人说，“‘斯德哥尔摩综合征’，也有人称之为斯德哥尔摩效应，或者斯德哥尔摩症候群，通俗一点儿的叫法是‘人质情结’。简单一点儿来说就是犯罪的被害者对于犯罪者产生情感，甚至反过来帮助犯罪者的一种情结。这个情感造成被害人对加害人产生好感、依赖，甚至协助加害人。

“这种病症最早在1973年由社会科学家提出。1973年8月23日，两名有前科的罪犯扬和克拉克在意图抢劫瑞典首都斯德哥尔摩市内最大的一家银行失败后，挟持了四位银行职员，在与警方对峙了一百三十个小时后，主动放弃了犯罪行为。

“但是，这件事发展到后来，却完全出乎人们的意料。四名被挟持的银行职员对扬和克拉克显露出了怜悯的情感，他们拒绝在法庭上指证这两个人，甚至还为他们筹措法律辩护的资金。他们向公众表示，对扬和克拉克并不痛恨，对这两个人没有伤害他们并照顾他们感到感激，却对警察采取了敌对的态度。

“其中，在四名人质中有一位名叫克里斯提娜的女职员，她对克拉克甚至产生了爱情，并在克拉克服刑期间与他结婚。

“社会科学家对这个案例产生了浓厚的兴趣，希望弄清在施暴者和被害者之间的这份感情的产生，究竟是发生在这起斯德哥尔摩银行抢劫案的一宗特例，还是这种情感结合代表了一种普遍的心理反应。而据后来的研究显示，这起被学者称为‘斯德哥尔摩症候群’的事件，是一种令人惊讶的普遍现象，这种症候群的例子见诸各种不同的经验中，从集中营的囚犯、战俘、受虐妇女与乱伦的受害者，都可能发生‘斯德哥尔摩综合征’体验。”

“我问一下。”审判长突然插话道，“你们说的这个‘斯德哥尔摩综合征’，是不是可以认定为是严重的心理疾病？可能不承担刑事责任的那种？”

“是的。”证人点了点头，补充道，“至少在国外是这样界定的，在国内，我也不太清楚你们是怎么界定的。”

“如果让你给出意见呢？”

“我认为，那时候患者可能并不具备行为能力，至少不完全具备行为能力。”证人想了想说。

“好的，辩护人，请继续。”

“证人，我是否可以认为，在所有犯罪行为中，都有可能发生‘斯德哥尔摩综合征’体验？”我思索了一下，问。

“并不是这样。”证人摇了摇头，“事实上，我们认为‘斯德哥尔摩综合征’的产生有四个要素是不可或缺的。首先，患者要切实感受到生命受到威胁，至于是不是一定发生并不重要，但患者相信，施暴的人会随时、毫不犹豫地取走他的性命；其次，这个施暴的人一定会给患者施以小恩小惠，这也是最关键的一个条件，比如在绝望的情况下给患者水喝，促使患者对施暴人产生感恩的心理；再次，除了施暴者给出的信息和思想，任何其他的信息患者都无法得到，换句话说，患者处于一种完全被隔离的状态；最后一点，就是患者感到无路可逃。”

“非常感谢您的解释。”我转向审判长，说，“本案中，我的当事人林琼，曾遭到暴徒们的集体凌辱，在这些暴徒中，其中一人正是本案的另一名被告人吴英。吴英后来将林琼作为自己的专属物品囚禁起来，使她免于遭受轮奸的痛苦。但她被囚禁的时间长达五年，这五年里，她始终被关在地下室，生命时刻受到威胁，饮食无法得到保障，也没有机会与外界接触。从地下室脱困后，林琼并未选择逃跑，而是协助吴英作案。证人，从你专业的角度判断，你认为我的当事人林琼是否有可能患上了‘斯德哥尔摩综合征’？”

我重新将目光投向了证人。

“反对！”吴英的辩护律师站起来说道，“辩护人提出的是一种假设因果，眼下无法证明我的当事人囚禁了林琼，并对她进行了生命威胁。”

此刻，我终于能够体会到老罗的心情了，在证据已经确凿的情况下，他还能睁着眼睛说瞎话，也是前所未有了。

“那好，我换个提问方式。”我深吸了一口气，强迫自己冷静下来，“就假设在我说的那种情况下，我的当事人林琼是否有可能患上‘斯德哥尔摩综合征’？”

“‘斯德哥尔摩综合征’的鉴别需要专业系统的检查和测试，在现在这种情况下，我无法给出准确的判断。但是我认为，你说的那种可能性并不排除。”证人说。

“谢谢，审判长，我问完了。”

“一号被告人的辩护人，请对证人提问。”审判长说。

“证人，你的结论是否是出于主观的判断？”吴英的辩护人跳出来问道。

“我的结论是出于科学的分析和统计后做出的，并不是你说的主观判断。请不要侮辱我的专业！”证人忍着怒气说道。

“但是对于林琼的判断，我并没有看到你所说的科学的分析。”

“我也没有肯定过林琼就是患上了‘斯德哥尔摩综合征’，只是认为这种可能性并不排除。”

“好的，审判长，我的问题问完了。”吴英的辩护律师走回了辩护席，看着证人离开法庭后说道，“很显然，在这个案子中，林琼是否遭到了我的当事人吴英的囚禁和威胁并不能证实，她是否患有那个什么‘斯德哥尔摩综合征’也就无法得到证实了。因此，我希望法庭依然以之前已经查明的事实进行裁决，对于林琼的证词，法庭应该予以重视。”

“辩护人，你的意见本法庭会充分考虑。公诉人，请发表你方的意见。”审判长说。

“我方对本次庭审没有意见。”公诉人微微一笑，“但是我们请求暂时休庭，我们将启动追加诉讼请求程序，对本案的被告人吴英提出追加诉讼请求，吴英涉嫌故意杀人！”

这一记重锤让吴英的辩护人呆立当场，审判长也根本没有给他反应的时间，直接宣布同意公诉人的请求，暂时休庭，半个月后再开庭审理本案。

“干得漂亮！”

一出法庭，张静就迎了上来，对着老罗就是一拳：“姐姐今天高兴，小骡子你说，想吃什么？姐姐请客！”

“他只吃草！”心情大好的我笑道。

半个月的时间说短不短，说长也不长。案子虽然出现了重大转折，但我和老罗、张静也没闲着。

利用这半个月的时间，我们完成了对林琼的精神鉴定，再次开庭的时候，这份鉴定书已经放在了审判长的案头。

“法庭已查明，被告人林琼曾遭到被告人吴英的囚禁及生命威胁，多名证人提供了证词证言。”审判长说，“同时，应辩护人的申请，在本法庭和公诉人、辩护人的同时监督下，完成了对被告人林琼的司法鉴定，证实林琼患有‘斯德哥尔摩综合征’。公诉方已经决定对林琼进行不起诉处理，已经起诉的案件撤诉，本法庭认为公诉方的行为符合规定，准许撤诉。”

“公诉方提出对本案另一名被告人吴英追加诉讼请求，合议庭合议后认为，公诉人的请求符合规定，本法庭予以受理。”

我和老罗在辩护席上面面相觑，没想到公诉人比我们还急迫，我们本来是等着法庭宣判林琼无罪的，可他们竟直接撤诉了。

那今天这次原定做出判决的庭审就彻底和我们失去了关系。

我和老罗耸了耸肩，在审判长的注视下，离开了法庭。

在法庭门口，我们却见到了一个熟人。那个和老罗一起逃出来的女孩儿正在法庭边安静地等待着。

此时，她的精神状态恢复了许多，脸上也多了血色。我们起初还担心，这个只有十五岁的女孩儿以后的人生要怎么过。看起来，她已经调整好了心态。

“罗律师，谢谢你！”一见到老罗，女孩儿雀跃着跑了过来。

“举手之劳，何足挂齿！”老罗文绉绉地来了一句，却下意识地和女孩儿拉开了距离。不远的地方，张静正带着玩味的笑容，慢慢地走过来。

“是证人吧？好像在叫你！”我连忙说道。

“哦，那我先去了。”女孩儿微微一笑，“我是控方的证人哦，要证明那个吴英故意杀人！”

“人缘不错嘛！”张静似笑非笑地说道，从包里拿出了一张支票，“喏，你们的酬劳！”

“一百万啊！”老罗眼睛里冒着金星，颤抖着接过支票，然后像怕被人抢走一样死死地攥着再也不撒手。

至少，在我的印象里，老罗应该是这样的表现。

不过，那天，看着那张支票，老罗却叹了口气。

“老简，你说这钱我们到底应不应该拿？”

“拿着啊，委托人给你的，应得的报酬，也是你的老婆本啊。”张静吃惊地看着老罗，“娶我的话，没有足够的老婆本，我家里可不会同意的。”

“我决定了，老简，这笔钱，我们设立一个基金吧，就用来寻找那些被拐卖的妇女儿童。”老罗就像没有听见张静的话一样，无比坚定地说道。

004

变装灾厄

法律的真正目的是诱导那些受法律支配的人求得他们自己的德行。

——阿奎那

1

几个月前，本市发生了一起恶性的入室抢劫杀人案。凶手在入室抢劫的过程中，在未遭到任何反抗的情况下，将一家三口残忍杀害。

警方迅即对本案展开了侦查工作，最终在城市另一头的一家银行里将凶手缉拿归案。

被捕时，这个凶手正拿着被害人的身份证、银行卡、存折、固定存单，要求银行取出全部钱款。

按照银行的相关规定，在柜台办理非本人的定期存款的取款业务，银行要与储户本人取得联系。已经死亡的储户当然不能接起银行的电话，接听电话的是本案的侦查员。

了解到相关情况后，警方要求银行职员先稳住嫌疑人，随即迅速赶到现场将此人抓捕。

对于犯罪事实，嫌疑人供认不讳，在法官问及为何在没有遭到反抗的情况下，还要杀人灭口时，嫌疑人辩称：“他们看到了我的脸，不杀他们，等着他们去报警抓我吗？”

鉴于嫌疑人虽然对犯罪事实供认不讳，但并无悔罪表现，法庭最终判处此人死刑。

庭审那天，我就在旁听席上听着辩护人舌灿莲花。

“被告人杀人实属迫不得已。的确，被害人没有反抗，这使得我的当事人作案过程异常顺利。但我们应该注意到，被害人没有明确表示事后不会报警，这让我的当事人感到了危机。同样，我们也应该注意到，被告人对被害人没有采取虐杀，而是一刀毙命，没有给被害人造成过多的痛苦，从这个意义上来讲，被告人还是仁慈的。

“而且，被告人虽然杀了人，但是我们也应该注意到，他并没能从银行取出被害人的财物，也就是说并没有造成更多的财产损失。

“同时，我们还应该注意到一个不容忽视的问题，那就是被告人为什么要去抢劫？被告人本是个农民，靠种地为生，可土地却被强征了，补偿款一分都没有拿到。没上过学的他，根本没有能力找到一份能够养家糊口的工作，而他的妻子又即将生产，正是在这样的背景下被告人才铤而走险，走上了犯罪的道路。

“这该怪我的当事人吗？不，当然不应该！是这个社会将他推到了今天的境地！有罪的，不是我的当事人，而是这个吃人的社会！”

虽然说律师的工作在很多人看来就是“无理辩三分”，但是能做到如此明目张胆地睁眼说瞎话，却也少见了。

论身世凄惨，比这个案子的被告人凄惨的人有的是，但是走上犯罪道路的可没有几个。甚至更多肢体残疾、吃了上顿没下顿的人，宁可放下尊严去讨饭，也没有去犯罪。

不过，以这个辩护人的观点，这些人不去犯罪不是不想，而是不能，因为他们没有犯罪的条件。

庭审的发展也确如我预料的那样，公诉人提出了我想到的质疑，辩护人则完全是在我的预判内做出了驳斥。

我不由得苦笑，律师的工作不应该是这样的，我始终认为，作为一名刑辩律师，尤其是作为凶杀案中的辩护人，必须坚持一个原则：“让逝者瞑目，为冤者昭雪。”

换句话说，站在天秤两端的律师是一类特殊的人，他要为“凶手”开一扇重生的门，为死者唱一曲安魂的歌。

这让我想起2005年，我和老罗、张静一起办过的一个案子，也是一个入室杀人案，不过是入室盗窃杀人。

那是4月份，天气还不太热的时候。案发的地点在一间出租屋。

4月15日，距离该交房租的日子已经过去了大半个月，房东多次与租客联系，却始终无法打通租客的电话，手机提示关机。房东多次上门催要，却一直没能敲开房门。询问周围的邻居，邻居们表示，他们也有半个多月没见过出租屋里的人了。

这天，房东再次来到了出租屋，房内依然无人应答，但从门缝里不时散发出一股恶臭。房东便用备用钥匙打开了房门，看到房间里被翻动得乱七八糟，床上躺着一个女人，膨胀的身体将衣服的扣子都撑开了，身上的短裙已被撑裂。显然已死去多时。

尸体散发着一股难闻的恶臭。

房东匆忙报了警。警方赶到现场后查明，被害人死亡时间在半个月以上，尸体已经呈巨人观，要不是天气还没有转暖，房间的窗户又开着，这具尸体恐怕早就炸了。

而且，经法医尸检，被害人并不是什么女人，而是一个穿着女性衣服、戴着假发套的男人。因面部极度扭曲，房东一时也无法辨认死者的身份。最终，痕检员通过比对死者的指纹和租客签合同时留下的指纹确认，死者就是租客。

进一步的尸检显示，死者生前曾遭到殴打，虽没有留下致命伤，但通过对死者脏器的病理检验，发现死者心脏天生偏大，心肌严重纤维化，法医推测，死者应是在遭遇殴打时，心脏病突发猝死。

现场并没有发现死者的手机，银行卡、存折等财物也遗失。综合现场的痕迹，警方推断，这应是一宗入室抢劫演变而成的过失致人死亡。警方在现场提取到了嫌疑人的指纹，但是痕迹检验员并没能在指纹库中找到匹配的对象。

鉴于现场没有发现暴力侵入的痕迹，警方将嫌疑人锁定在了被害人的熟人身上。

但在对被害人的人际关系展开调查时，警方却陷入了困境。经查，被害人名叫付大伟，外地来本市务工人员，却没人知道他到底是干什么工作的。邻居表示，大部分时间，被害人都待在家里，也没有见过他有什么朋友。警方发出了协查通报和悬赏征集，向群众征集线索，半个月过去了，却没有收到任何消息。

破案的曙光来源于日夜奋战在第一线的巡警们。

5月10日晚10时许，巡警在巡逻到距离案发现场不远的一个自动存取款机时，一个可疑男子引起了他们的注意。

该男子原本在ATM机前操作，一见到巡警走近，却撒腿就跑，连机器里的银行卡都不要了。巡警意识到此人可能身背罪案，便将此人擒获，带回了派出所。

经查，嫌疑人陈明杰，三十二岁，竟是这个辖区里的惯犯，发生在这个辖区里的每一宗盗窃案几乎都和他有着密不可分的关系，有团伙作案，也有他一个人完成的案件。因其作案手法高超，反侦查意识较强，平日为人乐善好施，又有正式工作掩护，其家中也曾遭窃，所以警方始终没有将他列入嫌疑人的范畴。

没想到，这一次却栽在了巡警手上。对于这些盗窃案，陈明杰供认不讳。

但警方的关注点则在他使用的那张银行卡上，经查，那张银行卡是4月15日发现的被害人付大伟的。在陈明杰的身上同时发现了付大伟的存折。

警方高度怀疑陈明杰就是导致付大伟死亡的元凶，他的指纹也与现场遗留的指纹吻合。

陈明杰被迅速移交给了付大伟死亡案的专案组。面对警方的审讯，陈明杰却高呼冤枉，坚称当天只是入室盗窃，并没有杀人，甚至没有与被害人发生冲突。

他交代，白天他就踩好了点，知道付大伟晚上一般不在家。4月1日晚上，他用自制的万能钥匙打开了房门，进入付大伟的房间，刚打开灯就看到一个女人躺在床上。他原本已经准备放弃这次行窃，可床上的女人对他的出现并没有任何反应。

历来奉行“贼不走空”原则的陈明杰便小心翼翼地翻动着房间里的物品，找到了付大伟的银行卡和存折，同时还找到了一个记录着密码的笔记本。

“上坟烧报纸，你糊弄鬼呢？”对于陈明杰的交代，警方并不认可。

第一，在那个记录着账户密码的笔记本上，警方并没有勘察到付大伟的痕迹，笔记本是否真的属于付大伟，无法核实。

第二，法医认为付大伟身上的伤痕很可能是胁迫伤，即在加害人试图从付大伟的口中获取相关密码时留下的。

第三，法医在对付大伟的衣服进行勘验的时候，在其胸口的位置发现了一些奇怪的物体，怀疑是某种液体干涸后留下的痕迹。精斑预实验则显示为阳性，进一步的实验分析证实，精斑是陈明杰留下来的。

第四，在付大伟的手中发现了一根带毛囊的毛发，坚硬卷曲，法医推断是阴毛，DNA鉴定与陈明杰的吻合。

面对这种高科技证据，陈明杰终于吞吞吐吐地交代，在他找完财物后，见到女人还是没有反应，就产生了邪恶的想法。但他是个“盗亦有道”的贼，知道要是强奸的话可能惹下大麻烦，就对着女人的身体自慰了一番，过程中，他用女人的手握住了自己的那玩意儿。

但对于对付大伟进行了殴打这件事，他依然坚决否认，坚称自己看到女人的时候她身上就有伤，还有呼吸，并没有死。

但很不幸，他的指纹留在了现场，甚至留在了付大伟的衣服上。他自己也承认到过现场，与付大伟发生了肢体接触，至于他供称没有对被害人进行殴打，警方无法核实，他自己也不能提供确切证据。

这个案子可以说证据确凿。

检察院在对该案进行了复核后，依照程序提起了公诉。

该案再次被法庭指派给了我们代理。

对于屡次让公诉机关在法庭上下不来台的我们来说，法庭并没有回避，而是持续派给我们案子，虽让我受宠若惊，更多的则是惶恐，谁知道法院打的什么主意，会不会是想和公诉机关一起来压压我们的气焰呢？

“小明哥你真的想太多了。”张静对我的想法不置可否，“虽然说公检法不分家，不过呢，法院和检察院也不是铁板一块。检察院是誓要给被告人定罪，法院要的是查明真相，冤假错案这种事，他们可承担不起，万一将来追责就麻烦了。”

“所以呢，一个愿意参与调查又总能挖掘出一些东西的律师，其实法院一点儿都不反感，反而很喜欢。法院讨厌的是那些看似正义实则胡搅蛮缠、无理取闹、罔顾事实的所谓‘死磕派’。我要那个，草莓味的。”

张静说着，跳着脚让老罗去给她买冰淇淋了。

然而，困扰我的还有另外一个问题，陈明杰当时在ATM机上的操作并不是取款，而是存款。

对此，他对警方的解释则是，他就是要存钱，就是要存到这张卡里，因为他想使用这张卡。

2

我和老罗仔细研究了一下法院提供的材料，没能从中寻找到有价值的线索后，便决定去会见一下当事人。

看守所的会见室里，陈明杰缩在椅子里，双手拢在袖子中，一双眼睛眯缝着，尽管头部一动不动，但他的目光却没有一刻是停留在某个固定的位置的，甚至从来不会正视任何东西。

就连看向我们的时候，用得最多的也是余光。

他的左右脸颊各有一片淤青，形成了完美的对称。

"他们打你了？"老罗愣了一下问道，语气中难以掩饰地带着些兴奋。假如陈明杰真的遭到了警方的殴打，那就涉嫌刑讯逼供，常规上来讲，这案子可就大有文章可做了。

"没有。"陈明杰摇了摇头，"同号的人打的。"

"打得也太对称了点。"老罗皱了皱眉，"说说吧，你到底都干了什么？"

"简律师，罗律师，你们可一定要救救我啊！"没想到，陈明杰"哇"的一声哭了出来，"我真没杀人啊！"

"大老爷们儿，哭个毛啊！"老罗忍不住骂道，一脸的不耐烦，"你说说你都干过啥事就完了。"

陈明杰好不容易止住了哭声，一五一十地交代了自己做过的事，包括对着被害人自慰这件难以启齿的事情。从其交代的内容来看，和他向警方供述的内容基本一致。

同样，他坚决否认自己对被害人进行了殴打和杀害。

听完陈明杰的交代，老罗忍不住说道：“你口味真独特！”

“我哪知道他是男人啊，条子告诉我的时候，我差点恶心死。”陈明杰苦着脸说。

“你说你早就踩好点了，那你不知道他家里还有别人吗？”我盯着陈明杰的眼睛问。

“我是真不知道啊。”陈明杰看着我说，“我一直就看到他家里一个人啊。那天晚上突然看到多了一个人，差点吓死我。”

“那人当时还有呼吸？”

“有啊。”陈明杰不解地看了看我，不明白我为什么这么问。

“你进屋就先开的灯，是吗？”

“哪敢啊。”陈明杰摇了摇头，“进屋我先等了一会儿，先开的手电，然后才开的灯。”

“你从什么地方找到的银行卡还有那个写着密码的笔记本？”

“就在床头柜里，都放一起了。”陈明杰眼中的怀疑越来越浓，终于忍不住问道，“简律师，你问这些干吗？”

“你别管，回答我的问题就行了。”我摆了摆手，“你有没有脱被害人的衣服？”

“没有。”陈明杰摇头。

“被害人反抗了吗？”

“没有。”

“你是先找到的钱，还是先做了那事？”

“先找到的钱啊。”陈明杰不服气地看着我，“简律师，我虽然是个贼，但我不是色狼啊！”

“你选择这一家，是因为知道晚上这家没人，对吗？”

“一方面。”陈明杰不好意思地笑了一下，“另一方面是因为这家的锁比较旧，好开。”

“你不差钱，为什么还要偷东西呢？”

“我就是控制不住自己。”

“所以，你到被害人家里偷东西，也是考虑到这家没有什么值钱的东西，出了事，也不会被重判，是不是？”

陈明杰明显愣了一下，点了点头。

“你脸上的伤，是你自己弄的吧？至少有一块是！”我肯定地说道。

陈明杰的表情僵了一下，我追问道：“你有强迫症，对吗？”

“对。”陈明杰一下子垮了下去，带着哀求地看着我，“简律师，能为我保密吗？他们会把我当神经病的。”

“谁都有轻微强迫症倾向，比如我，不用这支笔，就没法记东西。”我笑了一下，扬了扬手里的钢笔。

“我怎么……哎哟。”老罗刚要说话，我在底下已经狠狠地踩了他一脚，随即站起了身，“强迫症没什么丢人的，这世界上成功的人大多有强迫症。老罗，我们走吧。”

“别啊，简律师，你可得救救我啊。”陈明杰连忙喊道，“我是偷了不少东西，但我从来不偷光，更没干过伤天害理的事。说实话，我在大学教法律的，知道啥事大啥事小，我就是控制不住自己这手。这回这事，我是真冤枉啊。”

“你还是个有道义的贼了？”老罗撇了撇嘴。

“我说过，我也有强迫症，你看，会见当事人的时候，超过半个小时，我就不舒服。”我微微一笑，“陈先生，希望你没跟我们撒谎，你今天说的所有东西，我们回去都会核实的。”

有这样一类盗窃行为，嫌疑人盗窃的目的并不是为了钱财，甚至没有特定的目的。其盗窃的对象也并不确定，可能是陌生人，也可能是熟人，更有可能是自己家里人。对于盗窃所得的物品，或收藏，或随手遗弃，甚至有时候还会物归原主。

心理学上将这类盗窃行为称为偷窃癖，是一种特殊的变态心理行为，其形成的原因较为复杂，但普遍离不开焦虑、抑郁和强迫症。

患者需要通过这种行为来舒缓自身所承受的压力。

陈明杰是大学副教授，月收入上万，经济上并不存在困难，但正处于晋升教授的关键时期。结合他的供述和刚刚的表现，我判断，他就是一个偷窃癖患者。

“这个陈明杰，肯定不是凶手。”一上车，我就说道。

“得，又来了！”老罗白了我一眼，“老简，查明事实前，别把话说满，小心遭雷劈。”

“平时叫你多读书，你就不听，没听过微反应吗？”我也翻了个白眼，说，“我仔细观察了陈明杰的表情，他在交代那些事的时候，脸上以回忆的微表情为主，没出现说谎的迹象。”

“那玩意儿你也信？你又不是微表情专家，单凭瞬间反应判断，不准吧？”老罗微微皱眉。

“所以为了证实我的判断，我还特意把他叙述的内容打乱又问了一遍。”我微微一笑，“我对微表情的判断可能会出错，但是如果他撒谎，对一件事的叙述从头到尾可能没问题，如果打乱他预设好的顺序，他就很容易出错了。”

“可你也看到了，不管我怎么问，陈明杰的回答都和之前说的一样，思考的时间也很短。最重要的，他的目光始终没有长时间和我对视过。撒谎的人都会一直盯着对方，判断自己接下来该怎么说。”

老罗驾驶着车快速切入了另一条车道说：“我说你今天怎么跟个神经病似的，翻来覆去问个没完没了的，我听着都快烦死了。”

“没办法，这案子，检察院那边的工作做得挺扎实的，我得先确认陈明杰有没有撒谎，才敢说这案子我们到底是大搞还是常规辩护。你慢点，”眼看着前方的路口变成了黄灯，老罗却开始加速，我连忙喊道，“安全第一！”

“要相信哥的车技！”在红灯亮起前的最后一秒，老罗成功穿过了路口，不无得意地说道，“那现在确认了，这案子，你是要大搞一把？”

“对！”我点了点头，“我判断他只是个偷窃癖患者，偷窃癖这东西，就是以偷窃发泄情绪，获取愉悦的一种行为，杀人，不太可能。”我微微摇了摇头，说，“和静约个时间，接下来，我们需要她帮忙。”

这个看起来铁证如山的案子，在我眼里不说漏洞百出但也差不多。因为已经认定陈明杰不是杀害付大伟的凶手，卷宗里很多不是疑点的疑点，此刻都成了我重点关注的对象。

首先就是警方在付大伟的房间里搜查出了大量女性用品，包括服装、饰品、鞋袜、假发和内衣，只有少量男式服装及生活用品。这与被害人付大伟的身份性别不符。但警方并没有查明与付大伟同住的这名女性的身份。

警方表示，既然付大伟身亡时身穿女性服装，那么付大伟本人可能有异装癖，所以根本不存在什么女人。

不过现在，这个神秘的女人是否存在对洗刷陈明杰的罪名就至关重要了。

在警方的调查笔录里，房东曾表示付大伟有使用手机，但对付大伟的职业表述模糊，以无业描述，经济来源不明。那个年代，手机虽然不是什么稀罕物，但也没有像现在这么普遍，一般人还是承担不起高昂的费用的。同时，查明付大伟的银行账户里，存款大概有五万元，这在当时已经算是一笔巨款。

这笔钱从何而来，警方没有查明。付大伟是否可能参与了某种犯罪行为，因分赃不均或内部矛盾被人杀害？警方没有排除这个疑点。

只不过陈明杰的犯罪证据确凿，警方便将这个疑点束之高阁了。

案发后，被害人付大伟的手机没有被找到，警方推断手机是被凶手拿走的。凶手拿走手机无非是两个原因：一是销赃，但陈明杰否认拿走了被害人的手机，警方围绕陈明杰的销赃网络进行了调查，这些人表示最近没有收到陈明杰送来的手机；二是手机里保存有凶手的重要线索，很有可能，在杀害付大伟之前，凶手通过手机与付大伟联系过。

换句话说，检方目前梳理出来的案情表述并不具备较强的排他性，这在案件审理中是极容易让我们做文章的地方。

我们所缺少的只是陈明杰没有杀人的证据。这很难做到。

“但是，我们可以试试找到真正的凶手啊！”

张静听完了我的疑问后，思考了一会儿就说道：“找证据给凶手定罪，比找证据给人洗刷罪名可容易得多了。”

3

第二天一早，老罗就开着车，载着我和张静，带着全套的设备赶到了付大伟遇害的出租屋。鉴于此处是案发现场，案件还没有审结定案，这里依然处于封存状态。

“今天的任务就是找到这里的确有女性生活的证据。”张静打开勘察箱说，“你们两个，去问问周围的人，看看有没有女性出入的线索。”

“得令！”老罗应了一声，拉着我出了门，留张静自己在屋子里搜集毛发等能够做DNA鉴定的检材。

老罗答应得这么痛快，可不是他对这个案子有多上心。张静不止一次跟我们提起过，一份DNA鉴定的检材成本可不便宜，这笔钱可没理由让她来出。老罗实在是不忍心看到她又搜集了多少材料，对于他来说，换算出来的数字能让他心疼死。

“女的？”付大伟的邻居从门缝里看着我们，目光中充满了怀疑，但还是皱着眉回忆道，“别说，好像还真有。”

“长什么样儿？和付大伟的关系怎么样？”我连忙问。

“这个就不清楚了。”那人摇了摇头，“我就见过一两回，女的通常是晚上出去，也没见她回来过。”

“和付大伟的关系呢？”

“这更不知道了。”那人说，“从来没见他们俩一起过。”

“这样啊。”我皱紧了眉，“你听过两个人吵架什么的吗？”

“没。”那人笑了笑，敲了敲墙，“这房子，隔音杠杠的。”

“那案发那天，就是4月1日也没听到吗？”

“啥也没听着。”

“哦，谢谢了。”

“好消息是，这房间里可能真有一个女人，坏消息是没人知道那女的是谁。”一回到付大伟的房间老罗就说。

张静没有答话，若有所思地站在卫生间门前。

“有啥发现？”老罗凑上去问。

“有点奇怪。”张静说，“等我鉴定完了再告诉你们结果，大概明天吧，我去找你们。”说完，她拎起勘察箱走出了房间。

“这丫头咋了？”老罗有点摸不着头脑。

“估计是有什么重大发现，要不然表情不会那么凝重。”我说，“我估计这个案子有眉目了。”

第二天上午，张静疲惫不堪地走进了律所，脸上带着淡淡的失落。

“怎么了这是？”老罗放下了一个遥控潜水艇，有些心虚地问。

“小明哥，对不起，我辜负了你们的期望。”张静低下头，小声说道，“我没找到那个女人的线索。所有的检材都鉴定了，都是付大伟的。”

“哦，这样啊，没事。”我也有些沮丧，但还是尽可能平静地说道。

“哪能这样呢？静你没弄错？”老罗却有些焦急地问。

“我也希望自己弄错了。”张静说着，眼圈微微有些泛红。

“老罗！”我低喝了一声，“静大概忙了一晚上吧，还不让她赶紧休息去。”

“我不！”张静倔强地抬起头说，“把卷宗给我，我总觉得有什么地方是我忽略了的。”

“不差这一天。”我连忙说，“静你赶紧好好睡一觉，起来再弄。”

“哪有那么多时间呢。”老罗责备地看了我一眼，把卷宗塞给了张静。张静借了老罗的办公室，把自己关在门里研究起了卷宗。

“老罗，你干什么！”我把老罗拉到了一边，“这案子再急，也不差这一天两天，静的身体怎么吃得消？再说，她没义务这么帮咱们。”

“老简啊。”老罗突然长叹了一口气，点上根烟，看了一眼自己的办公室，神情有些怅然，“你说我都这么对她了，她还能缠着我吗？”

“你……”我指着老罗的鼻子，却不知道说些什么好，半晌才叹了口气，“静是个好姑娘。”

“门不当户不对的，她要的幸福，我可给不了啊。”老罗也叹了口气，“她对于她的家族来说，有着更重要的作用，而不是跟着咱这种人。”

“好，就算这样，她家里把她当工具使，那你呢？咱们总不能也把她当工具吧？！”我微微有些发怒，“静愿意跟咱们混，愿意出来上班，不就是因为咱们把她当成一个活生生的人吗？可你看看现在，你干的那都叫啥事？！”

“你不懂！”老罗又叹了口气，“她家里，我惹不起，你更惹不起！”

“我先回去了。”张静突然推开门，走了出来，她低着头，说，“晚上我再来。对了，这个我先带走了。”她晃了晃手里的卷宗。

快下班的时候，老罗有点坐不住了，他不停地看着墙上的钟，在我面前晃来晃去几次后，我终于不耐烦地抬起了头。“你能别在我面前晃吗？我轮回的路都被你堵死了！”

“老简啊，那个，我有点事，能不能先走？”见我说了话，老罗飞快地说道，满脸的哀求。

“你今天哪儿也不能去。”我瞪了老罗一眼，“你要是不把静哄开心了，咱就散伙！”

“散伙就散伙！简明，我还真就不信了，没了你，这地球还不转了？”老罗的脾气也上来了，气冲冲地说道。

“好啊！”我微微一笑，“静我也带走。”

“你……”老罗一下子垮了下来。

“老罗啊，你说你们俩，纠结不？”我苦笑着说道，“明明都喜欢对方，你怎么还不如一个小丫头？人家都敢跟家里说不，你怎么就不敢呢？”

“那是因为……算了，我先走了。”老罗说着，转身就走，却差点儿撞到

一个人的身上。

“小骡子，你这是想去哪儿啊？”张静笑盈盈地站在办公室的门口，上午的沮丧早就消失不见，脸上又恢复了平时的神情。

“我……啊，这不是晚了嘛，我怕你还没吃饭，打算给你弄点吃的去。”老罗恬不知耻地说。

“呸，你有那好心？也不知道是谁要赶我走来着。”张静撇了撇嘴，在沙发上坐了下来，“去给我弄份麻辣烫吧，就你们楼下那个。小明哥，你来看，我有重大发现。”她拿出几份鉴定书放在了茶几上。

“这啥玩意儿？看不懂。”老罗并没去买什么麻辣烫，而是安排行政在饭店定了位子，他一把抓起了鉴定书，翻了翻说。

“叫你多读书吧？”张静翻了个白眼，“小明哥，你告诉他。”

“这个，我也看不太懂。”看着那上面密密麻麻的专业术语，我挠了挠头，不好意思地说道。

“太让我失望了。”张静无奈地摇着头，“简而言之，那房间里根本没有女人生活过。”

“啊？”老罗愣了一下，“那不是说，我们搞错方向了？你咋还能这么高兴呢？”

张静抿了一口咖啡，微微一笑：“当然，本来我也没指望能查出女人的线索，专案组的调查不也说过，付大伟有可能是个异装癖吗？我这次只是去证实这件事。你们还记得昨天我在卫生间那儿站了很久吧，当时我就觉得不太对劲。”

“不对劲？有啥不对劲的？”老罗问。

“你不是女人，当然不知道做女人有多麻烦。”张静白了老罗一眼，“我们女人呢，是一种很可怕的物种，每个月定期流血而不死。所以，惹什么都不要惹我们女人。”

“我天天惹你也没看怎么了。”老罗不解地说。

“从前，世界上有两种男人，一种招惹女人，一种讨好女人，后来啊，第一种男人绝种了。”张静说。

听到这儿，我忍不住“扑哧”一声笑了出来：“好了，静，你赶紧说说你的想法吧。”

“好吧。”张静甩掉了高跟鞋，盘腿坐在沙发上，调整了一下坐姿说，“我在卫生间里没有发现卫生巾，开始我还以为是侦查员带走了，回去查了一下，他们说没见过卫生巾，当时我就觉得，你们可能搞错了方向。专案组也都是精英警力，这种错误还不至于犯。结果一化验检材，果然如我所料，那些衣服啊饰品啊，都是被害人付大伟用的。”

“等等。”我连忙抬起手，“我听你这个意思，你好像早就确认结果了，怎么——”

“这时候才告诉你们？”张静幽怨地看了一眼老罗，“当然是为了报复某个不能生育的骡子咯。”

“你才不能生育呢。”老罗腾的一下站了起来。

“哦，能生啊，那跟我生一个玩玩啊。”张静挑衅道。老罗面红耳赤地说不出话来，最后只好哼了一声，重新坐回到沙发里。

“好了，静，你肯定还有别的发现，要不然不能还有心思开玩笑。”我忍着笑说道。

“还是小明哥了解我啊。”张静夸张地叹了口气，“你们想想，付大伟为什么要穿女人的衣服，用女性的饰品？”

“异装癖啊，你刚才不是说了？”老罗这一次反应奇快地说道。

“不太准确。”张静摇了摇头，“你们再想想，之前的调查说他无业，但是有一笔不算小的存款，白天很少外出，晚上却很少在家，在本市也没查到有什么熟人。他的钱是从哪儿来的？职业到底是什么？”

“这个……”老罗看了我一眼，犹豫着说道，“不太可能吧？”

“有什么不可能的？”张静耸了耸肩，“为了钱嘛，什么事都做得出来。我还敢保证，他绝对不是那种在夜总会坐台的，最多，就是站街的吧。”

“不可能，不可能，绝对不可能。”我连连摆手，“这也太恶心了。再说，他也没那个功能啊。”

“没那个功能，不是还有别的嘛，价钱还便宜。”老罗突然嘟囔道。

“你说啥？”我瞪了老罗一眼，悄悄看了看张静，生怕这个敏感的话题让她不适应。

“小骡子说得没错啊！”张静倒是一脸的满不在乎，“我们厅里这样的档案多了去了。再说了，有古怪爱好的人有的是，没准儿有人就好这口呢。”

说着，她的目光突然在我和老罗之间转来转去，看得我心里直发慌。

“我可没那个爱好！”我大声说道，“老罗，你倒是说句话啊！”

“我肯定没有！”老罗瓮声瓮气地说道，“你小明哥有没有，我还真不知道。不过，我一直没见他谈过女朋友。”

“你……”看着老罗不怀好意的表情，我真想掐死他。

“谁也没说你们俩有啊。”张静耸了耸肩，“走，吃饭去，吃完饭我们就去核实一下这事儿！”

4

吃完晚饭的时候，天已经黑了。

张静指挥着老罗，开车来到了案发现场附近的一个公园。如今已经是夏季，出来散步的人多了起来。

就在公园小路的两旁，站着一排比较特殊的人，她们普遍穿着短裙高跟鞋，衣着暴露，浓妆艳抹，并不参与到散步的人群中，而是站在路边，不时搔首弄姿，抛出几个媚眼。

“我们到这儿来干吗？”老罗的目光在这些人的身上游荡着，漫不经心地问道。

“查案啊。”张静看着老罗，眼睛里燃起了一团小火苗，“付大伟要做那种事，这里是最方便的。说不定有人认识他。”

“哦，咋找？”老罗终于收回了目光，“这么多人，总不能挨个去问吧？”

“还真就得挨个问，你以为我们搞摸排那么容易啊。”张静从包里掏出照片，塞到了老罗的手里，“不过你可别一上来就问，会引人怀疑的。要讲究点技巧，最好就是套套近乎，比如做个交易啦，等对方放松戒备后再问。”

“哦。”老罗应了一声，推开了车门，迈出去的腿突然又收了回来，戒备地问道，“谁去？”

“当然是你咯。”张静笑眯眯地说道。

“凭啥啊？”

“这还不简单，你看我是个女孩子吧，怎么可能去干那种事？小明哥一脸正直，一看就不是那种会找小姐的人。”

“我也不是啊。”

“就你那贼眉鼠眼的样儿最像啊，刚才看得不是挺开心的吗？”张静歪着脑袋说，“别废话，快去。”

说着，张静踹了老罗一脚，老罗只好心不甘情不愿地走向了离他最近的一个女人。

那女人化了妆，但看上去绝对有四十岁了，一身浓重的劣质香水味熏得老罗头昏脑涨。看到老罗向她走来，她抛了个媚眼，吓得老罗差点儿转身就跑。

“小哥，头一回吧？”女人一把抓住了老罗的胳膊，嗲嗲地说道，“放心，这种事一回生两回熟，慢慢你就习惯了。”

说着，女人抓着老罗的手放到了自己身上：“摸摸，咋样，包你满意。”

老罗脸涨得通红，奋力抽回手：“不是……我……那个……我找人。”

“哟，看你一脸羞涩，还以为是个雏呢，原来早有相好的啊。”女人不屑地撇了撇嘴。

“大姐，你认识这个人吗？”老罗掏出了付大伟的女装照片，硬着头皮问。

“叫谁大姐呢？我有那么老！”没想到女人突然大发雌威，“滚一边去，别耽误老娘做生意！”

老罗愣了一下，狼狈地跑了回来。

“怎么样？手感不错吧？”张静一脸微笑，她的身上却正慢慢散发着一股危险的气息，我下意识地后退了几步。

“啥玩意儿啊，我不干了！”老罗把照片塞给张静，恼怒地说道。

“就你这样，还想破案？”张静撇撇嘴，“看你姑奶奶的吧。”

说着，她整理了一下衣服，缓步向前走去，目光在路边的站街女身上打量着，却并没有像老罗那样随便选一个就贴上去。那些女人面对这么一个靓丽的妹子也没什么兴趣。倒是几个不怎么识趣的男人盯着她那双修长挺拔的长腿评头论足，却在张静的目光下匆匆离开了。

直到快走到小路尽头的时候，张静才在一个身材略显丰满的女人面前停下了脚步，目光像挑选货物一样打量着这个女人。

和一般的女人相比，她的个头稍高了点，和我差不多。胳膊和腿也略粗，尤其胸前更是壮观。

“妹子，要服务吗？”女人向张静凑了凑，低声说道，声音却有些沙哑。

“他为什么没来？”张静有些怅然若失地说道。

“妹子原来有意中人啊。”女人的脸上露出了一抹暧昧的神色，“能给姐看看不？说不定姐认识呢。”

张静幽怨地看了一眼女人，递给她一张照片。

“哟，这不是小丽吗？”女人接过照片看了一眼就说，“原来妹子是他的顾客啊。”

“大姐，你认识？”张静问。

“别叫姐，叫我哥就行。”“女人”挤了挤眼睛，“我们俩可熟了，不过你也别等了，他可能不干这行了，我都好几个月没看见他了，跟哥走吧，哥的活不比他差。”

面对这个女人突然转“性”，张静丝毫没有惊讶，而是换上了一副泫然欲泣的神情：“实不相瞒，我是他妹妹。我哥，我好久没联系上我哥了，听说他在这儿做那种事，我是特意来找他的。大哥，你能联系上他不？他都一年多没跟家里联系了。”张静抓着“女人”的胳膊，带着哭腔说道。

“妹子，妹子，别哭。这个小丽，也太不是人了。”“女人”咬牙切齿地说道，“咱们干这个都是迫不得已，还不都是想让家里人好过点。”

“对啊。”张静说，“不瞒你说，大哥，我上学的钱都是我哥挣来的，可这都开学好几个月了，我哥还没找我，我爸妈身体不好，一家子人就指着他呢。”

“可是哥也没法啊。”“女人”露出了为难的神情，“你没打过你哥手机吗？”

“打了，一直没人接啊。大哥，你帮帮忙，帮我找找他吧。”

“啥帮不帮的，我们这些人，就靠抱团呢，小丽的妹妹，就跟我自己亲妹妹一样。啥也别说了，对了！”“女人”突然想起了什么，“你哥有个QQ，做生意专用的，你知道不？”

“我不知道啊，我哥从来没说过。”张静说。

“我给你找找。”“女人”掏出手机，翻找了一会儿，“就这个。”

“谢谢你，大哥。”张静记下了QQ号，千恩万谢地说道。

“谢啥，妹子，有啥困难就来找哥。”“女人”豪爽地说道。

“搞定。”张静钻回车里，一脸得意地说道。

“你咋找得那么准，一眼就看出他是男的了？”老罗目瞪口呆地问道。

“这还不简单。”张静一脸鄙夷地看着老罗，“你看他的骨架，明显比一般女性宽大，身高也过高，头发一看就是假的，再看他的胸，东方女性哪有他那么大的？”

老罗发动了车子，瞟了一眼张静的前胸，形状虽然看起来不错，但规模就要小上不少了。

“看什么呢！”张静俏脸一红，怒斥道。

“没，没看什么。”老罗一本正经地说道，“我觉得你是因为嫉妒。”

“滚！”张静骂道。

“好了好了，别闹了。”我赶忙出来圆场，“既然已经确认付大伟的职业是这个了，打赢这场官司，我们又多了几分把握，静功不可没。”

“现在还不能放松。”张静却摇了摇头，“别忘了公诉方的意见是入室盗窃引发的激情杀人，在找到真凶前，陈明杰的嫌疑还不能排除。你们送我回厅里，我找网监那边看看能不能查出点什么来。”

张静这一查就查了好几天，直到开庭前一天，她才给老罗打了个电话，告诉他第二天的庭审别忘了申请新证人出庭，对于证人的身份，张静却并没有说明。

庭审当天，履行完了必要的法律程序后，我把之前想到的那些疑点提了出来，并向陈明杰问道：“你当时为什么要往付大伟的银行卡里存钱？”

“我就是想自己用那张卡。”陈明杰说。

我点了点头说：“审判长，我想，这应该能够说明一件事，那就是陈明杰是个偷窃癖患者。对于偷窃癖患者，有一个很有意思的事情，他们偷来的东西或收藏或自己用或丢弃，有时候还会送还失主。其以偷窃的方式来满足一种自我缺失，这种人并不会去做额外的犯罪行为，尤其是杀人！”

“审判长，各位审判员。”听完了我的质疑，公诉人站起身说道，“辩护人提出的疑点的确是目前我们没有排除的。但是，我希望法庭注意的是，在这起案件中，这些并不是重点，重点是被告人过失致人死亡的事实，现场证据、痕迹都已明确指明了这一点。因此，辩护人提出的疑问是否排除并不重要。至于辩护人说的，偷窃癖患者并不会杀人，这只不过是在一般情况下，何况单凭被告人向被害人银行卡里存钱就断定被告人是偷窃癖患者，好像证据并不充分。”

“的确，我没有足够的证据证明陈明杰是偷窃癖患者。但是，这一点并不重要。审判长，我们都清楚，在法庭审理中，所有的证据链条和推测都必须具有排他性，即如果不能排除我提出的疑问，那么这个案子的事实就不能说是清楚的，证据也不能说是确实充分。我方申请新的证人出庭。”我说道。

“准许。传证人到庭。”审判长说道。

伴随着沉重的脚步声，一个穿着囚服、戴着眼镜的平头男子出现在了法庭上。

看着这个男人，我张大了嘴，难掩惊讶。我看了一眼老罗，他也和我一样的表情。

这个男人我们并不认识，我原本以为，今天出庭的还是张静，我们提交的申请里指明的也是张静，现在却莫名其妙地换了个人。这让我和老罗有点措手不及。

“证人，请向法庭说明你的身份。”不等我和老罗质疑，审判长已经说道。

“我叫汪文斌，目前正在服刑。”证人垂头丧气地说。

“你是否清楚你的权利与义务？作为证人，你须如实向法庭陈述你所知道的事实，如刻意隐瞒或伪造证据，将承担法律责任，你清楚吗？”审判长问。

“清楚。”汪文斌点了点头。

“请辩护人提问。”审判长说。

“证人，你因为什么服刑？刑期多久？”我只好硬着头皮问道。张静把这么一个人送上法庭做证，甚至绕过了我和老罗，必然有特殊的目的，搞清他到底做过什么是眼下尤其重要的一件事。

“嫖娼，行政拘留十五天。”汪文斌说。

听他这么说，我心中一动，转身从辩护席上拿起了付大伟的照片。“你嫖娼的对象是不是这个人？”

“对。”汪文斌点点头。

果然，张静并不是无缘无故地把这个人推上法庭的。

“4月1日那天，你和这个人之间，发生了些什么事？请详细向法庭陈述一遍。”我压抑着激动的情绪说道。

“4月1日那天。”汪文斌深吸了一口气，缓缓说道，“我老婆怀孕七个月了，我差不多有大半年没过过夫妻生活，实在熬不住了，就在网上找了个应召女，就是刚才那个人。我们在网上谈好了价钱，留了电话，我就去她那儿了。

“结果到那儿一看，我就觉得有点儿不太对劲，她说话的声音太粗了，真人跟给我的照片比也壮实了不少。我留意了一下，你猜怎么着？嘿，这货竟然有喉结！”汪文斌恼怒地说道，“一看我发现了，他倒也没瞒我，痛快承认自己就是男的。你猜他怎么说？这小子还振振有词地说男的怎么了？男的更懂得男人要什么。说完就上来扒我裤子。我操，你说这他妈的恶心不恶心！”汪文斌嫌恶地干呕了几下，“法官大人啊，我承认我有嫖娼的意图，但对方是个男的，我们也没真做那事，我一看是男的，赶紧走吧，我可不干那恶心事。我这顶多算是嫖娼未遂吧？是，我走的时候，一来气把他手机拿走了，可他对我造成伤害在先，我这就是索取点赔偿，这不是什么大罪过吧？咱国家法律也没规定跟男人干这事犯法，咋就把我拘留了，还给我整法庭上来了？”

听到这儿，我愣了一下，苦笑着摇了摇头。这个张静，不仅对我们有意隐瞒了汪文斌的真实经历，对汪文斌，她也刻意隐瞒了一些事情。

“汪文斌，我问你，你和付大伟——就是你嫖娼的对象之间，”法官犹豫了一下，大概也在思考着怎么措辞，“在当天有没有发生肢体冲突？”

5

“有啊。”汪文斌痛快地承认道，“你想啊，一个大男人装女人出来卖，这事搁你身上你不来气？我当时就揍了他一顿，要不是怕吃人命官司，我当时非打死他！”

“辩护人，你还有问题吗？”审判长问，我摇了摇头，审判长又向公诉人示意道，“请公诉人提问。”

“这位证人，你都殴打了被害人的哪些地方？”公诉人问。

“那我哪记得，反正就是肚子、胸口吧。”汪文斌说。

“在你离开的时候，被害人是否已经死亡？”公诉人问。

“没啊。”汪文斌说，“我走的时候，他就躺在床上，喘气有点费劲。”

“审判长，我的问题问完了。”公诉人有些垂头丧气地说道。

“不是，到底出了什么事啊？”汪文斌不解地问道。

“证人，很遗憾，你的愿望实现了。在你对被害人付大伟实施殴打后的几个小时，付大伟因心脏病发作猝死。目前我们有理由怀疑，他心脏病发作的诱因和你对他的殴打有密不可分的关系。”审判长说。

“啊？不是……我……我没想杀人啊！”汪文斌脸色死灰，颤抖着说道。

“请将证人带离法庭。”审判长说，“请公诉方发表最后意见。”

“审判长，我方没有意见。”公诉人站起身，“我方刚刚从庭外获得了重要证据，显示被害人付大伟身上的伤痕都是由刚才的证人汪文斌造成的。非常感谢辩护律师对本案的深入调查，使得本案能够真相大白，避免了一起冤假错案的产生。鉴于本案在审理期间案件事实、证据发生新变化，我方现依法对陈明杰过失致人死亡部分提出撤诉申请，对陈明杰入室盗窃部分希望法庭依据已查明的事实，依法进行裁决。”

公诉人说得很有礼貌，但我和老罗却听出了一点儿咬牙切齿的味道。

“辩护人，对于公诉人提出的撤诉要求，你方有什么意见？”审判长问。

“我们没有意见。”我和老罗对视了一眼，微笑着说道。

“现在宣布休庭半小时。”审判长和其他合议庭成员协商了一下起身说道。

半小时后，法庭重新开庭，审判长直接宣读了判决书：“陈明杰入室盗窃过失致人死亡一案，因公诉方提出撤诉申请，本合议庭经审查后认为，理由充分，同意撤诉。

“本法庭本次审理案由为陈明杰入室盗窃及过失致人死亡，现公诉人对陈明杰过失致人死亡撤诉。关于陈明杰入户盗窃一案，经本法庭审理查明，陈明杰以非法占有为目的，多次采用秘密手段入户窃取公民财物，数额特别巨大，证据确实充分，事实清楚，其行为已构成盗窃罪。公诉机关指控的罪名成立，应予支持。

“辩护人提出，陈明杰归案后，能够如实供述犯罪事实，并主动供述了警方尚未掌握的部分犯罪事实，符合自首情节，应减轻处罚。对于此辩护意见，本院予以采纳。辩护人称陈明杰是偷窃癖患者，应判定其患有心理疾病，应减轻处罚，因证据不足，本院不予采纳。陈明杰多次作案，且数额特别巨大，情节特别严重，不符合缓刑的标准，对辩护人提出的缓刑意见，本院不予采纳。

“依照《中华人民共和国刑法》第二百六十四条、第二十五条第一款、第六十七条第三款、第五十三条、第六十四条之规定，判决如下：

“一、被告人陈明杰犯盗窃罪，判处有期徒刑十年，并处罚金人民币三千元（此款应在判决生效后一个月内缴纳）。（刑期从判决执行之日起计算。判决执行以前先行羁押的，羁押一日折抵刑期一日。）

“二、违法所得责令退赔。

“如不服本判决，可在接到判决书的第二日起十日内，通过本院或者直接向中级人民法院提出上诉。书面上诉的，应当提交上诉状正本一份、副本三份。

“对汪文斌过失致人死亡一案，不在本次审理的范围之内，公诉方可另案起诉。退庭。”

这个案子就这样戏剧性地结束了，甚至我和老罗都还没弄明白，怎么就突然出现了一个汪文斌，还成了本案的凶手？

我和老罗一走出法庭，就看到张静鬼鬼祟祟地夹在人群里，试图躲过我们俩。

“这小丫头片子。”老罗撸起袖子，钻进人群，不费吹灰之力就把张静拎了出来，“你也太坑人了，这事不早打招呼，要不是老简反应快，差点儿让你整蒙圈了！”

“这就是对某些人故意想气走我的报复！”张静哼了一声说。

“静啊，你到底是怎么找到这个人的？”我问，这可是刚刚在法庭上就一直困扰着我的问题。

我记得很清楚，我们一起行动的时候，她除了找到能够证明付大伟是“站街女”的证据外，并没有其他重要的发现。

“简单啊，我不是说我弄到付大伟的QQ了吗？”张静说。

我猛然想起，她的确这样说过，但是那之后，除了让我们申请新的证人出庭外，她再没传递过任何消息。

那天回去之后，张静就让网监的同事破解了密码，查了这个QQ的聊天记录。在最近联系人里，她找到了一个电话号码，电话号码的主人就是出庭做证的汪文斌。

张静拨通了电话，告知了对方自己的身份。她原本以为汪文斌会否认，没想到，他开口就说：“我知道你们为啥找我，我哪知道那是个男人啊！”

就因为这一句话，张静迅速向上汇报，本已解散的专案组再次集结，将汪文斌抓捕归案。

归案后，汪文斌主动交代，自己对被害人实施了殴打，并在临走时拿走了付大伟的电话。

不过，在张静的策划下，警方并没有告知汪文斌付大伟已经死亡的事实。

“这样在法庭上出其不意，他才没时间想怎么撒谎嘛。”对此，张静倒是满不在乎，“而且，你们没看公诉人当时那张脸，真是爽死老娘了！”

“你还是第一个把坑人说得这么义正词严的。”老罗竖起了大拇指，“汪文斌碰到你，真是倒了血霉了。不过这个案子啊，倒是让我明白了一件事。”

“什么事？”张静好奇地问道。

“嫖娼需谨慎。”老罗一本正经地说道。

“信不信老娘打断你的第三条腿？！”张静剽悍地说道。

“要我说，男人啊，还是老老实实的好。”我说，“不记得哪个大神说过这么一句话，不幸的婚姻往往伴随着一方的出轨，而忠实却又是婚姻的所有权利中最重要的权利。”

“看看小明哥这觉悟，小骡子，你好好学着点！”张静不满地说道。

“出去嫖，谁知道会嫖到什么人呢？就像汪文斌，嫖到个男人，搞不好下半辈子都不举了。”我补充道。

“你……”张静彻底暴走了，“都什么人啊，你们男人果然没一个好东西！”说着，她把一沓发票塞到了老罗的手里，“就冲你们俩这德行，这案子别想让我掏腰包！”

看着那沓发票上的数字，老罗的脸涨成了猪肝色。

005 公路游魂

法律不可能使本质上是道德的或纯洁的行为变为犯罪行为，正如它不能使犯罪行为又变成纯洁的行为一样。

——雪莱

1

张静曾说我有一双钛合金狗眼，不管是什么样的嫌疑人，在我面前都会无所遁形。这话说得不太准确，我只是能从当事人的眼睛中判断他是不是真的有罪，而这种判断，准确率并不高，只能说我的运气还不错。

假如我真的有一双钛合金狗眼，我又怎么可能花了十几年的时间却看不透张静这个人呢？她的身世背景，她在我们面前的欢快跳脱，对于我来说，一切都很神秘，直到最后，我也不知道她到底是个怎样的人。

她第一次肯主动掀起冰山的一角，让我震惊不已还是在2008年。那年9月14日，是中秋节，在我们生活的这座城市却发生了一件非常恶劣的案件。

那天夜里，市交警队组织了集中整治严重违法行为的夜查行动。行动中，交警发现一台可疑车辆在临近检查点时突然靠路边停车，司机跳下车后，摇摇晃晃地冲进了路边的绿化带。

执勤的交警们迅速追了上去，将此人按住。他身上那股浓重的酒气让交警们明白，此人已经不是酒驾，而是涉嫌醉驾了。

被捕时，此人还不忘大呼小叫："警察叔叔啊！你们可得帮帮我啊！我车让人偷了啊！你们快去抓那孙子啊！我追了他一晚上了！"

这一幕让交警们哭笑不得。

交警将此人带回队里后，在处理留在现场的那辆车时，再次发现了异常。

指挥中心接到报警电话称有一辆车肇事逃逸，并准确报出了车牌号码和车辆型号，但在接警员询问肇事地点和肇事具体状况时，对方却挂断了电话。

指挥中心将这一情况向执勤的警员做了通报，要求密切注意这一事态。正在处理那名醉驾司机驾驶的车辆的警察注意到，报警人说的肇事车辆正是他眼前的这一辆，他多了个心眼，仔细观察着车辆状况，在车胎上发现了一些深红色的痕迹。

借着强光手电，他蹭了一点下来，放到鼻下闻了闻，脸色骤然变了："这他妈是血啊！"

交警队随即分出一组人，沿着血迹一路追溯，一个小时后，终于在一条偏僻的土路上发现了一名死者。

死者穿着一件膝上大概十厘米的黑色抹胸礼服，赤着双脚，高跟鞋掉落在路边。从穿着和裸露在外的娇嫩皮肤判断，她应是一名年轻的女孩儿。但对于她的身份，交警们就无从判断了，现场没有发现死者的随身包，以及能够证明其身份的证件、手机等物品。

最让交警感到无奈的是，发现时死者的头已经碎裂，被车轮碾压成了一摊肉饼，交警借助铁锹才把这部分身体组织装上殡仪馆的车。

“看这样，除非有人报案，要不然很难查明身份了吧？”一名刚入行的交警擦了擦嘴角的呕吐物说，“可惜了，一看就是个如花似玉的大姑娘。”

“让刑警队介入吧。”一名经验丰富的现场勘察员在看过现场后直接说道，“这是车辆反复碾压才能造成的后果啊，从车辙痕迹来看，这个路段就只有那一辆车经过。”

“就是说，”老勘察员蹲在路上，对着车辙咔嚓咔嚓地拍着照片，“这孙子撞完人之后，来来回回开了好几遍，活生生把这姑娘的脑袋碾碎了！”

刑警很快介入了此案，并迅速查明，肇事司机林菁，本市某企业的总经理。对于当天自己涉嫌醉驾一事，林菁供认不讳。但对于自己肇事致人死亡并对被害人进行碾压一事，林菁却坚决否认，坚称自己正常行驶，绝没有撞到任何人。然而他的车没有安装行车记录仪，那个路段又异常偏僻，不在监控范围内，他的话自然也就无从证实。

法医对被害人进行了尸检，死者女性，从骨龄判断，约二十三岁，上下误差不超过两岁；尸长约一百七十二厘米（因头部缺失，无法准确计算身高）；处女膜陈旧性损伤，生前未遭遇性侵，无生育史，身份不明。法医拟通过3D颅骨复原技术重绘死者的容貌，但死者头部遭遇反复碾压，能否复原成功，法医并未给出明确结论。

“别抱太大希望，你们还是加派人手在那周边摸排吧。”法医如是说。

根据尸体状况，法医推测出了一个死亡的时间段，也无法排除林菁的嫌疑。而在林菁的车辆上也确实发现了死者的血迹。一周后，交通部门出具了鉴定报告，证实肇事车辆确是林菁所驾驶的那辆无疑。

该案被迅速移交到了检察院，检察院在对案件进行复核后认为，案发当时，林菁涉嫌醉驾，且是在明知醉酒状态下依然驾车出行，有以危险方法危害公共安全的嫌疑；肇事后，林菁没有对被害人进行积极救治，而是对被害人进行了反复碾压，显然是认为被害人一旦存活，自己要承担的赔偿责任更大，主观恶意明显，已不能以交通肇事罪来起诉，而应以故意杀人罪起诉；案发后，林菁有逃逸行为，情节恶劣。

不过这一次，检察院并没有在第一时间就提起公诉，而是要求警方对该案进行补充侦查，理由是肇事车辆上的血太少，不符合现场形态。

这回找上门的，是林菁的妻子胡可，一个四十多岁、雍容华贵、气场强大的女人。

“老林绝不会干那种事！”律所办公室里，胡可占据了主位，微仰着头，一副睥睨天下的神态。

一个二十多岁的黄毛年轻人——据说是胡可和林菁的儿子，林果果，也是一副鼻孔朝天的样子站在胡可的身边。

这幅景象让老罗很不爽，不过他强压着怒火，赔着笑脸。原因嘛，胡可一进屋的时候就说过了，两百万，是这个案子单纯的酬劳，至于其他的支出，实报实销。

“现在说这些还为时尚早，毕竟林先生当时喝了酒。”老罗难得低声下气地说。

“我妈说不会就不会！”林果果眼睛一瞪，猛地一拍桌子，“不信我妈的话？！”

“果果！”胡可低喝了一声，阻止了林果果。

我也拉了拉老罗，这小子脸上虽然带着笑，但是放在下面的拳头已经握紧了，林果果再多说一句，恐怕他就要尝尝满脸桃花开是什么滋味了。

“抱歉，罗律师，果果还小，希望你们别介意。”胡可微笑着说道，修长的手指在那张还没签字盖章的支票上摩挲着。

“不介意不介意！”老罗连连摆手，“你说，你想要什么结果吧？”

“痛快！”胡可满意地点了点头，“我听说，你们接的几个案子，到最后都是无罪释放，我不求他无罪，少判几年就行。”

“冒昧问一下，为什么这样？”我微微皱眉，这个胡可，一口咬定林菁没有肇事，却又不要求无罪释放，这似乎有些矛盾。

“没什么，男人啊，就得适时给他个教训，要不然，尾巴就翘上天了！”胡可说了一句莫名其妙的话，就站起了身，以无可挑剔的优雅步伐走出了办公室。

看着胡可和林果果走进电梯，老罗狠狠啐了一口唾沫说：“这娘儿们，以为自己是谁呢？！小李，把支票存上去！”

他把支票交给了财务，坐在沙发上，大口大口喘着气，胸口压抑的不满却无处发泄：“老简，你咋不拒绝这案子呢？！你不说话，我都不敢动手。”

“你都不敢动手，我就敢拒接案子了？”我也在沙发上坐下，大口大口地喘着气，这个胡可，带给我的压力实在太大了。

“那现在咋整？”老罗斜着眼睛问我。

“不知道。”我摇了摇头。

“幸好，胡可不要求无罪辩护，少判几年就行，这案子，还是有搞头的。”休息了一会儿，老罗渐渐恢复了些力气说道。

“怕没那么简单。”我沉重地摇了摇头，“胡可的要求太奇怪。案子到现在还没起诉，我们能做的事太少。找找人，先了解一下案情。”

“两百万啊！”完全恢复过来的老罗根本没听我在说什么，掰着手指头算着什么，“这样的案子咱们多接几个，用不了几年咱就是千万身家，到时候就能移民去荷兰，满足你那小小的变态欲望了。”

“恶心！”

我随手抓起一个抱枕，丢向了老罗说：“约下静，看看她有没有什么线索。等会儿咱俩先去见见林菁。”

“我是喝了酒，但是我绝对没有撞到人！”看守所的会见室里，只有四十五岁的林菁却已经是满头白发，憔悴不堪，这几个月的牢狱生活让他不堪重负。

“你再仔细回忆一下，当时到底什么情况？”我问。

“当时本来是参加一个聚会，我儿子和老婆有事先走了。后来家里来电话，让我赶紧回去，说有事。”林菁皱着眉，努力回忆着，“我开车走的，开到那段路的时候，车确实颠簸了一下，但是我没看到人啊！”

“会不会因为太着急，你没注意到？”

“不可能。”林菁摇了摇头，“因为喝了酒，我车开得很慢，那段路又没有路灯，所以我特别小心。”

“颠了那一下，你没下车看看？”老罗问。

“没啊。”林菁摇了摇头，“那段路本来就不太好走，我又着急回家，也没在意，连车都没停。”

我看了一眼老罗，知道从林菁这里是得不到什么有价值的线索了。

“静那边？”我问。

老罗摆弄着手机，头也不抬地说道：“她把卷宗搞出来了，在办公室等咱们。”

“那走吧。”

我们告别了林菁，回到了律所。张静正在办公室里坐立不安。

“完了完了，这回我犯了大事了。”一见到我们，张静就迎了上来，急促地说道，“这些都是保密档案，我偷偷复印出来的，要是被发现我就死定了，肯定要被开除的，我爸非打死我不可。”

“可拉倒吧，你爸打你？”老罗白了张静一眼，“你爸敢动你一根手指头，你家老太爷得跟他玩命。”

“那我也没工作了啊，以后谁养我啊？”张静的谎言被拆穿，倒是脸不红心不跳。

“老罗呗，还能有谁？”我从张静手里接过了卷宗，那上面还盖着大红的印章，明确写着卷宗的用途就是借调，说是偷出来的，这个谎言实在是太不走脑子了。

不过，在这事上她好像也不用走脑子，她至少有一百种方法让老罗接受她的说辞。

这份调查的卷宗显示，林菁被捕时，每百毫升血液里酒精含量达到九十毫升，远超醉驾标准。交警部门对现场痕迹进行了详细勘验，证实现场遗留的轮胎痕迹与林菁驾驶的越野车吻合，并强调，车辆肇事后，有一段刹车痕迹。从刹车距离上判断，当时的车速达到一百二十公里每小时，在限速三十公里的路段上，这辆车已经严重超速，涉嫌危险驾驶。停车后，该车辆进行了倒车行驶，对死者的头部进行了反复碾压，主观恶意明显。

看完了卷宗，老罗咂着嘴说：“这案子不太好办啊。情节太恶劣了。”

“林菁说那段路况不太好，他没太在意，根本就没刹车，对吧？”我说。

“嗯。”老罗点了点头。

“那刹车痕迹是哪儿来的？”

“林菁的话不太可信。”老罗摇了摇头，“喝了那么多酒，当时到底发生了什么，他可能都不记得了，现在又急着脱罪，估计没跟咱们说实话。”

“老简，你看这样行不行。”老罗说，“想办法让林菁多赔点钱，这样一来，至少能让死者家属好受点，要是能取得家属谅解，这事能好办不少。”

“行啊。”我点了点头，“只要你能找着死者家属。”

我指着卷宗里的一页说：“到现在为止，警方还没查明死者的身份，以无名氏代替呢。”

“靠！”老罗骂了句脏话。

“别在我面前骂人，玷污了我高贵的形象！”张静一脸鄙夷地看着老罗说，“我记得，检察院打回来补充侦查的原因是说车上遗留的血迹形态与现场不符吧？咱们去看看怎么个不符不就完了吗？明天就去。”

2

第二天一早，我们就来到了市交警队的停车场，作为本案重要的“凶器”，林菁驾驶的那辆越野车就停在这里。张静在和有关部门打过招呼后，就带着全套的勘察设备，带着我和老罗一起来到了这里。

“把尸检报告给我。”张静站在车前，看了一会儿说。

老罗从包里拿出尸检报告，递给她，满脸不解地问：“你看尸检报告干啥？”

“废话，我不得结合尸体的损伤形态来作判断吗？！”张静白了老罗一眼，“不懂就别说话，老实在一边看着。”

老罗下意识地后退了几步，悄声问我说：“她怎么了？今天脾气这么大呢？”

“嗯，”我故作神秘地仰头看天，“老夫我掐指一算，方知今日静有血光之灾！”

“说人话。”

“来例假了呗，女人这时候最是反复无常。”我说。

老罗竖起了拇指，一脸的钦佩，说：“你牛，这玩意儿都能算出来。”

我无奈地摇了摇头，这和算不算可没什么关系，老罗要是细心一点，静的一些事情他明明可以记得很清楚。

“小明哥，你看。”张静似乎没听见我们俩的对话，指着尸检报告的一页说，“法医证实，死者大腿部有因撞击产生的淤青。综合死者的身高，这个淤青应该是车辆的保险杠撞到她身上后留下的痕迹。”

“没错。”我点了点头，“法医也是这么认为的。”

“事故勘验报告里说肇事车辆当时的车速是多少？”张静问。

“一百二十公里每小时。”老罗说。

张静没有说话，戴上了一副手套，突然伸出手用力地在肇事车辆的发动机盖上按了按。啪的一声，发动机盖凹下去了一大块。

“完了完了，这可是重要物证，静你惹大麻烦了！”老罗一脸的痛心疾首，“你咋那么不小心呢？这得赔多少钱啊？你搞的，你自己赔啊，我可不出钱。”

“你再废话，信不信我去民政局把你婚姻状况改成已婚？！你的钱就全是我的钱了。”张静哼了一声，“要不是为了让你身心都臣服于我，老娘早就这么干了！少见多怪。你以为这物证还有什么用？真搬到法庭去？人家只要照片和报告，也就你们，还来看这东西。”

说完，张静干脆用力一撑，坐到了发动机盖上，说：“小骡子，做好笔记，这是本案的第一个疑点。也幸亏是岛国的产品，换德国车，我还未必能发现。”

“疑点？哪来的疑点啊？”老罗一脸的不解。

“叫你记你就记，哪来那么多废话。”张静一脸的不高兴，“在正常情况下，肇事车辆以一百二十公里的时速撞击到被害人，因为惯性，被害人会在瞬间向来车的方向倾倒，这时候死者的头部会撞击到肇事车辆的发动机盖或者前挡风玻璃，然后再向前抛出。这辆车的发动机盖你们也看到了，轻轻一按都会留下痕迹，更不用说撞上来。

“但是车上并没有留下撞击的痕迹，就连保险杠上都没有。这些不值得怀疑吗？”张静说。

“你这么一说，好像还确实是这样。”老罗蹲下身，仔细观察着车的保险杠，“神了，还真没有撞击的痕迹。”

“这只是第一个疑点，更多的疑问还在后边呢。”张静从车上跳了下来，继续翻看着尸检报告，“交警说，发现尸体的时候，尸体是呈俯卧状的，法医在尸体的背部发现了剐蹭伤。从死者的身材来看，要想在这个部位留下伤痕，肇事车辆底盘的离地间隙不应超过二十厘米，但是这辆车。”她敲了敲林菁的车，“我没记错的话，这个型号的车最小离地间隙是二十二厘米。”

说着，张静突然在车前躺了下去，慢慢地蹭到了车子底下说：“小骡子，手电。”

老罗依言递上了一支强光手电，张静打着手电，仔细观察着车底。五分钟之后，她从车底下钻了出来，一言不发地从勘察箱里取出了几张试纸和一管试剂，重新钻回了车底。

我和老罗提心吊胆地等着张静的结论，紧张的老罗甚至在点烟的时候不小心拿倒了烟。可惜，对于痕迹勘察这种事，我和老罗上学的时候虽然也学过，不过他补考两次、重修三次，我也只比他少了一次。除了等待，我们什么忙也帮不上。

“肇事车辆绝对不是这辆车。”张静脸色阴沉地从车底钻了出来，“底盘上没有检测到任何血迹。把勘验报告给我。”

我赶紧递上了勘验报告，张静只看了几眼，就把那份勘验报告摔到了地上：“这是哪个王八蛋作的勘验报告？！这他妈的简直就是渎职！玩忽职守！应该拉出去枪毙！”她忍不住爆起了粗口，末了，还用力踩了几脚被她贬得一文不值的勘验报告。

“息怒息怒，姑奶奶息怒！”老罗一边喊，一边从张静的脚底下抢救着那份报告，“这玩意儿对我们老重要了，就算有问题，在我们律师手里也有非常重要的用处啊。”

“静，你没事吧？”我目瞪口呆地看着小宇宙正在燃烧的张静，小心翼翼地问道。例假期的女人容易暴怒，但是暴怒到这个程度的，至少我还没见过。

“我没事。”张静深吸了一口气，脸上带着笑容，语气却森寒无比，“我可以负责任地说，这份勘验报告漏洞百出，只是根据现场车辙和车轮上的血迹就断定这是肇事车辆。对于事发时理应留在车辆上的客观痕迹只字未提，做出这份鉴定报告的人，绝对有问题。”

“这案子，另有隐情？”老罗掸着报告上的尘土把报告收回包里，说道，“这不太可能吧？这么明显的漏洞……”

“小骡子，不是每个律师都能有机会对物证重新勘验的，你们也就是遇到了我。”张静难得语重心长地说，“也不是每个鉴定人员都像我一样努力查明事实真相，有些害群之马只想尽快破案，给自己捞点功劳。”

“喂，你们什么人？干什么呢？！”一个穿着白大褂、戴着口罩的人带着一个孩子向我们走了过来，边走边喊道。

那孩子有点奇怪，皮肤是不正常的苍白，头上还戴着一顶和医院的病号服配套的帽子。

“我们是林菁的律师，正在对涉案的车辆进行勘验。”我迎上去说道。

“谁允许你们这么做的？”白大褂冷声说道。

“对涉案物证重新勘验是我们律师的权利。”我说。

“经过我们同意了吗？”白大褂冷笑了一声，“请马上离开这里。”

“你……”我刚要发火，张静却突然走了上来，扯住了他的衣袖，“小明哥，走吧，他说得没错，我们没权利待在这儿。”

“我们是律师，凭啥不能在这儿勘验物证？！”老罗叫道。

“怪我。”张静歉疚地笑了一下，“我就是打了个招呼，没办理正常的手续，现在人家撵我们走，一点儿毛病都没有。”

“算了算了，我们走。”眼看着老罗又要发火，我连忙说道。

“现在我们去哪儿？”离开停车场，老罗没好气地说道。

“行了，老罗！”我扯出了一张笑脸，“静已经把我们需要的东西找到了，别那么小气。”

“说得容易啊，可是我们没有专业的鉴定报告啊。在这段时间里，如果有人篡改了证据咋办？”老罗叹了口气，“刚才要是拍下照片就好了。”

“你是不是傻？”张静看着老罗，说道，“死者脑袋都没了，怎么篡改证据？再说，都有人知道我们来了，还敢篡改证据，你当他们和你一样傻？”

“姑奶奶，我说不过你，你说说现在我们怎么办吧？”老罗耸耸肩说。

“这还用我教你？”张静瞪大了眼睛，“首先你们当然要质疑专家的权威性，然后申请对物证进行重新勘验啊。你这律师是怎么当的？”

“你说得轻巧，怎么质疑？”老罗反驳道，“人家可是专家，我们俩连门外汉都算不上。”

“一看你就没仔细看物证，小明哥，你说！”张静没好气地说道。

“我刚刚注意到，这辆越野车的四个轮胎都是新的。”我想了想，说，

“假如，恰好肇事车辆的车胎也是新的，和林菁的车用的是同样的车胎，而车型也恰好一样，你们说专家能不能分辨出来？”

“如果那什么专家有心分辨，借助仪器，多角度，多耗费点时间的话，不是没有可能。”张静说。

“可是我们发现的这些在勘验报告里都没有提出，你觉得，这个专家是那么有心的人吗？”我微微一笑。

“聪明！”张静用肩膀撞了一下我，“现在送我去现场，我再给你们找几个疑点，给你们打赢这场官司多上几道保险。”

“当时，死者是斜躺在路中央的吧？”肇事现场，张静拿着案发现场拍摄的照片说，“这条路这么窄，勉强能容纳一辆半的车通过，要是你们的话，会怎么开？”

“在路中间走呗。”老罗晃动着车钥匙说。

“那顶多从被害人的身上骑过去，怎么可能碾压到被害人的头？”张静说。

“故意的。”老罗脸色一变，“只能说肇事司机就是奔着她的脑袋去的。”

“你还真是牵着不走打着倒退，骂你几句脑袋马上开窍了嘛。”张静赞赏地点了点头，“那你再回答我一个问题，死者躺在这个地方，刹车痕迹也是从这里开始的，这里有什么问题？”

“这有啥问题？”老罗挠了挠头。

“刚夸你几句就掉链子了。”张静无奈地摇了摇头，“刚才不是说过，车速一百二十公里每小时吗？撞到人之后，人会飞出去的。可是这个痕迹证明，肇事车辆的时速不足以把人撞飞！”

“所以勘验报告里为了加重林菁的罪行，伪造了时速？”老罗皱紧了眉。

“未必。”张静向前走了几步，俯下身，“这里还有一道刹车痕迹，这道痕迹显示，车速可能达到了报告里说的数据。但是这么短的距离，不可能从静止加速到百公里以上。”

“所以，其实当时这里有两辆一样的车经过，其中一辆肇事，林菁的车在高速驶过后做过一次急刹车，他自己不记得了。”我说。

“没错。”张静点了点头，“还有，看着这个地方，你们有什么想法？”

老罗看着土路两边丛生的荒草，想了想，说道：“荒凉！”

“你觉得，穿那么昂贵的衣服，打扮那么入时的时尚少女，为什么会到这个地方来，而且还是在晚上？”张静问。

老罗愣了一下，从我手里抢过了卷宗，快速地翻动着。“现场没有发现死者的随身财物，是……抢劫？”

“对，有很大可能是抢劫。”老罗肯定地说道，“凶手劫持了被害人后，来到这个地方实施了抢劫，并杀害了被害人，抛尸在路中央，以这个路段的照明条件，过往车辆是很难注意到的，然后发生了碾压。”

“凶手杀害被害人的时候，致命伤可能就在头部，但由于遭遇车辆的反复碾压，头骨碎裂，法医也无法分辨被害人是否遭到了其他侵害。”我也说道。

“是个合理的推断。”张静点了点头，“不过，我更正一点，凶手可能是利用交通肇事来杀人的。即抢劫之后，驾车撞死了被害人，撞倒被害人后马上刹车，调整姿态，反复碾压被害人。要证明这一点，最好搞清楚死者的身份和她当天的行动轨迹。”

“那是办案机关的事，我们俩只是律师，帮当事人打赢官司就行了，别的我们才不管呢。是吧，老简？”取得了关键性的线索，老罗的心情一下子好了许多，“走了，今天晚上吃大餐庆祝，我请客。”

“请客我没意见，但是这案子你们俩不帮我的话……”张静双手握在一起，活动着手腕，“你们可以试试，老娘我在队里还真没遇到过几个像样的对手。”她看了一眼老罗，露出了一抹不怀好意的笑容，“我还没揍过黑带呢。”

3

对于张静的威胁，老罗原本是打算反抗一下的，但是在张静一个利落的过肩摔把他骑在身下，然后保持这个极为不雅的姿势揍了老罗十分钟，其中有九分钟是老罗在声嘶力竭地求饶之后，张静的计划就以全票赞成通过了。

“难怪你到现在还单身！”老罗龇牙咧嘴地揉着肩膀，愤愤不平地说，“动手能力这么强，敢要你的肯定都有受虐倾向。”

“姑娘我动手能力虽然强，但这不是我单身的原因，至于到底为什么，你比我更清楚。真爽啊！”活动完手脚的张静大大咧咧地躺在后座上，翻来覆去地看着那本借来的卷宗。

“我们去哪儿？”老罗回头问了一句，“那玩意儿你都快背下来了，怎么还看个没完没了？”

“细节决定成败！”张静坐起身，把卷宗展开递到我面前，“小明哥，之前我就说这勘验报告有问题，我现在越看问题越大，总觉得做这份报告的人隐藏了什么东西。你说，会不会这人知道真相？”

我愣了一下说：“这……不太可能吧？这可是交警队做出来的报告。”

“小明哥，你太单纯了。”张静叹息着摇了摇头，“小骡子，去交警队，我们去找这人问问。”

“得嘞！”老罗一打方向盘，车子冲进了主路。

路上，张静给交警队打了个电话，约了时间。我们到交警队的时候，那个做出报告的李姓勘察员已经在小会议室里等着我们了。

他坐在窗边的位置，却背对着门，看着窗外，一动不动。

看着这个人的身形，我觉得有点眼熟。

“李警官？”我问了一句，对方没有回应。

“李警官！”我提高了音量，又喊了一句。

这一次，这个李姓勘察员终于回过了头，不过有那么一瞬间，他的表情很是茫然。但很快，他就露出了一抹笑容，虽然怎么看这抹笑容都很勉强。

“自我介绍一下，我是杰明律师事务所的简明律师，也是林菁的委托辩护人。”我微笑着说道，“您是……”我翻了一下勘察报告，“李森警官，对吗？对林菁肇事一案做出勘察报告的李森警官？”

“我是！”李警官点了点头，戒备地看着我们，双手握拳放在了腿上。

“等会儿！”老罗突然说道，从口袋里摸出了一个口罩，二话不说就往李警官的嘴上罩。李警官敏捷地向后一躲，怒目而视，可口罩却已经被老罗戴上了。

“你干什么？！”张静喝道，“捣什么乱？！”

老罗却冷笑了一声说：“打刚才我就看这小子眼熟，你们还没认出来？”

我和张静闻言看了过去，这才发现，这个李警官不是别人，正是在停车场把我们赶出来的那个人。

“说说吧，你小子阻止我们勘察那辆车，到底有什么目的？是不是你的报告有问题？”老罗扯过一把椅子坐下，冷笑着问道。

“没什么目的。”李警官摘下口罩，看了一眼张静，笑了一下，“履行我的职责而已，没有手续，谁也不能动物证。”

老罗怔了一下，李警官的回答虽然只有一句话，却可以说是滴水不漏。一向办事只在最紧急时刻才走脑子的老罗没了办法，求助似的看了我一眼。

“李警官，别介意，我这位同事脾气不太好。”我连忙赔笑道，把委托书拿了出来，“这是我们和林菁的协议，我想这能证明我们的身份了。”

李警官接过委托书，仔细看了看，点了点头：“你们找我有什么事？”

“是这样的。”我想了一下说，“我们在查阅档案的时候注意到，你们找到被害人时，被害人躺在路中间，法医的尸检报告指出，被害人大腿部有遭遇撞击的痕迹。”

“是这样。”李警官点了点头。

“我们得出这样一个结论。”我继续说道，“被害人遭到了正面撞击，那么在这种撞击形态下，肇事车辆在撞击被害人之后，应在发动机盖上留下痕迹，保险杠也应留有撞击痕迹。死者的尸检报告也明确指出，在其背部有明显剐蹭伤，应是肇事车辆在驶过被害人身体时造成的，因此，肇事车辆的底盘上也应留有被害人的血迹或皮肤组织。但是在你做出的这份勘验报告里，并没有针对我上面提到的这些痕迹做出勘验说明，也没有对为什么没有留下这些痕迹做出合理的解释。这是为什么？”

“这不是什么问题。”李警官笑了一下，“在事发路段，车辆以时速一百二十公里的速度行驶，撞击到人之后，会在车上留下明显的痕迹，被害人也会因为巨大的撞击力离开原地，这是一个常识。”

我下意识地点了点头。

“但是，”李警官接着说道，“我们能够看出，刹车痕迹出现在死者的身后，即车辆肇事并驶过被害人之后采取了制动，被害人并没有被撞飞，这是不符合常理的。通过现场勘察，我们认为，该路段的照明条件较差，途经车辆都会开灯行驶。被害人行走在该路段，不可能没有注意到身后来的车辆，驾驶员也不可能没有注意到路上有行人。那么最有可能的一种事故形成原因就是路人为躲避车辆，走到了路边，车辆在经过时，将被害人卷入了车轮下。这就可以解释为什么被害人的鞋子在路边，而尸体却在路中间。

“同时，车辆驶过后，因为意识到自己可能撞了人，驾驶员做了紧急制动，并进行了往返行驶。因此在车上没有留下撞击痕迹，被害人没有被撞飞都是可以解释的。”

我看了一眼张静，见她眉头紧皱，知道她也被这个李警官的话绕得有点晕，但恐怕他说的这种可能也是有的，便问道：“被害人背部有明显的剐蹭伤，腿部有撞击留下的淤痕，这些怎么解释？”

“这更好解释了。”李警官双手一摊，“我说过，被害人是站在路边，被途经的车辆卷入车轮下的。事发路段的地面并不平整，在被卷入车轮的过程中，被害人很有可能因为与路面撞击留下淤痕，在路面上滚动的时候，也会留下剐蹭伤。”

“是这样啊。”我有些茫然地翻动着卷宗，所有的疑点在李警官解释后都能说得通了，这对于我们来说可不是什么好事。

“李警官，能帮我个忙吗？”张静突然说道，从包里掏出了几张照片，“这是我正在办的一个案子的证据照片，不小心被我弄乱了，现在我也不知道哪组车辙对应哪个轮胎，要是对不上，回去我肯定要挨骂了。”

张静一副可怜兮兮的样子看着李警官。我和老罗却对视了一眼，这丫头最近整天和我们泡在一起，没听说她接了什么案子。

李警官没有说话，接过那些照片看了看，看似很随意地就分好了组。

“不愧是专家，你好厉害！”张静完全没走心地赞叹了几句，“林菁那个案子，你断定就是他的车肇事，主要依据除了血迹之外，就是车辙了吧？”

“对！”李警官笑了一下，“这是我们最常用的一种办法。”

“不过很遗憾。”张静突然拉下了脸，“你刚刚做出的这个匹配，全都错了。所以，我觉得你的报告也并不可信。”

我和老罗一愣，张静随身携带着这些照片，原来是早有准备要找李淼对质的，至于说正在办什么案子，纯粹是她顺嘴胡诌的。

张静站起了身说：“我不知道是什么原因让你做出了那份报告，但是，你最好想想，你身上这身警服。”

李警官愣了一下，尴尬地笑了一下说：“这东西，要借助仪器，几个人配合，才能精准分辨，我刚刚只不过是肉眼随便辨识了一下，出问题很正常。”

“但是你可得知道，这关系到一个人是否有罪，这种事能随便吗？”张静冷着脸，“你最好再把那份报告仔细核实一遍，到了法庭上，可别再出什么问题。”

说完，她拖着我和老罗离开了交警队。

“漂亮啊！”老罗由衷地竖起了大拇指，“看看，我们家静厉害吧？几句话就把勘验报告给灭了，这可帮了我们大忙了。就这一条，上了法庭，我就有把握让林菁无罪。”

“可是，如果不是林菁，会是谁呢？被害人又是什么人？”张静紧皱着眉，“她为什么会出现在那个地方？”

4

下午三点，我揉着酸胀的脖子，从监视器前抬起了头。旁边的椅子上，老罗脑袋靠在椅背上，发出了震耳欲聋的鼾声，口水不受控制地流淌下来。而张静正很不厚道地举着手机拍照。

离开交警队后，张静就带着我们来到了这个地方，出示了证件，现场填了一份介绍信后，我们获准对连接小路的那条主路上的监控视频进行查看。

张静把调阅的时间限定在案发前后一个小时，合计三个小时的视频资料，我们每人负责一个小时。半个小时后，老罗就已经这副德行，一直保持到我把他那份也看完。

结果并不乐观，在这些视频里，我们没能发现被害人的任何影像。

对这个结果，张静倒是不太在意："要是这么容易被我们找到，专案组不早就发现了？"

张静说着，伸了个懒腰，完美的曲线暴露无遗。

"接下来，就是重中之重了。"张静摊开了一份地图，在上面用红笔画了一道线，"既然在这一边找不到线索，那我们就到小路那边去。那个地方，我敢说，除了我们，专案组的人肯定是没法查的。"

说着，她卷起地图，刚要上车，手机却响了起来。

"领导，我正在忙一个案子，有事快说。"张静看了一眼电话，接通之后快速说道。

我和老罗对视了一眼，这个张静，嘴里叫着"领导"，我们可没听出她对对方有多尊敬。

"我不管你在查什么案子，现在、马上，给我回厅里来！"电话那头，一个压抑着怒火的声音低吼道。

"完了。"张静挂了电话，垮着脸看着我们，"领导发这么大火，我肯定惹大麻烦了。赶紧送我回去。"

她拉开车门，上了车。老罗不敢犹豫，快速发动了车子。

“不会是被人投诉了吧？”老罗想起自己对李警官做的事，不由得一阵后怕。

“肯定不是。”张静摇了摇头，也是眉头紧皱，“投诉那种破事，我们领导才懒得来烦我。”

“到底你是领导还是他是领导啊？”我终于忍不住问道。

“我有最大权限的自主，但是呢，我要是不听他的，他就去找我爸告状。”张静说着，不屑地撇了撇嘴，“就知道找家长，他犯错的时候，我也没去找他爸啊。”

说话间，几辆消防车从我们身边呼啸而过。

“看来火势不小啊。”老罗说，“咦？看那个方向。”老罗突然指着远处的浓烟，“那地方……那地方是哪儿来着？”

“停车场！”我和老罗对视了一眼，没错，冒出浓烟的地方正是我们不久前才去勘验过的交警队停车场。

老罗猛地一打方向盘：“先送静回去，完了咱俩过去看看。”

“回什么啊！”张静脸色惨白，“领导找我，没准儿就是这事。咱先过去看看。”

老罗应了一声，将车速控制在不超速的范围内，以最快的速度赶到了交警队的停车场。一看到浓烟冒气的地方，我们的心就沉了下来。

“怎么就那么巧，偏偏是林菁那辆车？”老罗恨恨地砸着方向盘。

消防队的高压水枪已经将火势控制住了，但我们很清楚，要想再从残骸里找到帮林菁脱罪的证据，已经完全不可能了。一场大火后的大水，足以洗刷所有的线索。

“到底出了什么事？”张静下了车，一把抓住蹲在路边兀自发抖的管理员问道。

“我哪知道啊。”管理员头都不抬地说道，“小李说要重新勘察个东西，才进去没五分钟就着了，这咋整啊，上头非开除我。”

“小李？哪个小李？”张静问。

“还能哪个小李？搞勘察的那个呗。”

“李淼？他人呢？”

“没出来，消防队的说，里面烧死了一个。”管理员揪着头发，“这可咋整！这可咋整！”

张静脸色煞白，我和老罗也是一样。没想到一把火烧掉的不光是重要的物证，还有和我们密切接触的勘察员李淼。

“喂。”张静再次接起了电话，“嗯，我就在现场，我知道了。”她有气无力地应道。

“领导说，我们走后，李淼就申请说要对肇事车辆重新勘验，然后就出了这档子事，交警队觉得是我们捣的鬼，找我们领导要人去了。”张静咬着嘴唇，“这回完了。”

“脑子有毛病吧？”老罗眉毛一竖，“他自己要来重新勘验，关我们屁事？出事的时候我们又不在现场，跟我们有毛关系？这不是没事找事吗？”

“看来我真得扒警服了。”张静痛苦地说道。

“不像是自燃，有助燃剂。”

“还有个火机的残骸，这事有点蹊跷啊！”

两个消防员从我们身边路过，好像是在讨论这场火灾。

“同志，你们刚刚说什么？”我连忙拉住他们，问道。

消防员戒备地看着我，我赶紧从张静的包里掏出了她的证件：“我们是省厅的，这火灾有问题？”

“问题大了去了。”消防员说，“这是人为纵火，根本不是什么意外事故。”

“老头儿，有几个人进去？”老罗一把拉住了管理员问。

“一个……就一个！”管理员被老罗的架势吓到了，结结巴巴地说道。

我和老罗却对视了一眼，真见了鬼了，难不成是李淼自己放火烧死了自己？

“明确的结论什么时候能出来？”我问消防员。

“一个礼拜吧，最快！”消防员想了想，“火灾事故勘验最麻烦了。”

“出来时能不能第一时间告诉我们？”见消防员不解地看着我们，我连忙补充道，“被烧的这辆车是一宗交通肇事案的重要物证，被烧死的人是事故勘察员，我们几个正在跟进这个案子。”

“知道了，知道了。”消防员摆了摆手，“报告出来我就安排人转给你们。”

张静到底没回办公室，怎么打发交警队的人，她想都没想，直接丢给他们领导处理去了。

李森的意外死亡，肇事车辆遭大火焚烧，让整个案子充斥着诡异的氛围。

“破了这个案子，自然就知道怎么回事了。”张静说，指挥老罗把车开上了小路，直奔小路尽头。

“山重水复疑无路啊！”老罗苦笑着摇着头。

“下一句是柳暗花明又一村！”我翻了个白眼，老罗的语文老师跟我肯定不是同一个，我甚至怀疑，他的语文是不是体育老师教的。

“又一村？”老罗哼了一声，“给我瓶杏花村还差不多，一醉千年。”

“停车！”后排的张静冷着脸说道。

老罗依言踩下了刹车，我们这才注意到，在我们面前的是一座宏大的宅邸，主建筑是一座仿欧式古堡的建筑，院落的围墙足有两米高。铁门紧闭，隔绝了一切来访者。

也难怪张静会说专案组的人肯定不会查到这里了。能够住在这里的人，权势肯定不一般。

但我们就能进去吗？

带着这个怀疑，我看了一眼张静，却见她正揉搓着自己的脸颊，让面部的肌肉放松下来，展露出了一个诱人的微笑。

随即她下了车，走到保安室前说：“麻烦通知一下，就说张静来访。”

保安面露怀疑地看了看我们，抓起了桌子上的电话，说了几句，就忙不迭地打开了铁门。

老罗用力向张静竖起了大拇指。没等他去开车，“古堡”里就走出来一个大腹便便的老人，脸上带着和煦的笑容。

“静静，今天怎么有闲情到我这里来啊？”老人快步走了过来，热情地说道，“差不多五六年没见了吧？都出落成大姑娘了。”

“张叔叔好！”张静礼貌地说道，委屈地撇了撇嘴，“我可不是什么大姑娘，现在都叫剩女了。”

老人被张静这个时髦的词绕得有点晕，呵呵笑着说道：“你爸爸还好吧？”

“他好得很呢，天天念叨张叔叔，可惜工作太忙了，都没时间来看看您。”张静不好意思地说道。

“他那个老家伙啊，整天惦记着工作，不来就不来吧。以他现在的身份，来了也不方便。”男人大手一挥，“这两位，是你朋友？一起进来坐。”

我和老罗对视了一眼，局促地跟在老人的身后，走进了古堡。张静倒是难得一副大家闺秀的模样，一言一行都十分得体。

“静静啊，你怎么穿这么一身啊？穿警服到我这个地方来，小心惹麻烦哦。”老人皱着眉说。

“有什么麻烦不是有张叔叔呢嘛。”张静甜腻地一笑。

“你哦，就知道欺负你张叔叔，这事找你爸才更好用。”老人哈哈一笑，“你这丫头，无事不登三宝殿，说吧。”

“嘿嘿。”张静笑了一下，“张叔叔你把我当什么人嘛。”

“我无儿无女的，当然把你当我闺女咯。”老人宠溺地刮了一下张静的鼻子。

“不过，我今天还真有事来求张叔叔。”张静说着，突然擦了擦眼角。

“这是怎么了？”老人愕然地看着张静，脸上微微带着怒火，“谁欺负你了？”

“有个交警队的人死了，他们非说和我有关。”不等老人继续发问，张静就把刚刚发生的事一五一十地讲了一遍，末了扑到老人的怀里大哭起来，一只手却悄悄对我们打出了胜利的手势。

“胡闹！”老人拍着张静的后背，“你张叔叔给你撑腰，我倒要看看，谁敢动我侄女！”

“我不怕这个！”张静坐正了身子，“张叔叔，你不觉得这事太巧了点吗？我没去找他之前他怎么不觉得报告有问题？怎么他一重新勘验，就着了火，还把自己烧死了？”

“事出反常必有妖！”老罗突然说，“这里面肯定有问题，这案子，说不定还有什么隐情。”

老人的目光如剑一般盯向了老罗，老罗毫不退让地和男人对视着，不过片刻，便已经大汗淋漓。

“你是老罗的侄子吧？我听老罗说过，他有个侄子，现在当律师呢。”老人淡淡地说道。

“你认识我那几个叔伯？”老罗愣了一下。

“罗家一门五杰，四个在商，一个在官，在商的和我没什么交情，在官的，也算是老相识了。”老人笑道，“不过到了你这一辈，几个兄弟都从了商，本来指望你从政，结果你非得去当什么律师，为这事，老罗没少跟我抱怨。”

老罗不好意思地挠了挠头。

老人不再说话，抽出一支烟，刚要点上，却被张静一把抢了下去：“医生说了，不让你抽烟。”

“你这丫头。”老人无奈地摇了摇头，“你们想知道什么？现在就问吧，为了我这个小侄女，我也破一回例。”

“就知道张叔叔对我最好了，比我爸都好。”张静嘻嘻一笑，从包里拿出了照片，“林菁的事，张叔叔你应该都知道了，他说那天是参加一个宴会，肯定就是到你这里了，对吧？”

“嗯。”老人点了点头。

“那你帮我看看这个，那天有几辆这样的车？”

“这是老林的车啊，我想想啊。”老人仰头想了一下，“两辆，对，老林对这车情有独钟，他家两辆车都是这种，一辆他自己开，一辆他老婆儿子开。”

“那这个人呢？”张静又递上一张照片。

“哟，你这是在考你张叔叔啊，这连脸都没有，我怎么看得出来啊？”老人呵呵一笑，但从他的语气中，却丝毫没有认不出来的意思。

“张叔叔你那么厉害，要是见过，肯定认得出来啊。”张静说。

“我要是没记错的话，这女孩儿应该就是老林带来的那个，好像是他的秘书吧。”老人突然皱了皱眉，“静静啊，我听说老林是肇事，轧死了人，不会就是这个姑娘吧？”

“身份还没核实，不过，要是您没认错的话，可能就是了。”张静说。

“这事恐怕另有隐情啊。”老人皱着眉说。

张静马上摆出了一副聆听的架势说：“张叔叔，好好说说呗？”

“我可什么都不敢保证啊。”老人说，“就是我的直觉。”

“张叔叔的直觉肯定不会错的。”张静说。

“这女孩儿姓什么叫什么我还真不知道。不过那天晚上，她和老林的儿子果果交往密切，聚会还没结束，女孩儿就先走了，没过五分钟，林果果也开车走了。大概十分钟吧，老林的老婆接了个电话就走了。然后又过了有半个多小时，老林就接到电话，也走了。”老人说，“这中间发生了什么，我可就不知道了。”

“这条线索很重要，谢谢张叔叔。”张静站起身，鞠了一躬，“我得赶紧走了，要不把这个案子破了，找到真凶，看看那个警察到底和这案子有没有关系，我麻烦可就大了。”

“你这丫头啊！”老人苦笑了一下，“走吧走吧，我就不留你了。有空常来看看你张叔叔就行。”

“这个张叔叔……”老罗开着车，从后视镜里看着依旧站在门边的老人，微皱着眉。

“我爸的战友。”不等老罗说出问题，张静就说道，“两个人一起执行过越境作战任务，那场战斗里，张叔叔以失去生育能力为代价救了我爸。转业后，俩老头一个从政一个经商，后来有了我，我就有了两个活宝爸。”

“他说的那些话，值不值得我们参考一下？”我问。

“我觉得，还是很有价值的。”张静说，“老头儿是搞侦查出身，眼睛毒着呢。他说是那样，一准儿就是那样。”

“那么能，他咋不上天呢？”看着张静一脸的崇拜，老罗酸溜溜地说道。

张静毫不在意地向后指了指，一架直升机——真的直升机，不是老罗的那种玩具正缓缓降落在院子里。老罗黑着一张脸，不说话了。

“老简，你还记不记得胡可说过的话？”过了一会儿，老罗问。

“哪句？”

“不求无罪，只求少判几年。”老罗说，“这可和她肯定的林菁没肇事不太一样啊。你们说，她有没有可能和这个案子也有啥关系？”

“按张叔叔的说法，他显然认为林果果才是肇事的真凶，要那样的话，舐犊情深，胡可没准儿真参与了掩盖真相。”张静说。

5

“这就是事实！”电话里，张静向领导汇报了自己的推理，不过她的领导显然不吃这一套。

“张静，你现在、马上给我回厅里，这案子和你没关系了！”电话那头，张静的领导咆哮着，“你还嫌惹的麻烦不够大？李淼好歹也是个警察，现在人死了，因公殉职，你还扯什么幺蛾子？”

“我不管，你不查，我就自己去查！领导，你可别忘了，纪检委的书记姓张！”张静靠在车边，优哉游哉地说道，“念在您跟我爸交情好，这案子，算我送您的功劳。”

电话那头沉默了一下说：“张静，事关重大，你给我老实点，我答应你去查，但是，要是查不出什么来，你就当这事没发生过，回来给我停职写检查。”

“检查就检查。”张静仰着脑袋，“领导，我电脑D盘有个文件夹叫‘检查’，你要实在扛不住，就自己去里面找个合适的检查书打印出来，随便签个名，先交上去。”

说着她就挂断了电话。

此时，我们刚刚走出医院，张静到这里来是查一个人的，一个我们曾见过的、患有白血病的孩子。

而在林菁的公司楼下，一组从警校借调来的实习警察已经上了楼，正在了解情况。

这组警察也是张静打着他老爸的名义借来的，美其名曰：“拉练”。在她自己都朝不保夕的状态下，正规警察是无法调动了，亲自调查又可能会引起目标的怀疑，只好出此下策。

从反馈回来的信息看，林菁被限制行动后，公司主持工作的人就换成了胡可，胡可到公司的第一件事就是彻底清理了林菁的秘书徐菲留下的痕迹，对外声称秘书辞职了。

这条信息让并不知道本次任务真正目的的实习警察无比气馁，我们几个倒是情绪高涨，这意味着张静那个张叔叔的推测是正确的。在问明了徐菲的住所后，我们驱车来到了一间出租屋。

屋子里落满了灰尘，看上去已经很久没有人居住过。一张林菁与一个女人的合照放在床头，照片里的女人不是胡可，是一个身材窈窕、眉目含情的女人。

我承认，面对这样一个女人，就算是我，也有点意乱情迷。

张静在房间里提取了被害人部分生活痕迹后，将检材送到了学校的实验室。她现在根本不敢回厅里，谁知道交警队的人是不是就堵在厅里等着她回去呢？

等待结果这段时间，张静又以拉练为由，找学校的负责人借了一组痕迹鉴定专业的学生，直奔林菁家自有的修车厂。

能够帮上张静的忙，学校的负责人也是惊喜不已，这群还没正式工作的学员做起事来更是卖力。只用了半个小时就查明，9月14日中秋节后，林果果就再也没有驾车出行过，而林家自己的产业中就有一个修车厂。林果果那辆车就一直停放在他自家的修车厂里。

面对汹涌而来的警察，修车厂的工人们全无反抗之力，乖乖地配合着行动。实习生们从车辆上提取到了大量的痕迹，一并送到了学校的实验室进行鉴定。

尽管车辆已经经过了仔细的清理，但在微量物证鉴定面前，一切的努力都是徒劳的。

几乎是在同一时间，被害人与徐菲的DNA鉴定完成，林果果的车上也找到了重要的物证。

当张静把这一摞鉴定报告拍在她领导的面前时，这个领导一脸无奈地看着张静说："最后一次，你要再这样，尤其是还跟那两个律师混在一起的话，我就申请把你调走。"

他说着，从抽屉里拿出了一份调查记录，那是对事故勘察员李淼的调查材料。

张静拿过那份材料，喜笑颜开："领导，你知道这肯定不是最后一次，不过我保证，下次不给你惹这么大的麻烦就是了。给我份《刑事拘留通知书》吧？"

"你啊！"领导哭笑不得地在张静早就写好的《刑事拘留通知书》上签了名，"还真是跟你爸爸一样。"

"才不一样呢。"张静仰着头，"我爸的话，早就把人抓回来了，还要什么通知书啊。"

林果果还是那个样子，一头非主流的黄发，眼睛里总是流露着一种让人厌恶的狂妄。当刑警出示了《刑事拘留通知书》，要求他签字的时候，林果果转身就跑，却被张静伸出长腿绊了一下，当即摔倒在地。

“你不是说没事了吗？你不是说肯定跟我没关系吗？贱人，你骗我！”林果果被刑警按在了地上，却依然努力转过头，看着自己的母亲胡可，破口大骂。

胡可脸色铁青，却出奇地对儿子的责骂没有任何反驳。

“简律师，罗律师，我给你们钱，是让你们帮我打赢官司，不是让你们来破坏我的家庭的。”胡可看着我们冷冷地说道。

“我们履行了承诺，现在你丈夫已经没什么事了，嗯，这么说不太确切，至少肇事这事掀过去了，剩下的危险驾驶和醉驾，拘留几天就能放出来。至于你儿子，那不在我们的协议里。”老罗耸了耸肩说。

“你们一定会付出代价的！”胡可咬牙切齿地说道。

“先管好你自己吧！”张静冷笑了一声，“胡可女士，现在你涉嫌行贿国家公务人员，伪造证据，包庇犯罪嫌疑人，这份是你的，麻烦你签个字吧。”

她又拿出了一份《刑事拘留通知书》，递到了胡可的面前。

“好，好！”

在这个时候，胡可竟然笑出了声，抬手在通知书上潇洒地签上了名字，伸出了双手。

“咋回事？”看着胡可被警方带走，老罗有些丈二和尚摸不着头脑，“包庇罪、伪造证据罪我能理解，咋还出来个行贿罪？”

“李淼呗。”张静扬了扬通知书，“纪检的人查明，李淼的个人账户里有三百万资金，汇入方就是胡可。”

说到这里，张静突然叹了口气：“一失足成千古恨。可怜李淼的孩子，不知道该怎么办了。”

李淼本有个幸福的家庭，可就在一年前，他唯一的孩子患上了白血病，为了给这个孩子治病，他耗光了家产，又借了不少外债。正是在这样的背景下，面对胡可提出的条件，李淼动摇了。

然而，他毕竟是个有着十几年警龄的老警察，做完这件事，他自己也一直生活在愧疚之中，始终没有去动那笔钱。我们找上他，成了压倒骆驼的最后一根稻草。

李淼的计划很简单，重新勘验肇事车辆，在工作中，因为车辆自燃，自己殉职。这样一来，他不仅能摆脱受贿的丑闻，还能完成胡可的委托，不至于惹到这个女人，甚至还可能争取到一个荣誉。

可惜，他遇到了张静，尤其是带着病中的孩子遇到了张静。

“我还是有点不懂。”老罗挠了挠头，“胡可为什么要行贿？她这不是把自己老公往火坑里推吗？”

“女人的报复心啊。”张静摇了摇头，“徐菲名义上是林菁的秘书，实际上，两个人还是情人关系，这个不难看出来吧？所以，你们懂的，惹什么都不要惹女人！”

到这一刻，我突然明白了胡可当初说的，要给林菁一个教训是因为什么。

林果果被捕后，在警方的强大压力下，一个小时都没有撑过，就痛快地交代了全部罪行。

不过这个罪行，远比我们推测到的要令人作呕得多。

当天晚上的宴会上，一向对女人毫无抵抗力、喜欢到处招蜂引蝶的林果果对打扮狂野的徐菲一见钟情。他知道她是自己老爸的秘书，简简单单的几句话后，徐菲便欣然接受了他的邀请，并提前退场，到路上等候。

猴急的林果果和父母打了个招呼，就驾车离开，喝了酒的他一心想着徐菲那具诱人的身体，却没有注意到徐菲就站在路中间等着他。

砰的一声，林果果回过神来的时候，就看到徐菲已经躺在了地上，而他的车毫无停滞地从她的身上碾了过去，驶出一段距离，他才踩下了刹车。

眼看着撞死了人，林果果吓坏了，赶忙给自己的母亲胡可打了电话。胡可匆匆赶到了现场，看着这一幕，她并没有出现林果果预想中的责骂、恐惧或者紧张。

胡可的脸上散发着的是一种狂热、兴奋。

“贱人，你也有今天！”胡可哈哈大笑，“儿子，你做得好！”

“妈……她……她死了啊，警察会来抓我的！妈，你救救我！”林果果哭着哀求。

胡可对儿子的哭声却充耳不闻：“儿子，你听着，这个贱人死有余辜，你以为她勾引你是为什么？那是你爸不同意和我离婚娶她，她才想着勾引你。呸！这一辈子都别想进我们家的门！”

“妈，现在到底怎么办啊！”

“救……救命！”躺在路上的徐菲发出了微弱又饱含着痛苦的呻吟。

“你回家去待着，这事就当没发生过，你放心，妈一定会救你的，这事和你没关系。”胡可看着挣扎的徐菲，脸上露出了一抹冷笑。她上了车，目光瞪着后视镜中那个年轻的女孩儿，驾车慢慢向后驶去，当车轮压上徐菲的头时，车外传来了“噗”的一声。

这个声音在林果果听来是那么恐惧，以致他瘫坐在路边，尿了裤子。可在胡可听来，这个声音却无比悦耳。她开着车，不停地碾压着徐菲的头，直到徐菲的头成了肉饼，这才心满意足地拿走了她的包和手机，载着林果果离开了现场。

就像张静说的，女人的报复心一旦发作，没人能想象得出她会做出什么事来。

在将肇事车辆送到汽修厂，交代工人更换轮胎、清理痕迹、修复汽车的损伤后，她又拨打了林菁的电话，告诉他家里有急事，要他马上回家。

林菁不知有诈，匆匆驾车回家，却不小心沾上了徐菲的痕迹。或者说，这一切都在胡可的计划之中，包括通知交警的技术勘察员，林菁的车可能涉嫌撞死了人。

胡可虽然痛快地承认了自己的罪行，但是谈到徐菲死于她的车轮之下这件事，她却依然是一脸获胜后的激动：“那个贱人！狐狸精！杀她不是犯法，我是为整个社会除害！”

她疯狂嚣张的笑声在审讯室里久久回荡。

天网恢恢疏而不漏，胡可试图利用法律洗白自己的罪行，却不知道黑就是黑，白就是白，法律并不能改变一件事情的本质。

006

一尸两命

婚姻的结合要求夫妻双方都要忠实，忠实是一切权利中最神圣的权利。

——卢梭

1

2013年的时候，网络上曾流传过一段视频，视频长约四分钟，是从监控录像中截取出来的片段。

录像中，一个年轻的女孩儿走进了电梯，将全部楼层的按钮按了一次，随后身体笔直地贴在轿厢壁上，躲到了从电梯外看不到的“死角”处。大约十秒后，女孩儿将头伸出了电梯，查看了一圈，小心翼翼地走了出去。

女孩儿在电梯外站了大约三十秒，随后双手抱头跑回了电梯，再次将全部楼层的按钮按了一次，之后却又走出了电梯，手舞足蹈地似乎在叫嚷，又像数数一般掰着自己的手指。十五秒后，女孩儿离开了电梯监控录像的范围。

在这个过程中，电梯门始终没有关闭。

这就是著名的“蓝可儿”视频。

加拿大华裔女孩儿蓝可儿2013年1月31日在洛杉矶失踪，2月14日，当地警方在网络上公布了这段视频，征集相关线索。

2月19日，蓝可儿入住的塞西尔酒店接到客人投诉称水压不稳，水里有异味。工作人员随即在顶楼的水箱里发现了蓝可儿的遗体。

诡异的是，发现时蓝可儿浑身赤裸，而2月14日，塞西尔酒店曾对水质进行过例行检查，一切正常。

蓝可儿究竟是什么时候出现在水箱里的？又为什么会出现在那里？她是怎样通过安保严密的安全门走上楼顶的？

这些警方都没有说明。

半年后的6月20日，洛杉矶警方发布官方消息表示，蓝可儿是意外死亡，推断她患有躁郁症，很有可能是服药过量造成了幻觉。

这个案子的真相由于警方的保密措施做得极好，我们已经无从得知，而从网络上流传的只言片语，我们能知道的只能是更匪夷所思的传奇故事。

不过，我要友情提示一下各位读者，如果有幸到洛杉矶，一定要远离塞西尔酒店。历史上，塞西尔酒店曾是两个著名杀人犯的长期居住地：上世纪80

年代，被称为“午夜恶魔”的拉米雷兹曾在居住酒店的数月内，在外杀害了一人，而90年代的奥地利杀手“维也纳绞杀手”恩特维格在居住酒店期间，杀死了多名妓女。

而在1962年，一名房客跳楼身亡，还砸死了楼下的行人。1964年，被称为“鸽女士”的总机小姐奥兹古德在酒店房间被奸杀，凶手至今逍遥法外。

就连臭名昭著的“黑色大丽花”也和塞西尔酒店有着不清不楚的联系。1947年1月，洛杉矶西南的雷麦特公园发现一具面貌恐怖的女性尸体。死者肖特是一名不入流的演员，由于喜欢黑色被称为“黑色大丽花”。人们最后一次见到她就是在塞西尔酒店一楼的酒吧。

哦，对了，说这些完全是为了让你感到恐惧，真正的原因则是塞西尔酒店虽然位于洛杉矶的市中心，但这一地区的治安状况极差，许多吸毒人员、流浪汉和抢劫犯聚集于此。

言归正传。

我在整理电脑里的视频资料时发现了一份和蓝可儿的视频极为相似的资料，那是2005年我们曾办过的一个案子。

那年9月10日，本市一家知名酒店遭到了客人的投诉，反映房间里的水压不稳，且水中有一股难闻的味道。水暖工人随即对位于楼顶的水箱进行了检查，箱盖打开的刹那，工人和水箱里的一双眼睛对视到了一起。

那是一个女人，她脸色苍白，双眼外凸，直直地瞪视着水箱外，只是眼球已经浑浊不堪。一头长发漂浮在水面上，随着水流慢慢晃动着。

工人大叫了一声，从水箱上跌落。

警方迅速赶到了现场，将女尸从水箱中打捞了出来。法医初步判断，女人在水里浸泡了五天以上，死亡时间也在五天以上，部分组织已经开始腐烂。

女尸随身没有携带任何证件，也没有能够证明其身份的物品。辖区警方在全市范围内进行了通报，很快一条线索便被送达了专案组。

两天前，本市另一个辖区派出所接到过一宗报案，出差归家的某公司营销总监刘鹏报称自己的妻子邵华失踪了。

警方邀请了刘鹏辨认尸体，证实死者正是失踪多日的邵华。

而法医在对尸体进行了深入的检验后认为邵华死于他杀。

尽管因为在水中浸泡多日，身体水肿，很多体表特征已经消失，但当法医打开邵华的颈部时还是发现，其颈部皮下组织、肌肉、甲状腺及其周围组织有出血，喉头软骨及舌骨骨折明显。

检查死者内脏，见其右心及肝、肾等内脏有瘀血，肺有瘀血及肺气肿表征，内脏器官浆膜和黏膜下多处可见点状出血。

以上这些都是机械性窒息致人死亡的显著特征，换句话说，邵华是被人扼死后投入水箱的。

让办案人员尤其愤怒的是，法医发现被害人邵华已经怀孕，胎儿已经两个月。

警方随即对酒店展开了调查，然而，让人意外的是，酒店员工对邵华毫无印象，查看了登记记录后也证实，邵华并没有入住该酒店。警方在登记记录里却发现了另外一个人的名字，邵华的丈夫刘鹏。

但酒店电梯的监控录像显示，邵华在法医推断死亡的当天的确出现在了该酒店。

那是一段让警方感到难以理解的视频，全长不过两分钟。

视频里，邵华从酒店的八楼急匆匆地闯进了电梯，在将所有楼层按了一遍之后，躲到了电梯最里面的角落。

在电梯运行到五楼的时候，轿厢门曾打开，一个未能拍摄到相貌的男人曾试图进入电梯，却遭到了邵华的激烈反抗，两人发生了身体接触，最终邵华一脚踹到了此人的裆部，男人摔倒，抢走了邵华的包。

接触中，邵华曾做出了大喊大叫的样子，表情极为恐惧。

电梯运行到二楼后，邵华曾探头出电梯轿厢，左右观察了一番，随即走出了电梯。那之后，监控录像里再也没有出现过她的身影。

警方最初怀疑是抢劫杀人，因为从邵华怪异的举止来看，她显然是在躲避什么人。将电梯内所有楼层都按一遍，是为了让电梯外的人不知道她到底要去几层，这也是网上流传甚广的躲避犯罪分子的招式。是否真的有用姑且不说，至少在这个案子里，嫌疑人抢走了邵华的包后就再也没有出现过。

一方面，法医对邵华的尸体进行了更细致的检验，试图从她的指甲中提取到微量物证，以作甄别依据使用。但在水中浸泡了超过五天的尸体上还能否保留着这些证据，警方并不抱太大希望。

另一方面，侦查员再次进入该酒店，试图查明邵华离开电梯后发生了什么。同时对邵华的丈夫刘鹏也采取了强制措施，因为他曾在自己的行踪上撒谎。

当时警方推测，邵华离开电梯后，本应向一楼行走，却并未出现在一楼大厅。那她当时很有可能是逆向上楼。

从她按下了电梯内全部楼层的按钮可以看出，当时她并没有完全被恐惧吓倒，还保留有一定的理智。能够想到凶手可能在一、二楼之间的缓步台等着她。

然而，慌乱中的她并没有意识到，如果凶手在一、二楼的缓步台动手，不可能不惊动一楼大堂的人，那个看起来既安全又危险的地方是她唯一的出路。

凶手恰恰就在楼上等着她，对她进行了挟持控制后，进而杀害，投放到了楼顶的水箱。

和蓝可儿一案的酒店不同，邵华遇害的这家酒店，要登上楼顶只需要打开门锁，根本不存在警报系统。而顶楼的门锁经警方查实也是坏的。

但是这个推测无法得到证实了。警方介入此案时，事情已经过去了将近一周的时间，酒店对步行梯进行过不止一次的清扫，所有的痕迹都已经消失殆尽。

酒店的客流量虽然不大，但每天人来人往，人员流动性非常大，这给警方的侦破工作带来了非常大的麻烦。

案件的转机发生在邵华的父母身上和警方最不抱希望的环节上。

邵华的父母提供了一条重要消息，邵华失踪后，刘鹏并没有告知他们这件事，他们认为，刘鹏有重大作案嫌疑。

刘鹏出身农村，国内某重点大学研究生毕业，是人们口中那种典型的凤凰男。

对于刘鹏与邵华的婚姻，邵华的父母并不认可，认为刘鹏能够有今天的地位，完全是依靠邵华取得的。而就在邵华失踪的前几天，她曾与父母通过一个电话，电话中她表示，怀疑刘鹏在外面有了女人。

法医也在细致入微的工作下取得了令人惊喜的成果，在邵华的指甲内，他们找到了一丝极为细微的微量物证，化验后证实属于人的皮肤组织。

警方随即提取了刘鹏的DNA检材，与邵华指甲内发现的微量物证进行同一认定，并很快得出一致的结论，综合刘鹏曾谎称出差，但实际却投宿该酒店，警方认为，刘鹏有重大作案嫌疑。

在大量证据面前，刘鹏交代，自己的确没有出差，而是在事发酒店与情人约会。但不知出于什么原因，却被邵华捉奸在床。

两人随即爆发了激烈的争吵，监控视频的录像就是两人争吵厮打的景象。但对于杀人一事，刘鹏却坚决否认，坚称当天在被邵华踹倒后，便径直到了一楼大厅等候，却迟迟不见邵华出来。

考虑到邵华已经怀孕，担心她有事，刘鹏匆匆交代了情妇几句后便离开了酒店，回到家中等待，直到两天后，他依然无法联系到邵华，便向警方报了案。

出于某些原因，他并没有将此事告知邵华的父母。

但在酒店的记录上，刘鹏退房的时间是下午五点。而他与邵华争吵的时间却是下午三点。这期间两个小时的空白刘鹏无法解释，他辩称是在和情妇沟通解释，但警方并未找到这名情妇。

为了寻找破案线索，警方在侦办初期曾将部分视频上传到了网络，在网民之间引起了强烈的反响，尽管未能得到有价值的线索，却使得该案在当年造成了极为恶劣的社会影响。鉴于证据确凿，刘鹏的口供在本案中的作用并不太大，警方迅速将此案移交到了检察院。

我们接手这个案子的时候，案件还没有完成起诉工作，但也已经进入了最后阶段。

2

与以往大多数案子的委托人不同，这一次找到我们律所的是两位古稀老人。

那天早上，我和老罗刚到律所，就看到一对衣着朴素、头发花白、满脸皱纹、皮肤却呈现健康的古铜色的老夫妻站在律所门前，眼里充满了渴望，却又带着恐惧，犹豫着是不是要走进去。

老妇人的胳膊上挎着一个篮子，篮子上面盖了一条白毛巾，看不到篮子里是什么。

“大爷，大妈，你们有啥事？”老罗迎上去问。

“不不不，没事，没事。”老汉连忙摆手，两个人匆匆离开了律所。

我和老罗一脸狐疑地走进办公室，还没等坐稳，两位老人又回来了，一脸的为难。

“这儿是杰明律师事务所不？”老汉犹豫着问道。

“是啊。”我惊讶地看着这两个老人，微笑着说道，“快进来坐，大爷大妈肯定有事吧？”

老人局促地在沙发上坐了下来：“俺们想找简律师和罗律师。”

“我就是简明。”给两位老人倒了杯水，我在他们对面坐了下来，“刚刚和你们说话的那个就是罗杰。”

“简大律师，你可得救救我儿子啊！”老妇人扑通一声跪了下来，哭着说道。

“大妈大妈，快起来快起来！”我赶忙上前搀扶，“大妈，你得跟我说说是怎么回事啊。老罗，老罗，过来！”

“咋了？谁来砸场子了？”老罗拎着根棍子，气势汹汹地从办公室里跑了出来，看着眼前这一幕，也愣住了，“这是咋回事啊？”

我瞪了老罗一眼说：“把你那玩意儿收起来！过来听听。”

“他们说，俺儿子杀了人。”老妇人坐回到沙发里，抹着眼角，哭哭啼啼地说道。

“哭啥哟！”她身边的老人低吼了一声，从口袋里摸出了一杆烟袋，塞上一锅烟，抽了一口才说道，“简大律师，罗大律师，俺听说，你们帮的人没有打不赢的。能不能也帮帮俺们？”

“得看什么事，我们也不是什么案子都能打赢。”我有些沾沾自喜，但也有些无奈。

“他们说大鹏杀了人，俺才不信，俺的种，俺还不知道？！”老汉哼了一声，“那帮警察肯定冤枉俺儿子了。”

“大爷，你能说说到底是咋回事吗？”老罗问。

“俺也不知道。”老汉摇了摇头，“警察就说他把自己婆娘杀了，不让俺们看儿子。”

“肯定不是大鹏。”老妇人急急忙忙地说道，“大鹏是个乖娃，可听那闺女话了。闺女说俺们农村人在城里生活不习惯，大鹏都不让俺们来。闺女说山里路不好走，他都没让闺女去过。大鹏那么疼她，咋能说杀就杀了呢？”

“要说大鹏这孩子做过啥不对的事，也有，就是在外面又找了个婆娘。”老汉说，“那又咋了？他婆娘说生了孩子得跟娘家姓，凭啥啊？大鹏找个婆娘给俺们家生一个有错了？”

听着这个老人的逻辑，我和老罗同时露出了一抹苦笑。

“大爷，说了这么多，我们还是不知道到底出了什么事啊。”我说。

“你们不是律师吗？这事咋能不知道？”老汉反问。

“大爷，这案子要不是我们代理的话，我们也没权利去了解到底发生了什么。”我耐心地解释道。

“那你们就代理了啊。”老汉说，“那闺女说，这案子交给你们，一定能帮俺们打赢。”

“谁跟你们说的？”老罗警觉地问道。

“不认识啊。”老汉摇了摇头，“俺们想去看看儿子，那帮警察不让，出来的时候碰到一个挺俊的闺女跟俺们说的。”

“是她不？”老罗跑回办公室，拿回了一张照片，那是在张静的强烈要求下，老罗“自愿”摆放在办公桌上的她的照片。

“就是这闺女。”老汉说。

“我就知道是这么回事。”老罗一拍大腿，“大爷大妈，你们先等会儿，我问问咋回事，行不？”

“中！”老汉裹了一口烟，说，“你们可快点啊，家里的地还没收拾呢。”

我和老罗钻进他的办公室，拨通了张静的电话。

“小骡子。”电话那头，传来了张静银铃般清脆的声音，“稀客啊，怎么想起给我打电话来了？”

“你好意思说？那俩老人咋回事？”老罗问。

“他们还真去找你了？”张静明显也愣了一下，“他们是一个嫌疑犯的家属。”

“我知道是家属，案子到底咋回事？现在人家缠上我们了，非让我们打这个官司，不打赢还不行。”老罗有些无奈地说道。

“小骡子，对不起啊。”张静难得有些歉意地说道，“我没想到他们真去找你们了，我还跟他们说你们收费高。你等我一会儿，我找个安静的地方跟你们说这个案子。”

过了几分钟，张静的声音才重新传过来：“这案子发生在9月10日，就是酒店水箱里的那个女尸的案子，你们都知道吧？”

我和老罗对视了一眼，默默地点了点头：“知道。”

“凶手抓住了。”张静说，接着她把警方已经掌握的情况向我和老罗说了一遍，“总之，目前的情况就是法医已经查明被害人邵华死于机械性窒息，而嫌疑人刘鹏也承认自己与邵华发生过肢体接触，在房间里为了阻止邵华大喊大叫，曾扼住邵华的喉咙，堵住过她的口鼻。从被害人的指甲里提取到了微量物证，属于刘鹏。这案子，目前看应该算是铁案了。”

“都这样了，你咋还让他们来找我们啊。”老罗痛心疾首地说道。

“我就是看他们太可怜了嘛。”张静嘟囔道，“哎呀，这案子也不是没有转机，刘鹏和被害人争吵发生在下午三点，他退房是在下午五点，这中间有两个小时空白，他说是跟情妇解释。不过我们到现在还没找到那个情妇，要是能找到，说不定能证明刘鹏没有作案时间呢。”

“你们都找不到，我们去哪儿找啊。”老罗苦笑了一下。

“我可没放弃，这不帮你们找呢嘛。”张静说，“还有，被害人究竟是在什么地方遇害的，现在还没查明。在刘鹏开的那间屋子里，没找到痕迹。虽然不排除客房服务员多次打扫，清理得比较彻底的缘故，但总归是个疑点。”说到这里，又突然想起了什么，“对了，小骡子，我跟你们说这些东西，可是违反纪律的，你们可得给我保守秘密，千万不要告诉任何人啊。”

老罗却叹了一口气：“你还不如杀了我算了。”

挂断了电话，老罗点上了一支烟，看着我：“咋整？”

“咋整？”我也是一脸的苦笑，“就算为了静，这个案子咱们也得接下来啊。要不然你那张大嘴早晚把静推坑里去。”

“我看啊，是她把咱们推到坑里了啊。明知道我嘴巴大，还跟我说这些。”老罗长叹一口气，掐灭烟，走出了办公室。

沙发上，老汉还在抽着旱烟，应该是第二锅了，之前那一锅的烟灰就随意地倒在茶几上。老妇人一脸期盼地看着我们。

“案子我们已经了解过了。”我想了想说，“不是没有打赢的可能，不过，警方的证据比较充足，我不能给你们保证什么。”

“那闺女说了，你们肯定能赢。”老汉眼睛一瞪，“俺儿子要是丢了命，俺就找你们。”

身边的老妇人连忙拉了老汉一把说：“简大律师，罗大律师，老头子脾气不好，你们别在意。你们接这个案子就行。”

说着，她把放在脚边的篮子拿到了茶几上：“乡下人，没啥好东西，自己家养的鸡下的蛋，比你们城里买的鸡蛋好，你们拿回去尝尝。”

“别别别，你们太客气了。”我连忙说。

“俺们没啥钱，这点心意你们就收下吧！”老妇人说。

听到这句话，老罗的脸一下子就绿了，懊恼不已。两位老人一走，他就忍不住抽了自己一个嘴巴：“我嘴咋就那么欠抽呢？这案子非赔死不可。”

“看开点，老罗。”我笑了一下，拍了拍老罗的肩膀，“刘鹏父母没钱，可刘鹏是大企业的高管，他有钱啊。我去见见他，你去陪静查查他那个情妇，开庭之前一定要找到证据。”

不过，事实证明，我把这事想得太简单了。

我顺利地见到了刘鹏，看起来魁梧、和我身形颇为相似的他，脸色却并不好，微黄中带着一点儿苍白。对于我和老罗成为他的代理律师，他没有任何反对意见，甚至欣喜不已，痛快地陈述了自己当天的所作所为，和他对警方的供述完全一致。从他的陈述中，我没能发现任何能帮他脱罪的证据。

“现在我们只能想办法找到你那个……”我犹豫了一下，不知道该怎么开口，“当天和你约会的那个人。你提供的电话，警察没打通，你提供的工作地点也没找到那个人。还有其他的联系方式吗？”

“有！”刘鹏想了想，“我想起来了，我告诉警察的是我们之间联系用的专用号码，她还有一个工作用的手机号。号码是……”

我连忙记下了手机号，说：“我先回去准备这个案子，如果你想起什么新的线索，先不要告诉警方，一定要先通知我们。”

回到律所，我和老罗、张静一起拨通了刘鹏提供的手机号，终于联系上了这个神秘的女人。

但是女人的证词对洗刷刘鹏的罪名没有任何帮助。

“是被人抓住了。”电话里，女人的声音异常疲惫，带着哭腔说道，“可我也是受害者啊！我根本不知道刘鹏那浑蛋已经结婚了，他还口口声声说要娶我。男人，没一个好东西！”

“你是什么时候离开酒店的？”我有点尴尬，硬着头皮问。

“他一回来就拉着我要跟我解释，我不听就走了。大概三点半左右吧。”女人说，“我是不是个坏女人？破坏了别人的家庭……”

我沉默了一下，不等说话，张静就说道："就像你说的，刘鹏骗了你，你也是受害者。"

"谢谢。"女人说道，明显轻松了许多，"我不想再这样下去，所以当时就把他给我的电话卡扔了。"

"现在呢？怎么办？"挂断了电话，我靠在椅子里，说，"还是没能排除刘鹏在那段时间可能作案。"

"无罪推定。"老罗突然说道，"老简，警方现在是在做有罪推定吧？但是法律原则应该是'无罪推定'，即证据不足的情况下，应该认定是无罪的。你看，空白时间刘鹏在做什么警察没查明，第一案发现场现在也没有，我觉得可以用这条原则来辩护。"

"没用。"张静摇了摇头，"实话讲，除了这个时间段没查明白以外，所有证据都已经指向了刘鹏就是凶手。他如果否认自己在这段时间没有作案，就必须提供证据，这里适用的是谁主张谁举证的原则。至于第一案发现场，相信我，说是在楼顶作案，或者是把被害人推入水箱后掐死的，完全说得过去。"

"那你说咋办？"老罗没好气地看着张静。

"现场还原呗。"张静说，"忘了顾明那个案子我们怎么找到线索的了？"

3

第二天一早，我、老罗和张静一行三人就到了案发的酒店。和酒店负责人打过招呼之后，我们三人登上了楼顶。

三个高达三米的圆柱形水箱呈三角形排列在楼顶，其中一个水箱底部已经被切开。卷宗记载，这个水箱就是发现邵华尸体的那个。发现时，邵华的尸体已经在水中浸泡得肿胀，无法从水箱上部的开口取出。警方只好在水箱底部重新打开了一个出口。

看着这些水箱，我却眉头紧皱。要爬上水箱的顶部，只能凭借焊接在水箱外部的梯子，可那梯子非常狭窄，一个人攀登都有些危险，更不用说凶手还要扛着一具尸体了。

“这算什么疑点？”听了我的疑问，张静笑了一下，“你上去看看就知道，水箱口比被害人就大了一点儿，要想塞进去，必须笔直地顺进去。”

“这就要求凶手不光要有强壮的体魄，身手还必须得灵活。”张静想了想，继续说道，“你们拿到的卷宗其实并不完整。负责这起案子的人在勘察现场的时候，在梯子上发现了一些磨损痕迹，他们认为凶手可能借用了登山设备。刘鹏并不是登山爱好者，在他家里也没有发现这些设备。”

“好了，老规矩。”张静拍了拍手，“小明哥，蹲下。小骡子，装死。”

“啊？”老罗愣了一下，有些不明所以。

“你来扮演一下被害人啊。”张静说，“邵华不可能自己主动爬到水箱顶，肯定是在失去意识之后，被凶手背上去的。节省点体力，你就主动一点儿，让小明哥背着吧。”

“你小明哥啊，别看长得魁梧，实际上是个银样镴枪头。”老罗摇了摇头，“这种苦差事，还是我来吧。”

说着，他主动走到了我面前，微微俯低了身子。

我倒也不推辞，老罗说得没错，我看起来魁梧，但是身体素质并不好，平时根本就不爱运动。要让我背着一百五十多斤的老罗爬水箱，确实有点强人所难。

我冲着张静耸了耸肩，就伏到了老罗的背上，然而我一米八多的个头儿，趴在只有一米七多一点儿的老罗身上，两条大长腿不受控制地拖到了地上。

一边的张静无良地大笑出声。

“不行，不行，这样不行。”张静止住了笑声，“这样根本不可能顺利爬上去，更不可能顺利塞进水箱。咱们必须得注意到一点，在被害人的身上没有擦伤，这说明凶手的身高要比被害人高许多。至少要相差三十厘米。”

“被害人的身高多少来着？”老罗问。

“不高，才一米四多点，就像个小孩儿。”张静说。

老罗看了看我，又看了看张静：“符合这个身高差的，就你们俩比较接近了。要不，你们俩试试？”

“我好歹也快一米七的人，我们俩叫符合身高差？”张静撇了撇嘴，“算了，谁叫我乐于助人呢。小明哥，蹲下。”

我依言俯下身，张静顺势趴上了我的后背。感受到背后靠来的玲珑曼妙的身体，我的脸不由自主地一阵火热。

“小骡子，我包里有条绳子，拿出来，把我手捆在前面。把我和小明哥捆在一起。”张静吩咐道。

“不……不用了吧？”感受着张静的柔软，我不无尴尬地说道。

“死人可不会配合你行动。”张静严肃地说道，“在被害人的手腕上有捆绑的痕迹，腰部也有。根据我的推测，这是最合理的爬上水箱的姿势。至于登山索，只是凶手防止自己掉下来的护具。”

另一边，老罗已经从张静的包里翻出了绳子。

“我的意思是，我现在就已经累得不行了，不用实验了。”我喘着粗气，更加尴尬了。

“好吧。”张静从我身上跳了下来，拍了拍手，“你们也见过刘鹏了，觉得他的身体怎么样？”

“看起来还不错，不过，总觉得好像有什么病。”我一下子想起了刘鹏那张苍白的脸，说道。

“不是好像。”张静严肃地说道，“他的确有病，左肾先天性缺失。”

“啥？”老罗愣了一下，“那……那孩子？”

“谁告诉你缺一个肾就不能生孩子了？”张静白了一眼老罗，“理论上讲，人一个肾就足够用了，像有些帮助治疗尿毒症的人，就是捐自己的一个，留一个，不会有影响，平时和常人一样。

“不过，毕竟缺失了一个肾，身体机能还是会受到一定的损伤。身体较弱就是一个很明显的特征。”张静说，“小明哥都做不到的事，他一个身体不正常的人，更难做到了。”

“现在我们再来分析一下这件事，什么人会杀害邵华？又为什么要杀害邵华？”张静问。

“这个人，必须熟悉酒店的环境，知道楼顶有水箱，知道水箱里能藏住一个人。”我看着楼顶的水箱，想了想说，“还得有充足的时间来准备，或者说，他需要用到的工具就在酒店里。”

“凶手就是这个酒店的人！”我肯定地说道，“至于动机，现在不好说。”

“Bingo！”张静兴奋地说道，“还有一个问题，被害人当天为什么会出现在这里？”

“不是捉奸吗？”我愣了一下。

“小明哥，你想得太简单了。”张静摇了摇头，“你们看到的证据都是对检方有利的。对检方不利的那部分证据，他们是不会给你看的。”

“事实上，被害人第一次出现在电梯的监控视频里，是在刘鹏到达这家酒店之前。”张静严肃地说道。

“之前？难道说……”我皱紧了眉，“被害人早就知道刘鹏会在这个酒店和人约会，提前来守着了？”

“老简啊老简，你太单纯了。”老罗突然长叹了一口气，“你想想，明明电梯的监控录像已经证明了被害人来到酒店，为什么那些服务员异口同声说没见过她？”

“有人这样交代过他们。”这一下，我恍然大悟，“可是不对啊，警察不会这么笨，这些都没发现吧？”

“当然都发现了。”张静叹了口气，“只是后来发现的证据统统指向了刘鹏，主办侦查员认为这些就没那么重要了。社会舆论压力又那么大，上边也催着抓紧破案。”

“荒唐啊！”我咬牙切齿地说道，“多少冤假错案就是这么造成的！警察要是连社会舆论压力都顶不住，怎么做到秉公办案？！”

“现在不是说这些的时候。”张静说，“你们以为这些机密的东西我凭什么有胆跟你们说？抓紧想想怎么找到真凶吧。”

“孩子！”老罗突然说道。

“什么孩子？”我和张静同时愣了一下，问道。

“被害人怀孕了，你们忘了吗？”老罗说，“如果她本意不是来捉奸的，那她是来干啥的？静，法医肯定没有验证过，被害人肚子里的孩子究竟是谁的。而这个孩子，就有可能是邵华遇害的关键。”

张静从包里翻出了尸检报告，匆匆浏览了一遍之后，摇了摇头。“先入为主了。法医认为孩子的父亲是刘鹏，所以根本没有鉴定。我这就回去证实一下。你们呢？”

“我们去见刘鹏，看看当天到底发生了什么。”我握了握拳说。

“借口出差，当然得做足了样子。”

看守所的会见室里，我和老罗要求刘鹏务必详细回忆当天发生了什么，只不过这次的重点放在了他是如何摆脱邵华的。

刘鹏皱着眉，断断续续地回忆着。事情已经过去了几个月，有些细节他也记不太清了。

“她是个很敏感的人，对我看得一直很严，所以这种事，我都是连机票都要买好的。”

“你一个人去的机场？”我问。

“不是。”刘鹏摇了摇头，“她开车送我过去的。换完了登机牌，开始登机的时候她才走。我特意选了一班满员的航班，人比较多，然后我悄悄躲起来，确认她离开后，才去的酒店。”

我和老罗对视了一眼，这是我们第一次听说，在这个案子里，还有一辆车。这辆车无论是警方的调查还是检察院提供的卷宗都没有提到过。

“车在什么地方？”我问。

“不知道。”刘鹏摇了摇头，“警察没跟我提过车的事。”

“车牌号是多少？什么车？”

“红色甲壳虫，车牌号是……”

刘鹏说了一组车牌号，老罗记下来后，我们匆匆离开了看守所。

“静，被害人有一辆车，现在下落不明，车牌号是……”一出看守所，老罗就打电话告诉了张静这个消息。

“好，我马上去查。”张静说，“检材我已经送到实验室去了，最迟明天一早结果就会出来。应该能赶上明天的预备庭。”

刚挂断了电话，一个陌生的号码就打进了老罗的手机，老罗接起电话，听了几句，脸色变了。

“没兴趣。”他冷冷地说道，挂断了电话。

“谁啊？”我随口问道。

“推销的。”老罗说。

4

这时候，案子移交到检察院已经一个月了，我们却还是没接到正式起诉的通知。看来检察院也学精明了，在彻底落实所有的证据细节或者到期限前，检察院不打算草率处理此案。

这给了我们足够的时间来调查这个案子，同时也给我们增加了不少压力，谁知道这段时间里会发生些什么变数呢。

这天，我们刚到办公室，老罗就接到了一个电话，打来电话的是老罗的五叔，检察院的副检察长。

“带上你们找到的全部证据资料，现在到我这边来！”电话里罗副检察长严肃地说道。

我和老罗不明所以，但还是依言带着所有的证据材料到了检察院。罗副检察长公务繁忙，出面接待我们的是他的秘书。

秘书把我们引进了一间会议室，让我们意外的是，一名法官正坐在会议室里和几名检察官研究着案情。

“是这样的。”待我们落座后，罗副检察长的秘书清了清喉咙，“副检察长有个想法，为了避免冤假错案的发生，在正式起诉之前，他想请在座的各位先开一次模拟法庭，对这个案子进行审理。这样一来，一旦发现案子有问题，就不必起诉；案子如果没问题，正式审理的时候，也可以减轻大家的工作量，提高工作效率。副检察长把这个叫作‘诉前预审’。”

我和老罗面面相觑，老罗这个五叔还真是个锐意改革的人物。模拟法庭这种东西在一些律所内部倒是有过先例，但是像罗副检察长这种把检察院、法院和律师三方弄到一起做诉前预审的可是前所未有。

“如果效果好的话，罗副检察长打算把这件事提请人大审查，形成一个固定的工作制度。”秘书补充道。

法院的代表点点头表示认可，我也没有异议。唯有老罗，一脸愁容，这样一来，我们在正式的庭审中要想风光无限，就有点不太现实了。

“审判长，各位合议庭成员，公诉人，我非常荣幸能够成为被告人刘鹏的辩护律师。”诉前预审的程序基本还原了正式的庭审，大家很快就进入了工作状态，在公诉人出示了所掌握的证据后，我站起了身朗声说道，“检方在这个案子中的工作大家有目共睹，为了能让凶手服法，还被害人一个公平，检方细致入微地调查了所有能够调查的证据，将我的当事人推上了今天的法庭。”

“让被害人瞑目，是今天我们坐在这里的共同目标，这一点我想大家都不会有异议。”我深吸了一口气，“但是作为辩护人，我和我的同事，罗杰律师，还肩负着另一项重大的责任，即为冤者昭雪。”

“对于公诉人提出的证据，我在这里不再赘述，也不作反驳，我的当事人已经承认，这些证据，尤其是被害人尸体上的痕迹，的确和他有着密不可分的关系。但是……”我话锋一转说道，“有些被检方忽略了的证据，我在这里却必须补充说明一下。审判长，我请求向法庭提交新的证据。”

“准许！”审判长说道。

我转身从老罗的手中接过了一份档案：“这是我们委托省公安厅刑事技术人员张静做出的鉴定报告。”

我特意把“张静”两个字咬得很重，看着公诉人的脸色微变我才微微一笑，将手中的证据呈给了审判长：“张静对被害人邵华腹中的胎儿进行了DNA

鉴定，发现了一个检方忽略的重要线索，我的当事人刘鹏并不是这个胎儿的亲生父亲。”

“我想，这也恰好说明了，被告人刘鹏更有杀害邵华的作案动机。”公诉人不失时机地插话道。

“是的。”我点了点头，表示同意公诉人的话，“但是我也希望公诉人能够想一想，为什么不是胎儿的亲生父亲做下了这起案子呢？”

“为了验证我的当事人是否有条件杀害被害人，我们曾做了一个实验，结果证实，真凶应该是一个身体强壮、身手灵活的人，对酒店禁止客人出入的楼顶非常熟悉。各位看看我的当事人，身体看起来的确很强壮，是吧？”我微微一笑，再次从老罗手中接过了一份档案，“但我的当事人却是左肾先天性缺失。对这种病，我想大家和我第一次听到的时候有一样的想法，即我的当事人没有生育能力。但是，这是一个误解，一个肾完全可以满足人的正常生活，只是身体要比正常人弱很多。”看着审判长狐疑的眼神，我说，“我的当事人无法承担繁重的体力劳动，提一桶水都费劲。所以，请大家不要忽略，被害人邵华的体重是五十公斤，在她不配合的情况下，我的当事人根本做不到将她塞进水箱。”

“反对！”公诉人喊道，“以上这些都是辩护人的主观推测，并不能证明什么。”

“反对有效，辩护人，请注意你的言辞。”审判长想了想，说。

“对不起，审判长！”我摊了摊手，说，“那我们来回忆一下案发当天都发生了什么吧。对于我的当事人刘鹏，警方已经查明了他当天的行踪。他借口出差，由邵华开车将他送到了机场，在邵华离开后，他离开机场，到了酒店。这些我不再作详细赘述。我想提醒法庭注意的一点是，邵华是开车送我的当事人去机场的，之后又驾车离开。这辆车现在在什么地方？警方的调查报告里没有提到，公诉方出示的起诉书里没有提到，相关证据里也没有提到。我很想知道这是为什么。是不是因为这辆车里隐藏着对检方不利的证据，所以你们并没有提出？”我看着公诉人冷冷地问道。

“审判长，辩护人是在对我们进行侮辱！”公诉人说。

“辩护人，请注意，如果你继续发表这种不当言论，本法庭将请你离开。”审判长犹豫了一下，毕竟是模拟法庭，这种激烈的言辞好像的确不太合适，但要请我离开法庭好像也不太可能。但最终，审判长还是忠实地还原了真正的法庭上应该做的事。

“抱歉，审判长，我有些激动了。”我微微一笑，“所幸，我们找到了这辆车。”

没错，就在昨天，按照刘鹏提供的车牌号码和车型描述，张静调取了天网监控系统的视频记录。

没等我们回到办公室，她的电话就打了过来。

“小明哥，你们来机场。”电话里，张静平静地说道。

我和老罗不明所以，但还是驱车赶到了机场，张静正在机场的停车场等着我们。她的手上拿着一张地图，上面用红笔勾勒出了一条路线。

“这是被害人那辆车当天离开机场后的行动轨迹，我根据天网系统的资料画出来的。”张静说，“沿着这条路，我们就能找到这辆车。”

“视频资料呢？有提取吗？”我问。

“都在这里。”张静拍了拍包，“我可不像小骡子，我办事，你放心！”

张静说着，不理会老罗讪讪的表情，钻进了副驾驶位：“小明哥，记录下时间。”

“记那玩意儿干啥？”老罗叼着烟，踩下了油门。

“时速控制在六十公里以下。”张静没有回答，“这是我根据几个摄像头之间的距离和拍摄时间估算出来的，我们得搞清楚，她用了多久，这段时间都干了什么。”

老罗不耐烦地敲打着方向盘，六十公里的时速对于老罗来说就是一种折磨，他向来是把车速控制在刚好不违章的程度上的。

一个小时后，在张静的指挥下，老罗在路边停下了车，一脸的郁闷。

“最后一次拍到那辆车，就是这里的摄像头。”张静指着头顶的一个监控摄像头，说，“随后车辆向东行驶，始终没有再出现在天网系统里。”

“那也就意味着，这辆车现在只能停在这个路段内。”我说，“会是什么地方呢？”

“走一遍就知道了。”老罗重新发动了车子，“警察有句名言叫走的冤枉路越多，距离真相就越近。”

“停车停车停车！”车子刚开出了几百米，张静就喊道，“你们看那是什么地方？”

“我说什么来着。”老罗猛地一拍方向盘，“办这个案子的警察肯定不是个勤快人。”

在我们前方不足五十米的地方，就是本案案发的那家酒店。老罗二话不说，开车就想进入停车场，却被门口的保安拦了下来。

“对不起，先生，这里是内部停车场，你们可以把车停到前面的停车场去。”保安礼貌地说道。

“前面的停车场有监控吗？”我问张静。

“有，在天网系统内。”张静在手提电脑上查了一下，说，“被害人的车要想不被人发现，就只能停在这个内部停车场。”

“那我们进去！”老罗说着，猛烈地踩着油门，发动机的咆哮伴随着老罗狰狞的笑容，保安的脸在瞬间就变绿了，一只手摸上了肩膀上的对讲机。

“啪”的一声脆响，老罗的脑袋结结实实地挨了一下。张静怒目瞪着老罗说：“能不能动点脑子？！我们是来查案的，不是来打架的！”

说着，张静下车出示了证件。保安本来还想尽责地向上面汇报一下，可张静却有意无意地露了露腰间的枪套，而老罗干脆走上前，一把扯下了对讲机，顺手把电话线也拔了下来。

“做人呢，最重要是别惹麻烦，你说是不？”老罗像多年的兄弟一样搂着这个保安，微笑着说道，下一刻，却已经将这个保安推进了亭子，顺手在外面锁上了门，“对不住了兄弟。”

我们三人顺利地进了这个内部停车场，刘鹏口中那辆红色的甲壳虫就停在角落里，已经落满了灰尘。只有前挡风玻璃上，一个蓝色的光点一闪一闪。

张静却露出了笑容："我们赚大发了，这车有行车记录仪。"

她拨通了厅里的电话："警员张静，请求支援。"她报上自己的位置后，想了想，又补充道，"本案保密侦查，禁止向任何人透露情况。"

随即，她走上前，从包里摸出了一把形状古怪的钥匙，就在我和老罗目瞪口呆的注视下，轻松地打开了车门。

我晃了晃头，让自己从那场惊心动魄的回忆中清醒过来，深吸了一口气，从老罗手里接过照片，说道："我们发现，这辆车一直停留在案发酒店的地下停车场。停车场入口的监控记录证实，这辆车是在案发当天的中午12点驶入停车场的。这里有一个问题我请大家注意，被害人驾车离开机场是在上午11点，从机场抵达酒店，需要一个小时的时间，也就是说，被害人邵华离开机场后，就径直到了酒店。"

"辩护人，你是否有证据证明你所说的？"审判长问。

"是的，审判长。"我向老罗示意了一下，老罗拿出了一个U盘。

"这是我们从机场和酒店拷贝过来的监控录像，法庭可以现在查阅。"我将U盘呈交了法庭，"同时，还有一部分天网监控系统的录像，鉴于我们的权限和取得证据的合法性，我们请求法庭调查取证。"

模拟法庭当庭播放了监控录像，当看到监控录像上的时间和邵华的影像后，审判长点了点头说："辩护人，你的申请我们会考虑，请继续。"

"谢谢审判长。"我点了点头说，"我想现在大家应该跟我有一样的疑虑，被害人为什么早于我的当事人抵达了案发酒店？她是知道我的当事人与人有约，而且就在这家酒店吗？"

"从公诉人提交的证据来看是这样的，被害人遇害前几日，曾与父母通话称，我的当事人在外面有了别的女人。但是！"我深吸了一口气，"请法庭播放U盘里的第三份视频。这是我们从被害人的行车记录仪里提取到的视频记录。”

在工作人员的操作下，视频投放到了大屏幕上。大约11点50分，邵华驾车来到了酒店旁的路口，拨通了一个电话。

“他出差了。今天你来陪我啊？……那我去找你好了……嗯，我就在你们酒店旁边啊……你下来接我，我不想让人看到啦……哎呀，不行，我没有停车卡……嗯，那好，待会儿见。”

视频里，邵华犹如一个小女孩儿一般撒娇道。

大约五分钟之后，一个看不到面孔的健硕男人出现在了车边，拉开车门上了车。

视频里顿时传来了一阵暧昧的声音。

“别闹了，到你房间去，他这次出差只走几天，你可得好好疼我。”邵华说，发动了车子，驶入了酒店的地下停车场。

“各位”见视频播放完毕，我说道，“这段视频能够清晰地证明一件事，即被害人并不是专门到酒店去捉奸的，相反，她也是和人约好的。”

“那么，和她约会的这个人是谁？”我说，“会不会就是被害人腹中胎儿的亲生父亲？”

“反对，审判长，辩护人说的这些和本案并没有关系。”公诉人反驳道。

“审判长，请允许我说完。”我举起手说，“从被害人与这个人通话的内容我们可以看出，这个人长期居住在这个酒店，在酒店里有固定的房间。被害人提到没有卡无法进入停车场。我们就此进行了调查，发现需要使用停车卡的是酒店的内部车辆，被害人没有，但显然这个人是有的。这说明，这个人是酒店内部的人。”

“再往深一层想，警方在对酒店调查的时候，酒店服务员坚称没有见到被害人进入酒店，也没有开房记录。但是被害人明明出现在了这家酒店。为什么这些人要说谎？”我说，“只能是有人授意他们这样做，有这样大的势力的人，只能是酒店的高层管理人员。我之前说过，凶手熟悉酒店的结构，知道楼顶的水箱。还有人比这个人更适合当凶手的吗？这和本案可不是没有关系，而是有着非常密切的关系。”

“审判长，我要重申，辩护人的言论完全基于他的主观推断，并无实际证据。而目前我们所掌握的证据已经证实今天的被告人刘鹏就是凶手。我请求法庭驳回辩护人的辩护意见。”公诉人起身说道。

“审判长，我也提醒法庭注意，我刚刚所说的，是公诉方未能查明的重大事实。本案疑点重重，应继续侦查，排除疑点，再行审理。”我也说道。

审判长与合议庭成员低声协商了一下，说道：“本案确有重大事实未能查明，公诉人，你方是否有新证据提交？”

公诉人摇了摇头。

“小骡子，小明哥，恭喜恭喜，又让检察院吃瘪了。”

刚一出检察院，张静的电话就打了过来。

“检察院和你们不是一家的吗？咋他们吃瘪，你这么高兴呢？”老罗无奈地问，“再说，一个模拟法庭，有啥可开心的，搞不好，这个案子他们都不打算起诉了。”

“看他们不爽呗，谁叫他们惹我了。”张静不屑地说，又兴奋地说道，“这案子你们又要拿下了，小骡子你的老婆本攒多少了？我都快要等不急了。”

“那你赶紧找个人嫁了呗。”老罗说，“这案子现在可还没赢呢。”

“那我要帮你们打赢了这场官司，你愿不愿意娶我啊？”张静窃笑着说道。

“你有眉目了？”老罗一激灵，根本没去想张静抱着怎样的心理，“能打赢，啥条件我都答应你。”

“回办公室等我。”张静嚣张地笑道。

我和老罗前脚刚走进办公室，张静后脚就到了。

“小骡子，可说好了，我帮你打赢这场官司，你得娶我。”她说。

“可以啊。”老罗一脸满不在乎地说道。倒是张静被老罗的态度弄得有点摸不着头脑。

“小骡子，你没发烧吧？”张静伸手摸了摸他的额头，“没有啊。那你是对打赢这场官司没信心？”

她又看了看我，我也是一脸的轻松，她更有点不知所措了。

“小明哥，小骡子这是怎么了？怎么突然……”

“不知道。”我茫然地摇了摇头。

“你妈给我打过电话。”老罗突然说，“你妈说了，只要我离开你，愿意给我两百万。”

“你同意了？”张静的脸一下子拉了下来，“罗杰，你知不知道，我会恨你一辈子！”

“就是因为知道，所以我才没答应啊！”老罗哈哈大笑着说道，“两百万就想收买我？我是那种贪财的人吗？”

“浑蛋！”张静转眼间破涕为笑，用力捶打着老罗，“为什么不收下？收下了，继续和我在一起，那不就都是我们的私房钱了吗？”

“嗯，我对你的情意岂是区区两百万能够收买的？我在等着你妈提价呢。”老罗一本正经地说道。

“去死！”张静喊道，心里却感到一阵阵甜蜜。长久以来的猜测，在这一刻终于得到了证实，他并不是不爱她，只是他不想就这样和她在一起罢了。

我却苦笑着摇了摇头，陷入爱情中的女人永远是愚蠢的，张静自以为了解老罗，却不知道，老罗说的那些话都是真的。

这话我当然不敢说出来，要是说了，老罗的后半生和下半身可就麻烦了。

打闹够了，张静掏出了一张照片说：“你们看看，这个人和行车记录仪里的那个男人是不是同一个？”

照片应该是偷拍的，是一个身形魁梧的男人正在健身房做着运动。他身高大概有一米八，赤裸的上身肌肉隆起，线条分明。留了一头寸发，脸上也是棱角分明，虽然算不上帅，但也没人会说他丑。

“这咋看啊？”老罗皱了皱眉，“行车记录仪里那个，根本没看到脸。”

“不过这个身形倒是挺像的。”我皱了皱眉，“这人谁啊？”

"李刚。"张静说，"那家酒店的老板，爱好登山运动，单身，平时就住在酒店里。"

"自然条件吻合啊。"我说。

"不光是自然条件吻合。"张静说，"之前我就一直在想，被害人是怎么发现刘鹏偷情的？还能捉奸在床？刘鹏做这种事一定非常小心啊。最有可能的，要么被害人在隔壁听到了，要么有人向她泄露了消息。我们控制李刚后，查了一下，你们猜怎么着？"

"怎么着？"老罗问。

"首先，这个李刚在酒店的房间就在刘鹏当天开的那间房间的隔壁；其次，李刚的房间里有一台电脑，酒店的监控录像从他这里都能看到。最最重要的一点，根据酒店服务生的回忆，邵华遇害的第二天，李刚就对房间里的所有设施进行了全套更换。"张静说。

"太可疑了。"老罗说，"去搜查他啊！"

"你就从来没好好听过我说话。"张静冷笑一声，"我估计，这会儿他的DNA鉴定都已经完成了，最迟明天早上，就能知道他和被害人肚子里的孩子有没有关系，到时候就能进行进一步的搜查了。今天晚上我就没得休息咯，你们两个陪我吧？"

"你怎么也没得休息了？这案子和你又没什么关系。"老罗不解地问。

"这案子现在我们接管了啊。"张静说，"你们那个什么模拟法庭一完事，罗叔叔就给我们领导打了电话。小明哥，陪陪人家好不好？"她抓着我的手撒着娇。

我却下意识地察觉到了一丝危险，干笑着说道："律师参与专案组工作，传出去，很麻烦啊。"

"放心啦，没人知道的。"想了一下，张静又补充道，"知道也不会说出去的。"

"是不敢吧？"老罗斜着眼睛看着张静。

我的脸已经涨成了猪肝色，小鸡啄米一般点着头。手上传来的胀痛让我生不起任何反抗的念头。

5

老罗说我稳重，但稳重不代表不会犯错误。比如答应张静帮她完成任务这件事，就足以在我的错误决定排行榜上排到前三名。

打死我也不会想到，她的这个任务是要在那个鬼地方完成的。

那天晚上，当老罗在张静的指挥下，渐渐偏离了喧闹的市区，驶入一条宽敞却寂静得吓人的支路时，强烈的不安就开始笼罩着我。

当张静要求老罗停车的时候，老罗甚至下意识地踩了下油门。

“不会就在这地方吧？”老罗看着黑暗中的殡仪馆，颤抖着说道。

张静一边从后备厢里取出设备，一边满不在乎地说道：“复检一下被害人的遗体，不在这地方在哪儿？”

“尸体还在？”我倒是愣了一下，这案子已经过去几个月了，按道理，尸体应该早已火化才对。

“当然在。”张静神秘地一笑，“我跟你们说过，我可没那么大的胆子擅自跟你们透露那么多内情。”

我看了一眼老罗，恍然大悟，对这个案子持有疑问的看来不只是我们。只不过迫于舆论的压力，才不得不走到了今天这一步。

不过张静说她没胆子泄露案情，这话我就不信了，用她自己的话：“我泄露给你们的机密还少了？”

老罗可没有这样的觉悟，他一双眼睛不安地巡视着四周，生怕有什么东西从黑暗中悄无声息地来到他的身后。

在我和张静连拉带拽，在老罗的哀号求饶声中，我们走进了司法解剖室，空调机发出的巨大轰鸣声在寂静的夜里显得格外刺耳。

解剖台上那具全身赤裸的尸体让老罗两股战战，要在我的搀扶下才不至于倒下去。

“要不……你去车里吧？”我鼓足了勇气说道，牙齿却也在不停地打架。

“瞧你们俩那熊样儿。”张静在助手的帮助下穿好了工作服，双手合十，对着邵华的尸体念叨了几句，戴上了一副奇怪的眼镜，拿着一台仪器从邵华的头部开始，慢慢向脚部移动。

“我们今天的任务是找出李刚作案的证据，是帮助她瞑目的，她感谢还来不及，怎么会来吓我们？”她说。

“怎么找啊？”我问，“之前法医不是都找过了吗？”

“我想过了。”张静说，“之前检查的重点在体表，对被害人的身体内部并没有进行过仔细的检查。万一她在生命受到威胁时藏了什么证据呢？

“而且，我昨晚做了个梦，梦见她一直看着我干呕，大概在提示我什么。”

“托梦？”老罗死死地抓着我的胳膊，“这也太吓人了。”

我倒是觉得，张静说“托梦”的话完全就是她顺嘴胡扯的，因为此刻，她手上的那台仪器正停在邵华胸部靠上的位置，没有继续向下移动。

这个动作持续了足有一分钟，张静才摘掉眼镜，把仪器丢给了助手，麻利地拆开了法医之前缝好的线，打开了胸腔，向举着摄像机的助手招了招手：“过来一点儿。”

助手上前几步，张静已经切开了被害人的食道，几根黑色的头发静静地停留在食道里。

“哈，我就说不会无缘无故做那个梦的！”她把那几根头发放进了物证袋，“任务完成，这就回去鉴定一下。”

听到她这样说，我和老罗忙不迭地跑出了殡仪馆。这个地方，就算白天都阴气逼人，更不用说晚上了。

一个晚上的忙碌之后，张静成功地证实了李刚正是邵华腹中胎儿的父亲，而邵华食道里的那几根头发也是他的。警方随即对他在酒店的房间进行了搜查，发现了一套登山索。尽管水箱上的痕迹已经湮灭，但登山索上却留下了一些痕迹，经过鉴定，与水箱外表的材质吻合。

在这些证据之下，李刚痛快地承认了罪行。

“小华一直想跟刘鹏离婚，至于原因，我不太清楚。不过她想争取到更多的财产分割份额。”李刚说，“我就把他偷情的事告诉了她。”

“那天她跟刘鹏闹了一场，偷偷跑回房间，跟我说这事成了，然后，她又告诉我她怀孕了，是我的孩子。”李刚说，“这事要是让别人知道了，那就麻烦了，她的计划就要受挫。我劝她把孩子打掉，她觉得我是不想要她了，觉得我不承认那孩子是我的。我们俩打起来了，我一失手就……”

“你看，李刚跟小明哥身高差不多吧？”张静看着审讯室里的李刚，“身材魁梧，长相不说英俊，可也不算差吧，身价也不低，怎么会看上邵华的呢？”

“萝卜青菜，各有所爱。”老罗说。

“就跟你喜欢老罗一样。”我点了点头，“人嘛，总有眼瞎的时候。”

“小明哥你这话说得对。”张静看了一眼老罗，深以为然地点了点头，“不过，这个地方我总觉得还有点问题。”

“他总不能成天待在酒店吧？”我皱了皱眉，“他是不是还有别的房产？”

“我怎么没想到呢。”张静拍了拍额头，“大意了，以为在酒店找到证据就够了。”

除了在酒店有一间客房外，李刚还有一处房产，只不过因为他独身一人，这处房产他只是偶尔回来收拾收拾。

这条线索是在我们询问李刚的秘书时得知的。

但就在这处房产里，我们却见到了令人吃惊的一幕。

房间里的设施保养得非常好，家用电器虽然型号有些老旧，但一眼看上去就知道是全新的，而在窗户上甚至还贴着大红的“囍”字。

这里竟完全是按照新房来布置的。

“李刚真的打算和邵华结婚？”我怔怔地看着这一幕。

张静已经推开了主卧室的门，就在床头，悬挂着一张硕大的婚纱照，女的正是一脸幸福的邵华，她身边的男人也正是本案的凶手李刚。只是照片上的李刚要比现在瘦弱许多。这张婚纱照好像在很久以前就拍好，悬挂在这里了。

“找，看看有没有什么线索。”张静戴上手套，拉开了床头的抽屉，一本影集静静地躺在那里。

她翻开影集，几张泛黄的照片呈现在我们的眼前。

照片里是看上去只有七八岁大的两个孩子，一男一女，男孩儿明显要比女孩儿矮一头。

“这是……”我皱了皱眉。

“不认识。”张静摇了摇头，翻动着影集，我们发现，整本影集里只有这两个人，而随着年龄的增长，女孩儿的身高慢慢固定，男孩儿也逐渐长到了一米七左右。但这两个人的容貌已经和邵华、李刚颇为相似了。

“这俩玩意儿是青梅竹马啊！”老罗恍然大悟，“这个邵华也有意思，不管什么时候都穿裙子，个儿矮还穿裙子，难看死了。”

张静已经将影集翻到了最后一页，照片上的时间显示是十年前，也就在这页里，夹着一张十年前的剪报。

稚气未脱、稍显瘦弱的李刚站在被告人席上。下面的配文告诉我们，十年前，十八岁的李刚在回家路上偶遇几个流氓骚扰一个女孩儿，李刚见义勇为，却导致其中一人死亡。最终李刚被以过失致人死亡判处有期徒刑十年。

对于那个被骚扰的女孩儿，报道中并没有提到。

张静收好了影集，指挥着我们驱车来到了邵华的父母家。一路上，她紧锁的眉头没有一刻是放松的。

“这个人，你们认识吗？”张静拿出了李刚的照片，开门见山地问道。

“这是，李刚？”邵华的父亲戴上老花镜，仔细辨别了一会儿，惊讶地说道。

“他和你女儿是什么关系？”张静问。

老人犹豫了片刻，长叹了一口气。

正如老罗说的那样，这两个人还真是青梅竹马。

原本，当年李刚虽然身高差强人意，却有着非常优渥的家世，邵华的父母对他虽说不上满意，但也并没有阻止女儿与他交往。但李刚被判了刑，邵华的父母就无法认同女儿与他的交往了。邵华与刘鹏的结合，很大程度上是对父母一种无声的反抗。

但是谁也不知道，在私下里，邵华与李刚一直保持着联系，李刚出狱后，两个人的联系就更加紧密了。

而在过去的十年间，李刚的身形更是发生了翻天覆地的变化，让人无论如何也无法相信，他竟然会看上邵华。

“最后一个问题，十年前，李刚杀人那天，你女儿有什么异常吗？”张静盯着邵华的父亲，问道。

老人的目光中闪过了一丝慌乱：“没有！”

“你女儿最近十年的照片能给我们看看吗？全部！”张静说。

老人犹豫了一下，最终还是拿出几本影集，递给了张静。她随手翻了翻，笑了一下。

“这个，我带走了，没有意见吧？”她似是在征询，但手上的动作却是将影集收进了包里。

看守所的会见室里，当张静把调查来的邵华和李刚是青梅竹马一事和盘托出的时候，李刚彻底崩溃了。

“我是罪人，我有罪，判我死刑吧。”李刚痛哭着说道。

“但是有一件事，我却想不明白。”张静冷冷地看着李刚，“按你的交代，邵华希望借助刘鹏出轨这一件事，取得更多份额的财产分配。而现在我们知道了，你原本是要在邵华离婚后和她结婚的，也就是说，你根本不在乎那点财产，邵华是否有婚内过错，你也并不在意。可你到底在害怕什么，甚至还‘失手’杀了她？”

张静刻意加重了“失手”这两个字。

李刚耸动的肩膀停顿了一下，只有短短的几秒钟，随即便又恢复了痛哭。

“既然你不肯说，那我说吧。”老罗笑了一下，“你在报复，对吗？因为你当年过失致人死亡不是为了别人，正是因为邵华，因为她险些遭人凌辱你才杀的人，而邵华的父母却不肯接受你，邵华甚至嫁给了别人。那时候你根本不知道邵华肚子里的孩子是不是真的就是你的！”

李刚停止了哭声，慢慢地抬起了头，似笑非笑地看着我们说：“你有什么证据？”

老罗没有说话，把那两本影集递到了李刚的面前，同时掏出了一个播放器，按下了开关。

“刘鹏，请你回忆一下，邵华平时穿裙子吗？”这是张静的声音。

“裙子？”刘鹏的声音有些疑惑，“没有。这事说来也怪，她从来不穿裙子。我记得，我们照婚纱照的时候，她还在里面穿了条牛仔裤。”

“也没买过裙子，是吗？”

“对！每次逛商场，她好像都很害怕看到裙子。我还记得我有一次给她买了条裙子，她大呼小叫地把裙子撕了，就跟见了鬼似的。”

“你的影集里，都是邵华和你的照片，我想不通，如果那个案子和邵华没有关系，你为什么要把那份剪报收藏在那里。”张静站起身，微笑着说道，“十年前，邵华是个很爱穿裙子的女孩儿，所有的照片都是穿裙子的。但是，从你被警方抓捕开始，她就再也没有穿过裙子照相，在她的家里也没有发现裙装。如果不是出了什么意外，一个人，不可能突然间发生这种转变！”

“为什么不能是在纪念我呢？”

“因为，她对裙装表现出来的态度，不是怀念，而是恐惧！”张静冷笑道，“那只能说明裙装给她带来过某种致命的威胁。可她爱你，这件事却是无可辩驳的，而你……”

张静叹了口气，没有再说下去。

007

陋屋碎尸

正义也许会迟到，但绝不会缺席！

——休尼特

1

几天前，一位老人横死街头，成了这个北方小城里的一件大事。因为这个老人的身份比较特殊，他是一名退休的老法官；而他死亡的方式也比较特殊，他是在见义勇为抓捕小偷的时候，被残忍的窃贼连刺五刀，心脏破裂死亡的。

案子已经破了，行凶者被巡警当场抓获，死刑恐怕是逃不掉的。

我参加了这个老人的葬礼，无儿无女的他葬礼显得异常寒酸，但那个被偷的女孩儿主动承担了一个女儿的义务，抱着遗像走在送行队伍的最前面。

这个小小的举动让这个寒冷的冬天多了一丝温暖。

我之所以要参加他的葬礼，是因为我对这个老人有一种发自内心的尊重。几年前，我曾和他联手办过一个案子。

那是2012年的冬天，一个大雪纷飞的日子，律所迎来了一位特殊的客人。

那是一个穿着便服、头发斑白、身形佝偻的老人，但一双眼睛却闪着精光，仿佛能看透人心一般，他到律所的第一句话就是“我希望你们接下秦枫的案子”。

对这个老人近乎命令的语气，我和老罗非但没有任何的反感，反而认为理所当然，因为这个其貌不扬的老头是市中级人民法院的一名老法官。

也是在这篇文字的开头我提到过的那个老人。

“还有一年我就要退休了，我不想在我退休前还要让一个没有罪的人入狱。”老法官语重心长地对我们说。

一个月前，那年的第一场雪光临本市的时候，一起骇人听闻的恶性案件也在那时候发生了。

城区西郊的棚户区里，一名年轻女性在租住的陋屋中遇害，凶手割断她的喉咙后，又残忍地砍断了她的双手，并剜出了她的双眼。

同时遇害的还有一名不足周岁的婴儿，当邻居发现的时候，这个可怜的孩子嘴唇发绀，脸色泛青，嘴里还叼着一截乳房——从女性被害人的身上割下来的右乳。

邻居们证实，这个孩子是女性被害人的儿子，这个女性被害人则是一个生活艰辛的单身母亲。

警方抵达现场后，法医对两名被害人进行了尸检，查明女性被害人死于失血性休克，凶器是一把单刃砍刀（略有卷刃），生前未遭遇性侵犯；男性（婴儿）被害人死于机械性窒息。

综合痕迹检验人员的分析，警方推断，凶手应是先杀害了女性被害人，并对她进行了肢解。过程中，尚年幼的婴儿不停哭闹，引起了凶手的反感，便掐死了婴儿，并砍下了女性被害人的右乳塞入了婴儿的口中。

这个举动是有着特殊的意义还是凶手的一时兴起，与凶手剜出被害人的双眼一样，让警方难以理解。

由于案发现场在棚户区，此处人来人往，足迹混乱，警方无法准确判断凶手是单独作案还是多人联合作案。

凶手对被害人进行的肢解行为是心理变态还是对被害人持有刻骨的仇恨，根据现场的形态，警方亦不能给出准确的结论。

但不知出于什么原因，凶手并未将凶器带离现场，痕迹检验人员在凶器上发现了疑似凶手的指纹。这为警方破获此案提供了重要的甄别依据。

同时，现场并未发现打斗的痕迹，警方认为，如果凶手是单独作案，那么这个人应该体格健壮，有能力控制住被害人。或者与被害人熟识，能够趁其不备暴起杀人。

凶手变态的作案手法让参与本案的刑警极度愤怒，不眠不休地展开了侦破工作。自己的身边就发生了这样残忍的事情，让住在棚户区里的人惶恐不安，竭力向警方报告着一条条线索。

其中一条线索引起了警方的高度重视。

据被害人的邻居回忆，前一天夜里8点多，曾听到被害人与人争吵，他从窗户看到，来者是一个高大健硕的男子，手中提着一把砍刀。他看过去时，就见这个男子持刀指着被害人，称如果再不还钱，就只能砍掉被害人的双手。

这条证词中的形容与案发现场的尸体形态吻合，时间也与被害人的死亡时间相差不多，神秘男人的作案嫌疑迅速提升。

警方随即围绕与被害人有债务往来的人际关系展开了调查，发现被害人并无固定工作，但每隔几个月，都会从一个名为“发哥”的人手上借钱。

“发哥”在当地是有名的地头蛇，聚集了一批地痞流氓，以放高利贷为生。此人神通广大，黑白两道都有些人际关系。在警方眼中，“发哥”是一个处于灰色地带的人，他偶尔会做一些违法的事情，但都不大，警方通常都是教育其几句了事。但更多的时候，他会约束自己的手下，并时常向警方透露一些重要信息，协助警方办案，换取警方在针对他的时候尽可能睁一只眼闭一只眼。

警方找到了“发哥”，将其带回了局里，同时请出具那条证词的邻居到局里辨认。

但不仅“发哥”否认了警方对他杀人的指控，这个邻居也表示，他看到的那个人比这个“发哥”要高一些，也更壮一些。

“你是不是安排人去找被害人讨债了？”侦查员反应敏捷，马上就意识到了这其中的关键。

“对啊。”“发哥”直言不讳地答道。

“那个人是谁？”侦查员问。

“我想想。”“发哥”想了一下，“是秦枫，对，就是这小子。也奇怪，我就让他去要了这么一回债，这小子就人间蒸发了，再没来见过我。”

侦查员感到案件的侦破出现了转机，连忙追问道：“秦枫是什么人？”

“具体干啥的，我也不知道，干我们这行的，谁关心那个啊。”“发哥”说，“他自己说以前是练武术的，想跟我混，我就让他纳个投名状，去帮我把那笔钱要回来。”

“我说警官啊，我可没指使他杀人啊。”“发哥”说，“这女的欠我钱也不是一天两天了，说实在的，一个人，带着那么大点一个小孩，你说谁还没点同情心啊？尤其干我们这行的，不动女人不动孩子不动老人，这可是规矩，我也没打算把这钱要回来。可是干我们这行的，要不回来是一回事，可是姿态该做还是得做的。秦枫不是第一个去讨债的，你问问我手下这几个兄弟，跟我混的第一件事都是去找这女的要债。”

“秦枫没有回来找你？”侦查员打断了“发哥”的喋喋不休，问道。

“没有。”“发哥”摇了摇头，“对了，他那天晚上给我打了个电话，问我对方不给钱怎么办。”

“你怎么说的？”

“我能怎么说？”“发哥”说，“我告诉他该咋办就咋办。警察同志，我那意思可不是让他杀人啊。实话实说，我这个人是讲原则的，办事光有魄力不行，小说里不还总说铁汉柔情呢吗？我呀就想看看，他有没有柔情的那一面。”

“行了，我们对你那套没兴趣。”侦查员不耐烦地打断他，“把秦枫的联系方式给我们。”

警方找到秦枫的时候，这个高大威猛的汉子穿着一身白色的厨师服，正推着三轮车在路边卖鸡蛋饼。对于警察的到来，他竟没有丝毫的怀疑，直到侦查员将他按倒在地的时候，他还没反应过来究竟发生了什么。

经过技术部门的统一认定，证实案发现场丢弃的凶器上遗留的正是秦枫的指纹。

在警方的审讯下，秦枫也痛快地交代，当天他确实按照“发哥”的交代去找被害人讨债，也随身携带了那把刀。但是对于杀人一事，秦枫却一口否认。

“谁还没点同情心啊？”审讯室里，秦枫说了和“发哥”一样的话，“我一看到她那样儿，都不忍心开口要钱了。可我要是不要钱，我就挣不着钱，她要养家，我也得养家。”

“所以，你对被害人做了什么？”侦查员问。

“我给发哥打了电话，问他这事该怎么办。发哥说，让我自己看着办。”秦枫说，“这意思不就是让我杀人吗？那我能干吗？先不说那姑娘都那么惨了，我杀了她，孩子怎么办？我给他们娘儿俩留了五百块钱就走了。我也明白了，自己压根儿不适合混这行，回去不就摆摊去了嘛。”

“撒谎！”侦查员猛一拍桌子，“凶器你怎么解释？那上面的指纹你怎么解释？”

“我走的时候随手就把刀扔了啊。”秦枫说。

“秦枫，我劝你老实交代，我们的政策你也清楚，坦白从宽，抗拒从严！”侦查员说，“对于你过去做的事，我们也都已经掌握了。你本来有大好的前途，就因为跟人打架斗殴，把人打成了轻伤才被单位开除的。你是有前科的人，你现在交代，法院在判的时候还会考虑到你认罪态度良好。你也知道，我们已经掌握了充足的证据，你的口供并不重要，只是对你认罪态度的考量。”

“警官，我真的没有杀人啊！”七尺男儿，在这一刻却流下了委屈的泪水。

秦枫的“拒不交代”并不影响本案的侦破和审理，检察院很快便对此案进行了公诉。准备用指纹和两名证人的间接证词将他打入万劫不复的境地。

假如罗副检察长还在位的话，检察院绝对不会这么轻易就起诉秦枫，至少要再搞一个诉前预审。可惜，几个月前，罗副检察长正式退休了，而他提出的诉前预审制度却终究没有能够形成惯例。

这也怪不得他，这项制度实施起来太过麻烦，毕竟很多刑事案件在正式起诉前，律师能介入的工作太少了。

老头退休的时候一直对这件事颇有怨念，因为真和他搞过诉前预审的就只有我和老罗，而每次，他都被我们收拾得服服帖帖，只能每天晚上在棋盘上杀得老罗丢盔弃甲，找回一点尊严。

“小王八犊子，叫你坑我！”据说，罗副检察长每落一子，都要大骂一句。

那个大雪纷飞的日子，我和老罗就在这个即将离开审判岗位的老法官的请求下成了被告人秦枫的辩护人。

“您怎么知道秦枫就是无罪的呢？”我眼睁睁地看着老罗“啪”的一下在协议上盖了章，连阻止的机会都不给我，只好无奈地看向了老法官。

“你们去查查他的过往经历就知道了。”老法官说，“我也不敢百分之百保证他就不是凶手，但是总觉得不像，我见过的凶手多了，他没有那种特殊的气场。”

“法官啊，您也知道这案子是冤案，秦枫拒不认罪，单凭指纹和两个证人的证词证言，法院也不好判有罪吧？”老罗这时候才想起这个问题。

“你们不明白。”老法官耐心地解释道，“这案子的影响太大了，检察院新上任的检察长和我们院里通了气，要办成铁案。证据也不能说是不充分，其实就在一念之间。关键是秦枫无法提供有力的证据帮自己脱罪。审委会实际上早就拟好了判决结果，我一个人的力量实在是太有限了。”

“我们能做什么？”老罗神情异常严肃地说道。

“去找到更多的证据，说服审委会改变立场。如果能找到真凶，那就更好了。”老法官说，“要不然的话，这个案子恐怕就要走申诉的程序了，十年？二十年？被告人有多长时间能等啊？”

“如果……”我犹豫了一下，“如果我们也输了呢？”

“那就证明，我的判断是错的，我的确到了该退休的年纪了。”老法官怅然说道。

在我和老罗的律师生涯中，这是第一次接到法官的请求，为被告人作无罪辩护。

对于我们来说，这是莫大的荣幸，同时也有莫大的压力。我们都很清楚，找到真凶，秦枫还有无罪的希望，找不到真凶，那他就只能是那个凶手了。命案必破的大环境下，这是一个注定的结果。

“想来想去，也只有你们代理这个案子最合适了。你们过往办的那几个案子，都非常利落漂亮。而且，也只有你们，才能让那丫头心甘情愿出力帮忙。”

临走时，老法官呵呵笑道。

送走了老法官，初步研究了案件卷宗后，我和老罗并没有急着去见当事人秦枫，我们需要掌握更多的线索，借此判断秦枫在对我们进行叙述的时候有没有隐瞒。

我们的第一站就是案发现场的棚户区。

在老罗的印象里，居住在这个地方的人可以用一个词来概括——无业游民。这些人没有正当的职业，过着有今天没明天的日子，更不会去关心身边人的死活。所以，当他看到案发现场外摆放着的白色菊花时，忍不住愣了一下。

“社会抛弃了他们，如果他们自己再不抱团，你说，得怎么活下去啊？”我苦笑了一下，深一脚浅一脚地走进了棚户区。

“作孽啊。”那个向警方提供了重要线索的邻居听闻我们想了解一下案情的请求，叹了口气，“才那么大点的孩子，招谁惹谁了？那个杀人犯咋就下得去手呢？简直畜生不如啊！”

“你看看，确认那天和被害人吵架的就是他吗？”我无话可说，只好硬着头皮拿出了秦枫的照片。当然，我可没敢说我们是为秦枫辩护的。

“错不了。”证人点了点头，“化成灰我都认得。那天吵得叫一个凶哦，那刀啊，都指到人鼻尖上了。你说一个大男人，哪能对一个小姑娘家家的干出这事来？！”

“你看到他杀人了？”老罗问。

“那倒没有。”证人说，“不是他还能是谁啊？警察不都说了，刀是他带来的。”

我沉默地点了点头，收起了照片说：“谢谢你了。”

“啥时候能枪毙？”证人突然问。

“嗯？”我愣了一下，摇了摇头，“说不好。”

“哎，到时候可得告诉我们一声。这丫头孤苦伶仃的一个人，总得有个人告诉她这个信儿啊，要不然走得都不安心啊。”证人叹息着说。

“放心，真到那天，我亲自来告诉她！”老罗俯下身，把几朵歪倒的白菊花扶正，神情肃穆地说。

2

“别灰心，至少，这个证人的证词并不能直接作为定罪依据。”老罗紧握着方向盘，吁了口气，“再加把劲儿，我们一定能找到更多的证据。”

他调整了一下后视镜，对镜子里的自己展露了一个笑容，用力握了握拳头：“加油，罗杰！加油，简明！你们是最棒的，你们一定能行！”

“神经！”我翻了个白眼。

“心灵鸡汤说，要时刻给自己打气，才能时刻保持最佳状态迎接即将到来的挑战。”老罗一扭方向盘，避开了一辆侧滑的车，“接下来去哪儿？”

“历史上，在鸡汤里下毒历来是杀人利器。去秦枫曾经任职的学校，法官不是让咱们查查他的过去？”

“我怎么不知道？”老罗将车转向一条辅路说。

“你没听法官的话？”我侧头问。

“我是说我怎么不知道鸡汤是杀人利器。”

“和你最接近的是武大郎，被潘金莲和西门庆在鸡汤里放了砒霜。”

“我读书是少，但你也不能这么骗我啊。电视里演，毒是下在武大郎的药里的。”老罗说着，突然侧过头，“啥叫和我最接近的是武大郎？”

“自己想。”我笑了一下，沉下了脸，“老罗，你说，得是什么样的人才会对一个婴儿下毒手呢？”

老罗沉默了，过了许久他才说：“老简，以前我一直觉得，你和静做的很多事都太多余了，咱们的任务是帮当事人打赢官司，案子破不破和咱没关系。不过接了这个案子我才觉得，要是不抓到真凶，那咱们才是他妈的白活了。那是两条人命啊！搞不好，秦枫也得把命搭进去。你说，这事你想咋办，哥们儿无条件站在你身后挺你！要钱出钱，要力出力！”

我惊讶地看着老罗，却听到老罗继续说道：“当然，要是能不出钱是最好的。”

我就知道，让老罗出钱就跟要了他的命没什么两样。

忍不住摇了摇头，我说：“法官不是说过他本来有个挺好的前途吗？结果因为打架斗殴丢了饭碗。真要是按他说的，还给被害人留了五百块钱，那他动手打人肯定是有原因的，我们得想办法扭转他在合议庭成员心中的印象。”

“得嘞！”老罗踩下油门，驱车来到了一所高中。

这所高中在本市二十所省级重点高中里也能排上前五名，升学率达到了百分之百，每年都有多人考进清华、北大等著名学府。

在失业前，秦枫就在这里担任体育教师一职。在被捕时，他就在校门前摆摊。

他被捕的那一幕，很多师生都看在了眼里。

“小秦是个好老师。”教务处主任接待了我和老罗，一听说我们是为秦枫的事来的，就打开了话匣子，“业务精，教学方法灵活，深受同学们的喜爱。”

“那他后来为什么离校了？我听说是因为和同事打架？”我问。

“这件事啊，别提了。”教务主任一脸的惋惜，“小秦什么都好，就是脾气太倔，看不惯的事，不管有关无关，都要插上一脚。就说他打架那事吧，本来和他也没什么关系，就是一个孩子因为没完成作业，被班主任要求放学后留下来多做两套卷子。小秦就看不过去，说这样对孩子不好。”

“你说他一个教体育的，管人家文化课干什么？偏偏那个班主任也是个暴脾气，两人就这么干起来了。”教务主任摊了摊手，“你说这事我咋处理？班主任是我们学校升学率的保障，那我只能委屈一下小秦了。把他调离了教学岗位，让他去管学校的保卫处。”

“结果没几天就又给我惹麻烦了。”教务主任说，“在学校门口抓了个小偷，把人打了个半死。你说你一个学校的保卫人员，你管社会上的事干吗？这回可好了，人家也是有帮派的啊，天天来学校闹事。”

“要说这个小秦啊，就是太冲动，干脆撂挑子不干了，说什么一人做事一人当。你说说，这叫我咋整？”教务主任一脸的委屈，继而又是一脸的惋惜。

“到什么时候我都认为，秦老师绝对是个好老师，是个好人。”和秦枫发生过冲突的那个老师也叹了口气，说道，“他批评我有他的道理。我这个人，也是太着急了，教学方法有点粗暴，这事我也反省过。”

“要说他杀人，我绝对不信。”这个老师笃定地说道，“我跟你们说个事你们就明白我为什么这么说了。秦老师父母去世得早，家里给他留了套房子，大概两年前，秦老师把房子卖了，搬到学校宿舍住。卖房子的钱，他都捐给山区几个孩子了。你说说，这样的人，能去杀人？”

“前一段，他开始推着车在学校门口卖鸡蛋饼。那可是个健壮汉子，为了生活，都去做那种事了。对于学校教职员工和学生，他还一律半价。你说说，这样的人，怎么能是凶手？”这个老师说，“反正我是不信！不光我不信，他们都不信！简律师，罗律师，你们可一定得帮帮他，需要我出庭做证你们就说，我肯定到！”

我和老罗对视了一眼说：“这件事，我们会考虑的。”

但是我和老罗都知道，不管是教务主任还是这个老师，出庭都无法提供切实有效的证据。他们的证词只能从侧面证明秦枫是个颇有正义感、内心极为善良的人。

但这样的人却参与到了黑社会组织性质的活动中，检察院一定会在这件事上大做文章。

“看来，秦枫说他给被害人留下了五百块钱这事，有可能是真的。”离开了学校，老罗就说道，“那五百块钱去哪儿了？老简，你不觉得这会是个突破口吗？”

“嗯？怎么突破了？”我思索着接下来该怎么办，随口应道。

“谁拿走了钱谁有可能就是凶手啊！”老罗说，“不行，咱俩得找静去，看看她有啥想法。”

老罗一扭方向盘，随手拨通了张静的电话：“静啊，几点下班？”

“咦？你要干吗？”听着老罗腻腻歪歪的声音，电话那头，张静骤然间警惕起来。

“好久不见了嘛，想请你吃个饭。”老罗说。

“少来这套，昨天我们还刚见过，有什么事就赶紧说，别磨磨叽叽的像个娘儿们！”张静吼道。

“好吧好吧，张静同志，组织上现在有个重要的任务要交给你。”老罗严肃地说道。

“哦，秦枫那个案子吧？行了，你们直接来现场吧。”说着，张静就挂断了电话。

老罗看了我一眼，胆战心惊地说道：“这丫头好像早知道我们会找她？”

“我觉得你被监视了。”我想了一下，说，“你的一举一动都在她的密切注意之下，而且，她现在已经彻底吃透你了，完全知道你下一步要做什么。所以，杰啊，认命吧。每个人命中都有一个克星，静注定是你不可逃脱的红颜劫啊！”

老罗瞪了我一眼说：“你划船不用桨啊。”

“怎么说？”

“全靠浪呗！”老罗翻着白眼，驱车再次回到了棚户区。远远地看到一辆警车闪着警灯停在那里。张静正费力地从车里取出一个勘察箱，额前的刘海垂了下来，露出了自2009年3月以后就一直遮挡着的右脸颊。

看到我和老罗出现，她马上抬起了头，让刘海再次遮住了脸，小心地整理了一下，才呼了口气：“小骡子，小明哥，帮我把这些东西抬进去。”

“你这是把实验室都搬来了？”老罗看着满车的设备，瞪着眼睛问道。

“什么啊，这是我自己花钱买的，省得他们总说我在办公室干私活，不务正业。”张静说。

看着这个极品富二代，我实在不知道说什么好，默默地竖起了大拇指。

“可是你带这些东西来，有什么意义啊？”老罗还是不理解张静的想法。

“帮你们破案啊。”张静把一个勘察箱丢给老罗，“你们一接这个案子我就知道，扬名立万的机会又来了，这种好事，我怎么能错过？”

“可是……”

“你真啰唆！”张静不耐烦地说道，“我已经看过了，屋子里有翻动的痕迹，凶手肯定找过什么东西。”

“之前的侦查也都发现这些了吧？”我也有些不解。

“小明哥啊，都打过这么多个刑事案件了，你咋就一点儿长进都没有呢？”张静一脸哀其不幸、怒其不争的表情，“检察院是不会把对他们不利的证据交给法庭的，所有的证据肯定都是指向被告人。对我们有利的东西，得靠我们自己去找。”

张静说着，戴上了一副鞋套，又丢给我和老罗一人一副，走进了现场：“沿着我打开的通道走，别破坏了痕迹。”

“小骡子，足迹勘察箱给我。”

“这也没什么用吧？调查报告里说了，足迹破坏很严重。”老罗皱着眉头说。

“我只是想找到一组足迹而已。”张静说，“被害人死亡的地方在房间的最里面，这说明凶手必须进入过房间，但是卷宗里并没有提到这些，只有证人表示见到秦枫出现在了门口。”

她一边说，一边将房间里所有的足迹进行了拍照固定。

随后，她走到了衣柜边，打开了衣柜，柜子里的衣服凌乱地堆放着。

“小明哥，你们看，这可不像是女孩子的衣柜。”

“太乱了，还不如我的柜子呢。”老罗说。

“生活在这种地方的人，可能不太注意吧？”我犹豫了一下说道。

“那可不一定，你看这些衣服。”张静随手拿起了一件衣服，在身前比了比，“料子虽然不怎么好，但款式绝对是今年最新的。我可以肯定，被害人也是个爱美的人，所以，房间应该会很整洁才对。”

“这个衣柜是被人翻乱的。”张静说，“我刚刚就说过了，凶手找过什么东西。”

“能是啥呢？”老罗眉头紧锁。

“看看这房间里缺什么。”张静的话让我眼前一亮，目光在房间里搜寻着。

“不用找了。”张静突然说，“我知道是什么了。”

“什么？”我和老罗同时问道。

“首饰。整间屋子里我们没有发现任何首饰。”张静说着，脸色突然变得惨白无比，“你们不觉得，被害人死的时候太干净了吗？她穿着那么性感的衣服，可她的身上却没戴任何首饰。”

“她都住在这个地方了，哪还有钱买首饰啊。”我笑了一下，摇了摇头。

“不。”张静也摇了摇头，“就算是地摊货，她也会给自己准备一点儿的。这是她所从事的职业要求她必须这样做的。”

3

“职业？”我愣了一下。

“检察院的材料里没提到吧？”张静冷笑了一下说，“很显然，他们怕我们在被害人的身份背景上做手脚，帮嫌疑人作减罪辩护。”

“被害人到底什么职业？”我问。

“从未公开的部分资料看，被害人原本在超市做收银员，大概一年前有了小孩，就辞职在家专职带孩子。但是，你们也看到了，她生活在这种地方，孤身一人要支撑起一个家庭。生活所迫，所以……”张静没有再说下去。

“所以，这些衣服，包括首饰，都是她工作必需的。”我的心猛地一沉，沉重地说道。

“我有理由相信，这是一宗典型的抢劫杀人案。”张静说，“而且，凶手的文化程度不高，对财物的辨识程度不高，大概就是觉得那些首饰很好看，应该比较值钱。”

“秦枫是受过高等教育的，品位和鉴别能力不至于那么差。”老罗说，“有没有可能是被害人的客户？”

“你们看。”老罗说，“被害人的自然条件不差，但还是居住在这个地方，因为她得看着孩子，这局限了她接待的客户不可能是什么高端客户，也没几个钱可赚，否则她也不需要从‘发哥’手里借钱了。那这些人的眼光和品位就值得怀疑了。会不会是当晚秦枫离开后，被害人在接客的过程中，那个客人觊觎她的财物，动手杀人的呢？”

“不是没有这种可能。”张静点了点头，“这样一来，要想帮秦枫脱罪，只要证明他离开这里后就再没回来就可以了。”

“难。”我摇了摇头，“从这个地方走出去到人烟密集的地方，要差不多十分钟。秦枫说过，一路上他没有遇到任何人，目击证人是找不到的。在这个过程中，他只和‘发哥’通过一次电话，但‘发哥’也并不能证明秦枫离开了这里。”

“电话？”张静皱了皱眉，“秦枫用的是什么电话？”

“好像是苹果吧。”老罗翻了翻卷宗，“对，秦枫的电话是苹果4s，我去，老贵了。”

张静却露出了一抹微笑说：“这件事就交给我了。不过，你们也得帮我一个忙。”

“啥事？”老罗问。

“找到这个案子的真正凶手。”张静严肃地说。

“义不容辞。”我微微一笑说。

“那好，我回去鉴定痕迹，你们去帮我找被害人都有哪些客户。”张静说完，把设备搬上了警车，绝尘而去。

我和老罗想来想去，决定还是从被害人的邻居身上入手。

“你们想干啥？”这一次，这个邻居听说了我们的目的，明显露出了戒备的神情，“丫头虽然干那事，但你以为她想啊？还不是被逼的？！”

“你别误会。”我连忙说，“我们就是想查明事实。你想，万一现在抓到的不是凶手，那不就又多了一个冤死的人吗？真凶还在外边快活，你说，这个被害人她能瞑目吗？”

“我跟你这么说吧。”老罗也劝道，“我们已经找到证据，能证明警察抓错了人。按理说，我们的工作到这一步就结束了，接下来破案那是警察的事。可是我们也不甘心啊，那还是个孩子啊。老哥，我们的心情和你是一样的。”

这个五十多岁的男人点上一支廉价的烟，吧嗒吧嗒地抽了几口，“罢了罢了，谁叫那丫头那么可怜呢。你们就在这片找吧，挑三十多岁的老光棍找，也就他们总来找这丫头。”

“老哥，你这范围也太大了。”老罗苦笑了一下。

“还让我咋说？”男人眉毛一挑，“我还得在这片住呢，让他们知道是我说的，还不得弄死我？那几个都不是什么好鸟，手脚本来就不咋干净。”

我和老罗无奈，只好一家一家地找下去。这项工作进行得一点都不顺利。一听说是问他们有没有“照顾”过被害人的生意，这些人头摇得跟拨浪鼓似的。

“俺不是那种人。”

“你这不是污蔑吗？”

“律师怎么了？律师就兴胡说八道啊？”

“俺要是凶手，警察咋不来抓呢？”

“杀人犯不是抓住了吗？你们还凑啥热闹啊。”

日落西山，我和老罗才灰头土脸地钻回了车里。尤其让我恼火的是，在问话过程中，老罗什么忙没帮就算了，还一直摆弄着那部张静新给他买的带拍照功能的手机。

“看来这些人是不能指望了。”我用力晃了晃头，想赶走沉重的压力。

“总有办法的。”老罗没有发动车子，而是继续摆弄着手机。

“你干啥呢？”我有点生气，“刚才你就在那儿摆弄你那部破手机，咔擦咔擦拍个没完，新手机就了不起了？那玩意儿能帮你破案？”

“嘿嘿，老简，这你可就不如我了。”老罗收起了手机，“你忘了静搜集了啥玩意儿了？我拍的这些东西，交给她一匹配，就知道这些家伙撒没撒谎了。”

第二天就是开庭的日子，我和老罗都没有回家，就在办公室里准备着辩护材料。后半夜的时候，张静突然来到了律所，怀里抱着一个硕大的毛绒玩具，脸上是毫不掩饰的疲惫。

“你不回家睡觉，跑这儿来干吗？”老罗讶异地问，“还有，你抱着这玩意儿干啥？”

“没良心。”张静嘟着小嘴，一脸的委屈，把毛绒玩具往沙发上一扔，说道，“我熬了大半夜做鉴定，还不算加班，夜宵都没人管。”

“巧了，我和你小明哥刚吃完。”老罗说，“还剩半块比萨，要不？”

“要！”出乎老罗的意料，张静抢过那半块比萨就狼吞虎咽地吃了起来。

“噎着噎着噎着！”老罗赶紧说道，“小祖宗，小心点，别噎着！这都凉了，你这真是……”

“我晚饭还没吃呢！”张静一边说，一边躲避着老罗试图从她手里抢走那半块比萨的举动，“别那么小气。”

“五分钟，忍五分钟。你小明哥刚给你叫了外卖。”老罗喊道。

“咯……”张静打了个嗝儿，抓起老罗的杯子喝了口水，“小明哥……咯……可比你……咯……有良心……咯……多了。”

“看看，我说啥来着，噎着了吧？”老罗一边拍着张静的后背，一边说道，“我就是逗逗你，你看看你急的。”

“我……咯……是真饿了。”张静又灌了几口热水，才止住了打嗝。

五分钟后，外卖送到了办公室，张静风卷残云一般地消灭了一份肯德基套餐，这才摸着小肚子，打了个满足的饱嗝。

“爽死老娘了。”

“你都快成饿狼了。”老罗又气又笑地说。

“一个好消息，一个坏消息，你们要先听哪个？”恢复了力气的张静从包里拿出了档案袋晃了晃说。

“坏消息吧。”我想了一下说，“人生啊，总要留点希望才能活下去。”

“留着好消息要惊喜是吧？”张静笑了一下，“好吧，看在小明哥帮我叫外卖的分儿上，满足你这个小愿望。”

她说着，打开了一份档案袋：“坏消息就是你们下午调查的那些人嫌疑都排除了，足迹对不上。换句话说，真凶现在还是没有线索。”

“好消息呢？”我问。对于暂时找不到真凶，我早有心理准备，要是那么容易，秦枫就不会被送上法庭了。

“好消息嘛，”张静打开了另外一份档案袋，“现场也没有发现秦枫的足迹。”

“肯定？”我一下子坐直了身体，紧张地问道。

“百分之九十八。”张静说，“足迹鉴定这种东西，没人敢保证百分之百正确，但百分之九十八已经很能说明问题了。”

“太好了！”老罗用力握了握拳头。

“别高兴得太早。”张静适时泼了一盆冷水下来，“明天开庭的时候，你们千万别忘了申请查验被告人的手机，有大用，到时候让我出庭。”

“没问题。”老罗说。

“行了，我去睡一觉，明天早上叫我。”说着，张静抓起毛绒玩具，起身向外走去。

“你去哪儿？就在这儿凑合一宿呗？”我说，“沙发放倒当床，老罗那边有被褥。”

“我怕死太早。”张静摆了摆手，“你们满屋子烟味，我才不在这儿呢。我订了房间，就在隔壁酒店，记得给我报销。”

说着，张静突然回头，怀里抱着毛绒玩具，一脸委屈地看着五官都要皱到一起、满脸苦涩的老罗：“小骡子，人家一个人睡不着。”

老罗打了个激灵，转身抓起桌子上的一个奥特曼手办丢给了张静：“我去了，怕没命出明天的庭了。给你这个，它会代替我守护你的！”

“嘁，胆小鬼。”张静接过手办看都没看，顺手丢到了一边，撇了撇嘴，“我有这个，谁要你那个脸上长了两个蛋蛋的东西啊！”

她说着，从毛绒玩具的口袋里摸出了一个美少女战士的手办。看着这两个人都有些古怪的爱好，我还真是不知道说点什么好，无奈地摇了摇头。

“对了，小明哥。”走到门边的张静突然叫了我一声。

“什么事？”

“如果，我是说如果。”张静的神情格外严肃，“明天的庭审陷入僵局，你们会拿被害人的背景作为减罪辩护的理由吗？”

“为什么这么问？”我愣了一下。

“我考虑过一种可能。被害人单身，带着一个孩子，会不会是因为孩子的亲生父亲和她争夺抚养权，或者她拿孩子威胁了别人，才造成了这个结果。”张静深吸了一口气，“所以我做了个鉴定，结果证实，孩子和被害人之间不存在血缘关系。”

“你是说……”我看着张静，一脸的不可置信。

张静点了点头说：“她以前的同事也说，没见她有怀孕的迹象。那孩子是她捡来的。”

我和老罗久久无语，这是我们从来没有想过的可能。

“你放心，我们绝不会那样做的。”不等我说话，老罗就郑重地说道，“无论她是什么身份背景，都不应该被人杀害。她所做的事，值得我们每个人尊重。

“条件是，住宾馆的钱得你自己拿。”末了，老罗一本正经地说。

迎接他的，是张静手里那个精美的手办和她一声充满了正义的娇叱：“代表月亮消灭你！”

4

“审判长。”第二天一早，开庭前两个小时，我和老罗就到了法院，直奔那个老法官的办公室，将一份申请书递到了他的面前，“秦枫这个案子，我们申请不公开开庭审理。”

“为什么？简律师，这个案子影响恶劣，院里早就已经决定要公开审理，获得旁听资格的媒体现在已经准备入席了。”老法官惊讶地看着我们，“这份申请，你们应该提前提出啊。”

“审判长，我们也是为被害人考虑。”我把张静调查得来的消息告知了法官，法官眉头紧蹙，想了想，“简律师，你的意见我会充分考虑。开庭的时间延后一个小时，我要和合议庭的成员商议一下。”

这是漫长而又煎熬的一个小时，在我和老罗的辩护史上，这也是第一次由于被害人的原因申请不公开开庭审理。

对于我和老罗的这个申请，张静格外满意，甚至细心地帮我们整理衣服，只不过她的手艺稍差了点儿，老罗领带上的律师徽章怎么也摆不正。

“简律师。”开庭前五分钟，法官才疲惫地走出办公室，“合议庭经协商，与检察院充分交换了意见，同意你们的不公开开庭审理请求。”

“谢谢！”我和老罗长出了一口气。

“我应该对你们说句谢谢，替被害人。”法官说，“请准备开庭吧。”

“审判长，被告人秦枫涉嫌参与黑社会性质组织活动，故意杀害两名被害人一案事实清楚，证据确凿。其行为已经触犯了《中华人民共和国刑法》第二百三十二条、第二百九十四条，应以组织、领导、参加黑社会性质组织罪、故意杀人罪追究其刑事责任。根据《中华人民共和国刑事诉讼法》第一百七十二条的规定，对其提起公诉，请依法判处。”

法庭上，公诉人宣读了起诉书后，提交了相应的证据，我也递交了证据和辩护词。

“被告人，对公诉人的公诉意见，你有什么要说的？”审判长问。

“审判长，各位合议庭成员，非常感谢法庭能给我为自己辩护的机会。”秦枫说，“对于公诉人提出的我参与黑社会性质组织一事，我不否认。对于公诉人提出的我故意杀人之事，我坚决否认，我没有杀人，凶手不是我。”

“你怎么解释凶器上留有你的指纹？”审判长问。

“我当天曾持刀对被害人进行了威胁，但并没有采取进一步的行动。同时我也认识到了自己的错误，因此离开时将刀丢弃，刀上自然留有我的指纹。但对于刀为什么会出现在案发现场，我并不清楚。”秦枫说。

“公诉人，请向被告人提问。”审判长说。

“被告人，你当天是否持刀对被害人进行了威胁？”公诉人问道。

“是的。”

“被告人，你能重复一下你当天是如何威胁被害人的吗？”

“我说如果她再不还钱的话，就砍掉她的手。”

“反对，公诉人是在诱导我的当事人。”我立刻举手说道。

“我只是在请被告人陈述已经发生的事实。”公诉人说。

“反对无效。”审判长说。

我知道，此刻我的神情一定很懊恼，因为公诉人很开心。

“审判长，被告人已经承认，他威胁被害人要砍掉被害人的手，这与案发现场的形态一致。且被告人有这样做的动机，我认为事实清楚，证据确凿。”

“我要宰了你！”老罗突然站起来喊道。

公诉人和审判长大概从未在法庭上见到过这一幕，一时间愣住了。

“他……他……审判长，他威胁我！”公诉人指着老罗咆哮道，“把他请出法庭！”

“我就是在威胁你啊！”老罗突然笑了，“这个威胁对于你来说不是第一次，也不会是最后一次，对吧？你肯定不止一次被被告人这么威胁过。不只是你，在座的各位在生活中恐怕都受过这种威胁，但是，我们不还是活得好好的？有几个人把这种威胁真正落实了呢？你把这种威胁认定为我的当事人杀人的证据，不觉得有点可笑吗？”

“辩护人，请发表辩护意见。”审判长忍着笑，摇了摇头说。

我把老罗拉回座位，站起身说：“审判长，各位合议庭成员，很感谢大家给我这个机会，让我为被告人辩护。首先，我对被害人的离世感到遗憾。被害人是个好人，一个单身女子，收养了一个毫无血缘关系的孩子，为了这个孩子，她几乎付出了所有，这是值得我们尊重的，无论她做过什么，这一点是我们都不能否认，也不能抹杀的。对于她的离世，我和这里的所有人一样，都希望能够找到真凶，让她瞑目。但是我们不能因此就冤枉了一个本来无罪的人，却让真凶逍遥法外啊！”

“来说说我的当事人。”我走到被告席前，“在公诉人提供的材料中曾提到，我的当事人是有前科的，曾与人斗殴致人轻伤，他们因此推定，我的当事人也一定杀害了本案的被害人，这就像我的同事说的那样，单凭一句威胁和这句话的内容与现场形态吻合就认为我的当事人杀人，有点太扯淡了。以一个人过去曾做过坏事为由推论其现在及将来一定会做坏事，这是赤裸裸的歧视，是对当事人人格的侮辱。何况，我的当事人真的是与人斗殴吗？不错，秦枫的确曾造成他人轻伤的后果，但公诉人的材料中并没有提到我的当事人为什么与人争执。请注意我的用词与公诉人措辞的区别，我用的是‘争执’，这与‘斗殴’完全是两个性质的词！而且，我认为我的用词也是不准确的。”

“我这里有两份证人证词，请审判长过目。”我示意老罗将证词递交给法庭后，继续说道，“从证词中可以看出，我的当事人两次与人争执，第一次是出于对学生的爱护，而第二次，则更加明显是见义勇为，只是因为下手过重才被警方定为故意伤害，而且我的当事人并没有因此获刑，检方对那个案子最终是没有起诉的。”

“我有必要提醒法庭注意证词中提到的，我的当事人曾将自己的房子卖掉，所得款项全部捐给了山区的贫困儿童。这是留存的银行汇款凭证。”我出示了几份汇款单后说道，“审判长，各位合议庭成员，公诉人，试问，我的当事人是如此具有正义感和爱心的一个人，在面对被害人这对可怜的母子的时候，他能下得去手吗？”

“不，”看着审判长微微颔首，我继续说，“他下不去手。我的当事人曾向我陈述，他不仅无法对被害人下手，还给被害人留了五百块钱。但是从公诉人提交法庭的材料中，我们并没有看到这部分供述，也没有表示是否查明了这五百块钱的去向。我想问问公诉人，这是为什么？”

“将一个原本是正能量满满的见义勇为事件硬是扭曲成了双方都有过错的聚众斗殴案件，公诉人又是意欲何为？这已经不需要我多说什么了吧？”我摊了摊手，“公诉人在处理本案中根本就是戴着有色眼镜的，我很怀疑，他们是否能够做到秉公办案！”

“你这是对我们的侮辱！”公诉人喊道。

“辩护人，请注意你的用词。”审判长提醒道，又示意公诉人就我的辩护词发表意见。

“审判长，被告人声称为被害人留了五百块钱只是他的一面之词，在现场我们并没有发现这五百块钱。我们有理由相信，这是被告人试图脱罪而编造的谎言。”公诉人说，“辩护人提到了被告人是一个富有正义感、充满了爱心的人，我也很想问问辩护人，这样的一个人，会去参加黑社会性质组织的活动吗？无论是被告人，还是这个组织的负责人，都已经承认了这一点。被告人为什么没有可能杀人？”

“好，审判长，公诉人既然提到了这个问题，我申请传唤证人出庭，来证明我的当事人并没有杀害本案的被害人。”

“准许，传唤证人到庭。”审判长说。

张静依旧是一身警服出庭，我和老罗怎么都想不明白，以警察的身份作为辩方的证人出庭，怎么会让张静有一种高涨的兴奋感。

“冤案有可能是因为我们的侦查不到位而引起的，也就是说，源头就在我们这里，当然也应该由我们来终结。”很久以后，当我不得不送她离开的时候，她这样对我说，“在法庭上，我代表的不是个人，而是警察这个群体。我想告诉所有人，不可避免地，我们可能抓错了人，但我们也在尽可能查明真相，并且，永远不会避讳我们犯下的错。”

“真的勇士，敢于直面惨淡的人生。”到那个我们不得不分离的时候，老罗还是记不准哪怕一句最简单的名人名言。

“证人，这次你是以什么身份出庭？”审判长看了一眼公诉人，也有些无奈。

“省公安厅技术勘察科鉴定人员啊。”张静微笑着说，在如实做证的保证书上签了字，“对于我的责任与义务，我很清楚。审判长，我们可以开始了。”

“辩护人，请提问。”审判长示意。

“证人，你对本案现场进行过勘察吗？”我问。

“是的。”

“你认为我的当事人，也就是本案的被告人秦枫是否参与了本案？”

“我不认为他是本案的凶手。”张静想也不想就说道。

“证人，你有什么证据？”审判长问。

“审判长，从案发现场的照片中我们可以看到，被害人遇害的地点位于房间的最里面，也就是说，凶手肯定进入过房间。”张静说，“我从现场提取到了几十组足迹，与本案被告人的足迹进行了匹配，发现被告人的足迹只在房间门口出现过，并没有进入过房间内部。”

“证人，你提到了足迹鉴定，请问你能保证这种鉴定百分之百准确吗？”公诉人问。

“不能。”张静坦诚地说道，“足迹鉴定最多只能保证百分之九十八的准确率。”

“审判长，我想这已经很能说明问题了，证人并不能肯定被告人没有进入过房间。”公诉人说。

“任何人都不能保证百分之百的准确，百分之九十八已经很准确了。”张静反驳道。

“人和黑猩猩的基因差异只有百分之一，但这百分之一就决定了人是高等动物，而黑猩猩只是动物。”公诉人笑道。

“生物学鉴定中，亲权概率达到99.9999%就可以认定是父子或母子关系，按照公诉人的理论，仍然存在0.0001%的误差，那就不能证实血缘关系了？”张静冷笑了一声。

我和老罗强忍着笑，在张静面前讨论鉴定问题，公诉人显然是昏了头。就连审判长都忍不住摇了摇头。

“证人，你是否还有其他证据佐证你的观点？”审判长问。

“是的。”张静点了点头，“我注意到本案被告人使用的是iPhone4s手机，这款手机有定位功能，会记录持有人的位置及行走路线，定位精确度在五到十米之间。而且，苹果手机的这种定位功能并不会因为人为关闭就停止活动，后台系统仍旧会将相关信息完整记录下来。我提取了这部手机，调出了当日案发时间段被告人的行动轨迹，证实，在被害人遇害前，被告人就已经离开了现场，并没有返回的迹象。”

“证人，请将证据提交法庭。”审判长说。

张静拿出一份档案，交给了法庭工作人员，审判长查看着这份记录，不时点点头：“公诉人，请对这份证据质证。”

“无须质证。”公诉人起身说，“我只问证人一个问题，你怎么保证这个手机当时拿在被告人的手中。”

张静一愣，缓缓地摇了摇头说：“我不能证明。”

“审判长，手机并不属于被告人身体的一部分，二者是完全可以分开的，所以我们认为这份证据并不能表示被告人没有作案时间。”公诉人说，“我尊重辩护人提出的各项意见，但是我们也要看到，被告人曾对被害人威胁砍下她的手，而被害人遇害后也确实被砍下了双手，凶器则正是被告人带去的那一把，上面还留有他的指纹。可以说这个案子证据确凿。相反，辩护人提交的证据则大多是推断和不科学的。我请求法庭从严判决。”

“审判长，我再次重申，除了指纹和证人的间接证词外，本案并没有足够的证据指向我的当事人杀了人。而公诉人也无法证明我的当事人进入了案发现场，我认为，我的当事人是无罪的。”我说，“其实，不妨设想一下，我们都同意凶手杀人时手段残忍、冷酷。凶手作案时并不慌乱，可为什么偏偏把凶器遗留在了现场，这难道不可疑吗？为什么不对此进行详细的调查？”

“痕迹检验在本案中至关重要，直接可以证实我的当事人有没有进入过案发现场，我想请问，为什么偏偏没有进行痕迹检验？不！”我拍了拍额头，“我说错了，你们进行过痕迹检验，我在调阅卷宗的时候看到过，上面明明清楚地写着无法证明秦枫进入过案发现场，为什么这份证据你们没有向法庭提交？”

“公诉人，辩护人所言是否属实？”审判长问。

“是的。”公诉人吞吞吐吐地说道，“但是鉴于痕迹鉴定存在一定的误差，我们并不认为这能证明秦枫不是凶手。”

“请将证据提交法庭。”审判长说。

公诉人不情愿地将鉴定报告呈交了法庭，翻看着那份报告，审判长却轻微地摇着头。我的一颗心渐渐地沉入了谷底，在找到真凶之前，所有能够证明秦枫无罪的证据都会被某些人刻意地选择视而不见。

5

“气死我了气死我了气死我了！”张静恼怒地摔打着她视线所及范围内所有的物品，我和老罗躲在角落里，一脸恐惧地看着这个发狂的女人。

秦枫一案法庭并没有当庭宣判，但是从法官的目光中，我们却看到了一丝无奈。张静所做的证词，因为被公诉人一一驳斥，法庭采纳的可能性并不高。

秦枫生死难料。

“简律师，请抓紧时间，我相信你们，也请你们一定要坚持下去。”休庭后，老法官和我有过一段简短的交谈，“你们放心，这个案子有二审的机会，一审拟判决死刑立即执行，这种案子，二审差不多都会改判死缓，如果你们做得再扎实一些，发回重审也不是没有可能。你们一定要挺住！不过，你们要有心理准备，在找到真凶之前，谁也不敢轻易作无罪判决。这案子，可能要拖很久。”

“向媒体曝光吧。”老罗当时说，“以秦枫的过往经历，媒体肯定感兴趣。到时候，审委会也不敢轻易作判决。”

“千万别这么干！”老法官语重心长地说，“舆论绑架司法这种事出得太多了，现在我们都比较反感，你们要是对媒体曝光这个案子，审委会只会更坚定现在拟定的判决。”

“敢跟老娘对着干，老娘要让你们跪下唱《征服》！”张静一脚踹翻了一个坦克模型，拉回了我的注意力。

“小心，小心，静，别弄伤了自己。”我连忙说。

张静在沙发上坐了下来，嘴角带着一抹冷笑：“本来还想给你们个面子，让你们自己去破案，这可是你们自找的。”

她活动着双手，命令道：“小骡子，把全部的卷宗都给我抱过来。”

“你要干吗？”老罗战栗着问道，一脸心疼地看着刚买回来不到一个礼拜的小坦克。

“干吗？哼哼！”张静冷哼了一声，“俗话说骂人揭短，打人打脸。”

“是打人不打脸，骂人不揭短。”我小心翼翼地更正道。

“老娘偏要把他们抽成猪头，小明哥你有意见？”张静眉毛一挑，问道。

“没有没有，静你说咋办就咋办！”我立刻说道。

另一边，老罗已经把散落一地的卷宗按照顺序整理好，送到了张静的面前，却又小心地说道：“静啊，今儿太晚了，要不，明天再来？”

“哼，你以为检察院的都是傻瓜？”张静白了一眼老罗，“我们在查，他们肯定也在查，只不过我们要找的是真凶，而他们要干的就是让秦枫永世不能翻身！”

教育完了老罗，张静就一头扎进了卷宗里。我和老罗坐在一边，无奈地看着她，不时听她的吩咐，给她煮上一杯咖啡，或者捶背揉肩。

一直到天色微明，我和老罗都已经承受不住，昏昏欲睡的时候，张静突然将手中的笔“啪”的一下摔到了桌子上：“成了！”

我和老罗一个激灵，清醒了过来。

“咋了？”老罗戒备地问道。

“跟我去抓人！”张静冷峻地说道。

“你知道谁是凶手了？”我惊讶地看着顶着黑眼圈的张静。

“不知道，不过，差不多了。”张静冷笑了一声，边走边说，“第一，凶手剜出了被害人的双眼，这很有可能是出于恐惧，害怕自己的影像留在被害人的眼睛里。这是一种很迷信的思维，这种思维要么出现在老人身上，要么就出现在未经世事的孩子身上。

“第二，我之前就说过，凶手的目的是劫财。被害人家中的首饰不见了，秦枫说的交给被害人的五百块钱也不见了，劫财的这个推论可以得到证实。从被害人当天的穿着来看，她是准备工作的，但她的身上没有佩戴首饰。我一直在想，凶手为什么要砍断被害人的双手？这两个线索联系到一起的时候，我就明白了，凶手是为了摘下被害人手腕上的东西。这说明被害人在恐惧之余对钱财有着极度的渴望，换句话说，叫‘饥不择食’。

“第三，也是我之前就说过的，凶手的鉴别能力有限，分辨不出哪些是值钱的哪些是不值钱的。这表明了凶手的文化层次不高。但是，如果是老人的话，首饰材质的真假总还是能分辨出来的。”

“综合这些分析，我觉得，凶手很有可能是生活在那附近的未成年人。”张静说，“而且是那种整天无所事事的未成年人。他们可能终日出入网吧，泡在网络游戏里。要知道现在的网络游戏可是很烧钱的，这决定了他们对钱财有着无比的渴望，可他们又没有收入来源。”

“而这些人在做事的时候，往往又是不计后果的。”老罗点了点头，说，“因为有《未成年人保护法》的存在，他们在作案的时候通常异常残忍，因为就算杀了人，他们也不会被判处死刑，甚至可能不会被判刑。”

“小骡子说得对。”张静叹了口气，“所以，我们要找的人可能就是这些人。而且，可能还有个女孩儿参与了本案。”

“你咋知道？”老罗下意识地问。

“房间里那些未能匹配到主人的足迹，有一组明显是女孩儿的。”张静说。

“可我们到哪里去找啊？”我苦笑了一下说，“那片的范围不小，少说也有几千人居住，就凭我们三个人？静啊，听我一句劝，别赌气，请求支援吧。”

“小明哥，不要小瞧了我，我可是二十四岁就成为主检法医师的天才学霸。”张静得意地说道，“忘了我刚才说的了？这几个浑蛋就因为整天泡在网吧里才没钱的，以这些人的心理状态，作案后虽然会恐惧，但怕的只是鬼啊怪啊一类的，才不怕警察呢。我敢打赌，这几天，他们肯定一直在网吧，还没少挥霍！我记得，案发现场不到五百米就有一家网吧，小骡子，我们就去那儿！”

张静风风火火地下了楼，我和老罗紧随其后，路过楼下的超市时，张静“咦”了一声，停下了脚步。

“给我来份报纸。”张静向老罗扬了扬下巴，老罗赶紧过去买了份报纸回来。

报纸头版的位置刊登着一则庭审实录，正是我们刚刚开完的那个庭。但是，在这份报道里，却对我们在庭上提到的秦枫的过往只字未提，反而在被害人的身份上大做文章，将被害人描绘成了一个圣母般的存在。

评论员更是借此对秦枫展开了猛烈的批判，将他描绘成了一个杀人不眨眼、连弱女子和孩子都不放过的恶魔。

“完了完了，被人抢先一步！”老罗痛心疾首，“不行，咱必须得联系报社。”

“人家出拳，你也出拳，有什么意思？”张静不屑地把那份报纸揉成一团，扔进了垃圾桶，“这时候就应该一个大嘴巴子上去，直接打脸，而且要打到他妈妈都不认识！走！”

在张静的指挥下，老罗将车停在了案发现场不远处的一个网吧门前，我和张静下了车，径直走了进去。

昏暗的网吧里，烟雾弥漫，一张张看上去青涩稚嫩的面孔坐在电脑前大呼小叫，一脸的狂热。

“卧槽，又被爆头了。”

“T，顶上去啊。”

“牧师加血啊，你跑什么？”

看着这一幕，张静忍不住皱了皱眉。

“警察同志，什么事？”吧台后面，一个猥琐的中年人眼神中带着慌张，小心地问道。

“什么事？”张静冷哼了一声，“这群人都有身份证吗？你容留未成年人上网，知不知道这是违法的？”

“警察同志，这你可冤枉我了。”中年人哭丧着脸说道，“我这是实名登记，人家都拿着身份证来的。”

“是吗？”张静微微一笑，看着几个刚刚进来的孩子径直走到机器面前，打开了电脑，“好像不是所有人都需要登记嘛。”

中年人的脸一下子变成了死灰色。

“我问你，前几天这地方发生了一起杀人案，你知道吧？那天晚上，你这里有没有什么不正常的？”张静盯着中年人，冷冷地说道，“你最好跟我说实话，要不然——”

“知道知道，”寒冷的冬季里，中年人却不住地擦着额头上的汗，“不正常的……对了，有几个孩子一下子充了三百块的游戏币算不算？

“警察同志你听我说。”不等张静发问，中年人就说，“绝对不是偷家里人的钱来存的，那钱上，有血。”

“为什么不报案？”张静呵斥道。

“我哪敢啊，警察同志，再说，我也没想到和杀人案有啥关系啊。”中年人哭丧着脸说道。

“那几个孩子呢？”张静又问。

“今天还没来。”

“钱呢？”

“这呢。”

中年人拿出了几张纸币，却没有交给张静。“那个，这钱……”

“重要物证，征调了，回头去找杰明律所的罗杰要钱。”张静一把抢过了那几张纸币，我却为老罗捏了一把冷汗，不知不觉地就损失了一笔，他肯定要心疼死。

“喂，你们干什么呢？”网吧外，突然传来了老罗的叫声。

我和张静赶忙走出网吧，就看到三个孩子正夺路狂奔，她一眼就看到，一个女孩儿的手腕上戴着一副和她的年龄明显不匹配的硕大手镯。

“就是他们！”张静大喊了一声，拔腿追了上去。

这三个孩子自然不是我们几个成年人的对手，很快就被带回了警局，在他们的家长到达后，警方对他们进行了审讯，并迅速查明，这些孩子全部未满十四周岁。

对于那场发生在棚户区的杀人案，这几个孩子供认不讳。

那天晚上，两个男孩儿在网吧里打了一天的游戏，却因为装备不济，被人民币玩家血洗。

“这样不行，咱们也得弄点钱，把装备搞上去。”其中一个男孩儿说。

“哪有钱啊，家里一天就给那么点钱，包夜都不够。”另一个男孩儿沮丧地说。

“我知道哪儿有钱。”刚刚走进网吧的女孩儿说，“我刚出来的时候看见有人给门口那家留了五百多呢。”

五百元钱对于这几个孩子来说，绝对算得上是一笔巨款了。几个人一拍即合，决定抢了这笔钱。

趁着夜色，三个人出发了。路上的时候，提议弄钱的男孩儿捡到了那把秦枫丢弃的砍刀，他聪明地并没有直接握住刀柄，而是戴了手套。

有了利刃在手，这几个人的胆气更大了。

同在一个地方居住，被害人对他们的到来没有任何戒备，却没想到，这几个孩子会对她拔刀相向。甚至没有威胁，持刀的男孩儿一下子就划开了她的喉咙。

“你干啥？咋能杀人呢？”女孩儿吃惊地说道。

“她都看到咱们了，不杀了，等着告诉家里挨收拾吗？”

直到这个时候，他们害怕的还并不是警察，而是平日里对他们漠不关心、动辄打骂的父母。

他们从被害人的身上翻出了那五百元钱，看着被害人身上的首饰，男孩儿毫不犹豫地砍断了她的手，把首饰撸了下来，丢给了女孩儿："这个给你。"

"我怕……"女孩儿犹豫着。

"怕啥，你应得的！"男孩儿没好气地说道。

看着被害人大睁的双眼，好似在控诉着什么，男孩儿一怒之下将被害人的眼球挖了出来。

在床上熟睡的孩子这时候醒了，开始哭泣，杀红了眼的男孩儿一把卡住了他的脖子。看着婴儿渐渐失去了呼吸，他竟有一种无法言说的快感。

"俺爸说，孩子要是变成鬼，可厉害了！"女孩儿恐惧地说。

"那咋整？"男孩儿说。

"要是让他知道他跟他妈在一起就好了。"女孩儿说。

"那好办。"男孩儿说着，割下了女性被害人的乳房，塞到了婴儿的嘴里，"这就行了。"

从网吧老板那里收缴回的部分现金上面发现了秦枫的指纹、被害人的指纹以及其中一个男孩儿的指纹。同时，几张染血的纸币也做了同一认定，证实正是被害人的血。

就像张静说的那样，这一个嘴巴子抽得既准又狠，对秦枫的口诛笔伐还没等展开，就集体哑火了。

但嫌疑人是几名未成年的孩子，这个案子在秦枫无罪释放之后，也就不了了之了。为了保护未成年人，媒体对这个案子甚至没有进行后续的跟进报道。

张静可是气得不行。在那几个孩子离开警局的时候，要不是有老罗死死地抱住了她，我真担心，她会亲自动手了结了他们。

不过，那个网吧老板就没那么幸运了。一腔怒火无处发泄的张静亲自指挥了查封黑网吧的行动，直接给这个老板定了个上限的处罚。

"善恶终有报，天道好轮回，不信抬头看，苍天饶过谁！"

我把这句话留在张静和老罗的语音信箱里，是在这个案子了结的一年后，我不知道他们是否能听得到，但是，我还是想让他们知道这件事的结果。

秦枫被释放后，义无反顾地去了山区，当了一名支教老师。在他的请求下，那几个孩子的家长也把孩子交给了他。

然而，就在2014年初，一场大火突袭了老旧的校舍，三个孩子无一幸免。

我知道这个消息的时候，第一时间赶赴了山区，发誓就算赌上职业生涯，也要保住秦枫。幸运的是，当地警方查明，当时秦枫并不在学校。起火的原因是那几个孩子生火取暖，发生了意外。

老罗和张静，这两个快意恩仇的人对这个结果一定不会满意，不过，他们所追求的对凶手应有的惩罚纵然迟到，但终归还是来了。

008 以貌取人

世界上有两样东西能让我们的内心受到深深的震撼，一是我们头顶上灿烂的星空，一是我们内心崇高的道德法则。

——康德

1

老罗办公室的书架上有一张三人的合影，照片里，他左手边是我，右手边是一个和我差不多高，但头发颇为凌乱，胡子也没有修剪的男人。他穿着一件破旧的风衣，站得笔直，脚上的鞋子破烂不堪，鞋底和鞋帮用一条鞋带绑在了一起，他却毫不在意，脸上带着灿烂的笑容，一双明亮的眼睛看着镜头。

他的脚边放着一个破旧的玻璃丝袋子，鼓鼓囊囊地装满了空瓶子，有几个还不安分地探了出来。

这个男人叫朱亚文，是我们的一个当事人，那个案子也是老罗唯一主动接手，却没考虑过经济利益的案子。

每次打扫老罗的办公室，我都会在这张照片前驻足良久，有时候，我真是想不明白老罗的大脑究竟是一个怎样的构造。

朱亚文是一个哑巴，也是一个快乐的流浪汉，如果不是2009年的那个案子，他和这个城市里成千上万的流浪汉一样，没人会知道他做过什么。

2009年7月的一个清晨，本市新区的一条商业街上，林立的店铺接二连三地打开了卷帘门，开始了新一天的谋生。然而人们很快发现，一家叫作日升五金行的杂货店并没有开门营业。

这家店的老板和老板娘因为没有孩子和老人的压力，平时就住在店里，以往每天早上他们都是第一个开门的。

隔壁五金店的老板王林站在门边观察了一会儿，渐渐发现有点不太对劲。日升五金行的卷帘门并没有完全拉下，而是只拉到了一半的位置，一道暗红色的痕迹从店里蜿蜒而出，延伸向了远处的一块荒地。

“唐老板，你在家吗？”王林上去敲了敲门，卷帘门发出了哐哐的声音，店里却没有传来任何的回音。

王林蹲下身，仔细观察着地上的痕迹，脸色渐渐变得苍白。他突然站起身，用力将日升五金行的卷帘门推了上去，然后猛地后退了几步，一下子瘫坐在了地上。

太阳照进了日升五金行，原本的黑暗变得光亮，阳光下，一个肥肥胖胖的秃顶男人只穿着短裤，仰躺在地上，双眼不甘地大睁着，身旁已积了一片血洼。

警察在十分钟内就赶到了现场。

经辨认，死者正是日升五金行老板唐琼，死因为失血性休克。法医在他的身上发现了五处刀伤，其中三刀位于腹部，两刀刺穿肺叶。死亡时间在前一天夜里的11点至11点30分之间。

店内有明显打斗痕迹，但财物等没有遗失迹象。

熟识其家庭状况的人回忆，唐琼平日就住在店里，一般9点到10点就已经上床休息。

警方对现场进行了还原，鉴于死者穿着短裤和汗衫，床上的被褥摊开，推测死者当时应已经上床休息。警方认为当天夜里，行凶者是以欺骗的方式敲开了房门，进入房间后对被害人进行了杀害。

店铺二楼就是唐琼平日居住的地方，房间内放有一台台式电脑，连接店里的监控设备，但电脑硬盘遗失。警方认为，监控视频可能记录下了案发的全部过程，凶手显然知道这一点，行凶后窃走了硬盘。

凶手对店内的财物并没有窃取行为，初步排除抢劫杀人的动机，且凶手连刺五刀，手段残忍，怀疑有可能是仇杀。初步确定的侦查方向是围绕被害人的矛盾关系展开调查。

走访中得知，唐琼脾气暴躁，和商业街上的店主几乎都发生过争吵，甚至就连一些顾客也和他有过争执，但还都不到杀人泄愤的地步。而且，商业街周围有三所大学，四个居民小区，走访摸排工作进展并不会太顺利。

有熟识的店主提供线索称，案发后始终没有见到唐琼的爱人田红。警方迅即对田红展开了调查，却发现田红在案发前一天就外出上货，原定于案发次日返回，却因为发生了车祸，此时正在邻市的医院接受救治。

田红称，发生车祸后她就拨打了丈夫的手机，却始终无人接听。田红发生车祸的时间是案发当日夜里的11点多，她第一次拨打被害人电话的时间是夜里

11点30分，彼时，她还不知道，她的丈夫或许就在几分钟前离开了人世。

紧锣密鼓的调查很快再次取得了进展，警方抵达现场后的第二个小时，有群众提供线索称，几天前唐琼曾和一个乞丐发生过争执。

乞丐是个哑巴，没人知道他的姓名。但这个乞丐却有一个特殊的嗜好，每天夜里必定要在日升五金行门前过夜。为此唐琼不止一次和他争执过，甚至对他进行过殴打。如果是仇杀，这个乞丐无疑是最有作案动机的。

警方迅速安排警力在全市范围内寻找这个神秘的流浪汉。

鉴于现场有向外延伸的血迹，警方推断，行凶者有可能受了伤。法医在对现场血迹提取样本的同时，一组警力也正沿着血迹追查。

警方展开调查工作的第三个小时，沿血迹追查的行动小组传来了一个特大好消息。在距离案发现场三公里外的荒地里，警方找到了一个俯卧在地的流浪汉，其随身携带的身份证件显示此人叫朱亚文。

发现时，朱亚文腹部受伤，流血过多，处于昏迷状态，在朱亚文的手中则握着一把匕首。

经法医及痕迹技术人员鉴定，确认这把匕首就是杀害唐琼的凶器，现场遗留的血迹样本也通过了同一认定，证实是朱亚文所留。

经群众辨认，朱亚文就是屡遭唐琼叱骂和殴打的那个乞丐。

仅用了不到四个小时，一桩性质恶劣的凶杀案就宣告破获，令警方收获了无数的赞誉。媒体更对本案的负责人进行了长篇累牍的报道，称赞他是“当代福尔摩斯”“世界级的神探”。

然而，在提取朱亚文口供的时候，警方却遇到了麻烦。朱亚文不仅仅是个哑巴，更没有上过学，手语极不规范，对于那天晚上到底发生了什么，他根本无法与警方交流，只是急切地挥舞着手臂，表示自己没有杀人。唐琼电脑中的那块硬盘也没有能够在他的身上搜出，无法取得监控内容，也就无法得知那天晚上的案发经过。

但这并不妨碍警方认定朱亚文就是凶手，从现场痕迹来看，凶手至少有四人。硬盘应该在朱亚文的同伙身上。当务之急是从朱亚文的口中得知其同伙的行踪。

警方不得已聘请了特教专家协助调查此事，在大量的证据面前，朱亚文依然负隅顽抗。但杀人凶器握在他的手中，现场有他遗留下的血迹，更在他的身上发现了被害人唐琼的血迹，此前二人又曾发生过争吵，这个案子的证据链条已经完备。鉴于羁押期将近，公安系统内部研究后决定以无口供形式先将本案移交检察院，对朱亚文同伙的追查工作持续跟进。

这个时候，老罗的五叔，罗副检察长大力推进的诉前预审已经取得了一定的进展，至少我们在侦查阶段就介入的案子，他是一定要开一次模拟法庭的。

在某些有心人的推动之下，朱亚文的这个案子，他们也希望我们能够提前介入，至于目的，他们急需这样一个铁证如山的案子扳回一局。

只不过他们来找我们的时候还不知道，我和老罗其实早就已经介入了这个案子。

就在朱亚文被警方带着指认现场的时候，我和老罗恰好也到案发的商业街办理一起民事案件，目睹了警方拍照的一幕。

朱亚文咧着嘴，笑得很开心，手指着日升五金行的地面，看着警察手中的相机。

老罗一看到朱亚文，就像被施了定身术，再也迈不动脚步了。直到朱亚文被警察带上了车，他才抽出了一支烟，狠吸了一口，突然说道："老简，我想接这个案子。"

我愣了一下："为什么？这可不太像你。这案子没什么赚头。"

"我说他不是凶手，你信吗？"老罗侧头问道。

"你什么时候也有火眼金睛了？"我笑道。

"近朱者赤，近墨者黑，近了你这个家伙，我也就自甘堕落了呗。"老罗笑了一下，说完，又换上了一副严肃的神情，"老简，我没开玩笑。我见过这个人。有一回，他向我乞讨。你知道，我挺烦这群人的，有手有脚，随便干点啥都能混点吃的。他倒也没纠缠我，直接换到了下一个人，我也就是这时候被吸引到的，你猜怎么着？"

老罗看了我一眼，不等我问，就接着说道："那姑娘摸出点零钱给他，他说啥不要，指着人家吃了一半的煎饼果子咿咿呀呀。姑娘把煎饼果子给了他，他千恩万谢，完了还没吃，小心翼翼地收好就走。"

"我那天也是闲的，觉得这哑巴挺好玩，就跟着他，看看他到底想干啥。结果……"老罗犹豫了一下，叹了口气，"这人自己都过着有上顿没下顿的日子，讨来那点吃的，还跑到公园，跟几只流浪猫分着吃。你说，这样的人，会去杀人？"老罗盯着我问。

我沉默了一下，说实话，老罗的理由并不充分到能够说服我，历史上有太多杀手人前衣冠楚楚、爱心满满，背后却做下令人发指的杀人案。

泰德·邦迪，这个曾出任华盛顿州共和党主席罗斯·戴维斯的竞选助理，还曾因救了一名落水儿童而受到嘉奖的显赫人物，谁能想到是一个至少杀了二十六人，最多可能杀害了一百个无辜人士的连环杀手呢?

他的事迹甚至曾被作为食人魔汉尼拔博士的原型。

我们无法保证每个当事人的心理都是正常的，尤其是朱亚文这样身体有残疾的人，其心理变态的可能性就更大了。

但我还是决定让老罗任性一次，毕竟，我们总会有分开的那一天。我们俩，不，我们三个人，这个看似坚固的铁三角，迟早是要有一个人离开的。

那个人，最可能是我。

"这事不好说。不过你既然有这个想法，那我们最好和当事人见一面。"我想了想，最终还是这样说道。

也就是在这个时候，罗副检察长一个电话打到了老罗的手机上，于是，当天下午，我和老罗就在看守所里见到了朱亚文。

对于我和老罗的到来，朱亚文表现得异常戒备。幸好他只是个哑巴，还能听懂别人的话，当得知我们是律师，愿意免费帮他打这个官司的时候，朱亚文泪流满面，死死握住了老罗的手。

可不管是我还是老罗，我们俩谁都不会手语，根本无法与朱亚文沟通。在听了十几分钟的咿咿呀呀后，我们无奈地结束了会见。

“简律师。”我们刚要离开看守所，一名狱警突然叫住了我。

“有事？”我讶异地看着这个一脸微笑的狱警，以往我到这个地方来，狱警可从来没给过我笑脸。

“嗯，关于朱亚文的事。”狱警点了点头，“我建议你们去找个手语专家来，沟通得可能比较顺畅一些。”

我和老罗脸上讶异的神情更重了：“你这样？”

“不太合我的身份？”狱警笑了一下，“简律师，别把我当敌人啊。”

“没有没有，那倒没有，就是不太明白。”我连连摆手。

“这么说吧。”狱警想了一下，“这个朱亚文移交到我这儿后，我就一直在观察他。毕竟是残疾人，我们的注意力投入得要更大一些。结果发现这个朱亚文虽然没法和我们沟通，但对我们的管教还是很尊重的。前几天发生一件事，大半夜的，这个朱亚文疯了一样叫我们，这在以前可没有过。我们赶过去，就看到朱亚文手里捧着一只受伤的鸟儿。我们也不知道他想干什么，问来问去才知道，他是想我们救这只鸟。

“我知道朱亚文的那个案子。”狱警说，“听说杀人手法挺残忍。可这个朱亚文表现出来的，我怎么看也不像个杀人犯。”

“你现在有时间吗？”老罗突然抓住了狱警的胳膊，“走，我们出去找个地方，边喝边说，我想更详细了解朱亚文在这里的表现。”

“这……不行不行，我在执勤。”狱警的脸上露出了犹豫的神色，突然转身就走，“你们就当我什么都没说过。”

“嗨，别啊，你说你有什么条件，只要合理，我全都答应你。”老罗喊道。

“罗律师。”狱警回过头，指了指自己的制服，苦笑了一下，没有说话。

这个狱警毕竟属于体制内的人，肯和我们说这些已经算是破例了。再让人知道和我们单独接触，他的日子恐怕就没那么好过了。

2

“这世界上，所有的事情都能用钱摆平，一块不行就两块。”

老罗说这话的时候，是在模拟法庭开庭那天。不知什么地方出了纰漏，朱亚文面带微笑指认现场的照片流传了出来，顿时引发了网络上一场激烈的论战。

结果却是一边倒，百分之九十的人认为朱亚文是个变态，杀人不眨眼的恶魔，事后完全没有悔罪的表现，应该予以重判。

“三块的话，就千万别找你了，对吧？”张静手忙脚乱地敲打着键盘，“所以你注定当不了意见领袖，光靠我一个人，怎么可能扭转舆论导向？”

张静突然把键盘向前一推，顺手理了一下额前的刘海，随即愣了一下，又快速地将刘海放了下来，遮住了右边的半边脸。

“老娘不干了，我刷一个帖子的工夫，人家几十条都出来了！”她怒气冲冲地吼道。

“在法庭判决前，任何人都是无罪的。”老罗把材料放进公文包，笑嘻嘻地拍了拍张静的肩膀，“你就继续努力吧，我也没想着要扭转导向，我只是想让这场争论再火爆点。”

“你这是作死！”我苦笑了一下，“美国废奴运动领袖菲利普斯说过一句话：‘没有舆论支持的法律是没有丝毫力量的。’你现在的做法是将舆论的力量都逼向了检方那一边。”

“上帝欲使人灭亡，必先使其疯狂！”老罗像朗诵诗歌一样念出了这句话，“我就是要把他们捧得高高在上，摔下来的时候才更加绚丽。这案子我主辩，咱可说好了。”

我再次无奈地摇了摇头，基本上，所有人，包括我在内，都认为这是一个很难推翻的案子，检察院的公诉书里也没有发现太大的纰漏，适用法律条文准确，事实描述清楚，证据罗列确凿。

“我都不想出庭！就算模拟法庭，我也不想去丢脸！”我叹了口气，“走吧。”

“把你们那儿最贵的套餐给我送过来，送到杰明律师事务所，记罗杰的账！”我们走出律所的时候，背后传来了张静用力敲击键盘的声音和她咬牙切齿订餐的通话声。

老罗的脸上尽管还带着微笑，但明显凝滞了一下。我和他对视了一眼，没有说话，两个人却不约而同地叹了口气。

从我们认识张静到今年3月份，她从来没有梳过马尾以外的发型。然而3月份之后，她额前遮住了半边脸的刘海却再也没有扎起来过。尽管她仍旧和以往一样刁蛮任性，可我们都知道，她这不过是想告诉我们她还和以前一样。

然而，一切都已经不一样了。

“审判长，我请求启动非法证据排除程序。”模拟法庭上，老罗摆好了一台高价买回来的DV机，叫道，“我请法庭注意一件事，今天我们审理的这个案子是一个非常特殊的案子。我的当事人是一名残疾人，他无法说话，没有受过文化教育，也就无法与我们正常交流，这一点大家是清楚的。

“但是，大家刚刚也听到了公诉人宣读的起诉书。”老罗看着公诉人，脸上带着一抹猥琐的笑容，“在这份起诉书里，公诉人反复提到被告人‘供述’这个词，我很想知道，我的当事人在不能与人正常交流的情况下是怎样进行‘供述’的？

“你们提到警方找了特教专家来辅助审讯，并提交了有我的当事人按了手印和审讯人员签字的供词。但是，在这份供述上，我并没有看到这位特教专家的签名。审判长，我认为这份供述是不可信的。”老罗说，“既然我的当事人的供述是不能采信的，那么公诉人所说的事实清楚也就无从谈起了吧？”

“特教专家并不是警方工作人员，也不是检察院的工作人员，更不是被告人，不能在审讯笔录上签字。”公诉人反驳道。

“那我倒要问问了，没有这个特教专家的签字，你们凭什么就说这份供述是真的？凭什么就说我的当事人认罪了？”老罗瞪着公诉人说，“我的当事人没文化，根本不知道你们的审讯笔录里都写了什么，我有理由怀疑你们伪造了审讯笔录。”

“你这是对国家的侮辱、对党的侮辱！”公诉人眉毛一竖，喊道。

“我可没有，你们不能提供确凿的证据，还不让我质疑了？这是我作为辩护人的权利！这是宪法赋予我的权利！”老罗针锋相对地说道，“有本事你们就让专家出庭，再问一次我的当事人，看看到底是怎么回事。”

“出庭就出庭！”公诉人高声说道。

特意从法院请来的扮演审判长的法官当即说道：“传唤证人到庭。”

证人姓王，是一名女性，看上去五十多岁，是本市特教学校的手语老师，戴着一副宽边眼镜，一副知识分子的派头。

在履行完了法庭的必要程序后，老罗问道：“王老师，请问你是否曾协助警方对我的当事人进行过审讯？”

王老师点了点头：“是，我受邀参加了对朱亚文的审讯。”

“你还能记得朱亚文当时交代的内容吗？”老罗问。

“记不太清了，已经过去两个多月了。”王老师无奈地摇了摇头。

“他认罪了吗？”老罗又问。

“没有。”王老师说，“这一点我记得很清楚。”

“证人，请你看一下，这份审讯笔录是否为当时审讯的内容。”审判长这时候说道，将审讯笔录送到了王老师的面前。

王老师翻了翻笔录，用力摇了摇头：“法官大人，我不记得朱亚文当时说了这些话。”

“审判长，证人称不记得，即并不能肯定朱亚文是否说过这些话，这份审讯笔录应视为有效。”公诉人连忙说道。

“我的意思是，朱亚文在和我沟通的时候并没有说过这些话。”王老师连忙说道。

“可你刚才还说记不清你们都说了什么。”公诉人说，“这种前后矛盾的话法庭不应该采信。”

看着这个年轻的公诉人接二连三地抢话，老罗却窃笑不已，从审判长的目光中，他看出了一丝不耐烦。

这要是正式开庭，是足以让公诉方陷入不利境地的。

“审判长，法庭存在的意义就是查明事实的真相，给当事人一个合理公正的判决。”老罗起身说道，“现在针对这份审讯笔录我们出现了争议，那为什么不当庭问一下呢，正好我们有专家在啊。”

审判长却露出了一抹犹豫的神情。我当即意识到，当庭请一个特殊人士对被告人进行询问，这在庭审中应该是没有先例的。

那时候新刑法还没有实施，“专家辅助人”的制度还没有实施，只有2002年4月1日起施行的《最高人民法院关于民事诉讼证据的若干规定》中规定：当事人可以向人民法院申请由一至二名具有专门知识的人员出庭就案件的专门性问题进行说明。同年10月1日起施行的《最高人民法院关于行政诉讼证据若干问题的规定》中，也出现了“对被诉具体行政行为涉及的专门性问题，当事人可以向法庭申请由专业人员出庭进行说明，法庭也可以通知专业人员出庭说明”的规定。

但这两项规定都没有提到刑事案件遇到这种情况该如何处理。

“审判长，法律没有规定可以，但同样没有规定不行，不是吗？”老罗说，“法庭应以查明事实为基础，灵活运用法律条文，在法律规定允许的范围内，使用合理合法的手段办案。有句谚语说得很好，‘法无禁止即可为’，虽然并不完全正确，但用在这里，还是很合适的吧？”

审判长点了点头：“请证人开始吧。”

接下来就是长达两个小时的手语交流，在朱亚文并不规范的手语下，在特教教师的翻译中，在审判长不断的追问下，参与这次模拟法庭的人们从朱亚文那里得到了和检察院的公诉书中提到的完全不同的事实。

朱亚文说，那天晚上，在流浪了一天后，他像往常一样回到了日升五金行门前，准备在那里过夜。他不知道那时候是几点，但是当他走到日升五金行门前时，就看到卷帘门敞开了一半，老板唐琼躺在地上，身下已经血迹斑斑。

他大惊失色，冲了进去，抱住了唐琼，那时候的唐琼还有呼吸。唐琼抓着朱亚文的胳膊，嘴唇翕动，想要说些什么，却已经不能说话了，但他的一只手却指着楼上。

朱亚文不明白他想表达什么，只是用力按住他的伤口，想帮他止血，这个时候他唯一想到的就是救人。可唐琼身上的伤口太多了，朱亚文根本无从下手。

这时候，楼上传来了脚步声，朱亚文抬起头，就看到三个年轻人从楼上走了下来。这三个人看到朱亚文也愣了一下，接着，一个拿着刀的人就向他冲了过来。

朱亚文与这三个人发生了激烈的搏斗。朱亚文说，他不是第一次和这三个人打斗了，以前就在日升五金行的店门前发生过争执。

那个人的匕首刺中了他的腹部，他却用力握住了匕首，不要命一般和这三个人搏斗着，并不时发出阵阵叫声，希望引起邻居们的注意。

担心引来更多的人，那三个人放弃了拿回匕首，夺路而逃。朱亚文死死地跟在他们的身后，却终因体力不支，失血过多，昏迷不醒。

这个公诉人口中的杀人犯，在得到了能够表达自己意思的机会后，向法庭讲述了一个惊心动魄的故事。在这个故事里，他不再是凶手，而是一个见义勇为的英雄。

讲到激动的地方，朱亚文一把拉开了衣服，向法庭展示着腹部那道可怕的疤痕。

“他说，他不明白，自己是要救人，是要抓住杀人犯，为什么最后自己却成了杀人犯？！警察不是应该去抓坏人吗？为什么要抓他？如果做好事却要上法庭，谁还敢去见义勇为？”王老师声音低沉地翻译完了最后一句，朱亚文最后那不明意义的咆哮却依然重重地敲击在每个人的心上，他的叩问让所有人深思。

“审判长。”老罗站起身缓慢地说道，“我的当事人，一个哑巴，一个乞丐，一个走到哪里都被人嫌弃的流浪汉，是的，他看起来比任何人都要肮脏，没人愿意接近他，每个人都对他横眉冷对。可是他的心却比我们这里的某些人要干净得多，因为他善良，他知道正义，在面对穷凶极恶的歹徒时，他没有退缩，没有逃走，而是为了救人不顾一切，为了能将凶手绳之以法而不顾自身的安危，为此他甚至险些丢掉了性命。我在想，如果不是办案的警察发现了他，他今天是否还能站在这里为自己辩解，是不是他就要背着罪名结束这一生？

“审判长，这样一个需要别人帮忙才能说明自己究竟做了什么的人，我们的办案机关又是怎么对待他的呢？将他认定为杀人犯，看准了他不能说话，不识字，诱骗他在不实的审讯笔录上按下了手印。在这个法庭上，究竟是谁该受到审判？我很想问问今天的公诉人，你们的良心呢？！”老罗掷地有声地说道。

他已经完全进入了角色，将这个在检察院的会议室里召开的模拟法庭当成了真正的战场。

听着老罗近乎咆哮的话，朱亚文被触动了，他流下了激动的泪水。审判长被触动了，他悄悄侧过了头，甚至没有制止他的高声喧哗，就连为了还原法庭氛围，特意找来的扮演旁听群众的几个年轻检察官都被触动了，他们不约而同地鼓起了掌。

公诉人看了一眼这些人，检察官们才讪讪地放下了手。

“王老师，我请你再帮我一个忙。”老罗说，“就在今天早上，朱亚文指认现场的照片不知出于什么原因，出现在了网络上，照片里，他笑得很开心。我想请王老师帮我翻译一下，朱亚文当时为什么那么开心？”

朱亚文接连做了几个手势，王老师皱了皱眉，厌恶地看了一眼公诉人，说道：“朱亚文说，当天警察并没有告诉他是要指认现场，而是告诉他，只要做几个动作，拍几张照片，他就可以回家。”

“荒唐！”审判长摇着头，“法庭裁决，朱亚文的讯问笔录无效，予以排除。公诉人，请提供其他证据。”

3

公诉人这一次请出的证人是田红，被害人唐琼的爱人。

当她看到站在被告席上的朱亚文时，没有愤怒，没有恐惧，没有任何被害人家属对被告人应该流露出来的情绪。

“证人，你认识被告人吗？”公诉人问道。

“认识。”田红语气平静地说道。

“有证人表示，你的丈夫唐琼和被告人朱亚文发生过争执，唐琼对朱亚文进行了殴打，这件事属实吗？”公诉人又问。

“是。”田红点了点头。

“唐琼为什么要打被告人？”

“他每天晚上都睡在我家店门前，我丈夫觉得他影响了我们做生意，屡次赶他走都不走，就打了他。”田红说。

“你丈夫下手重吗？”

“有几次都打出血了。”田红犹豫了一下说。

“被告人依然没有走，是吗？”

“是。”

“你觉得朱亚文恨你丈夫吗？”公诉人问。

“我……我不知道。”田红摇了摇头。

“你认为朱亚文留在你们家店门外不走，是不是在观察，等待一个机会对你的丈夫进行报复？”

“反对，审判长，公诉人是在对证人进行诱导。”老罗赶忙举手说道。

“公诉人，请注意你提问的方式。”审判长提醒道。

“不！”田红突然说，“他不会报复我丈夫，他不是杀害我丈夫的凶手。”

公诉人愣了一下，厉声喝道：“证人，你知道你在说什么吗？你之前可不是这么和我们说的！公安机关已经查明，被告人朱亚文就是杀害你丈夫的凶手，你现在却帮着被告人说话，你考虑过你死去的丈夫吗？你在怀疑公安机关的办案能力吗？！”

“公诉人，注意你的情绪！”审判长敲响了法槌，“不要对证人进行任何形式的威胁。证人，请向法庭陈述，为什么你认为本案的被告人不是杀害被害人唐琼的凶手。”

“因为……”田红咬了咬嘴唇，“我相信被告人是个好人。”

这句话一出口，法庭里顿时传来了一阵喧哗，被害人家属当庭宣告被告人是好人，虽不说是前所未有，但也是极为罕见的。

“请注意法庭秩序，保持法庭安静！”审判长敲响法槌，高声说道，脸上也带着无奈的神情，“证人，你知道你在说什么吗？我们在审理的是你的丈夫可能是被被告人杀害的案子。”

“我知道。”田红点了点头，“但是在法庭判决之前，他还不是犯人，也不能认定他就是杀害了我丈夫的人，不是吗？”

“他每天在我家店前睡觉，不是为了让我们做不好生意，他是在保护我们啊！”田红说。

“证人，请详细说明。”审判长愣了一下说道。

“以前，我也觉得他睡在我家店前，严重影响了我做生意，直到有一天，我在整理店里的监控时才知道，我一直错怪了他。”田红愧疚地看了一眼朱亚文说，“有一天晚上，大概两点多，有几个小混混到了我家店前，他们想撬开门，闯进店里。是他，是你们口中的被告人、杀人犯，阻止了这些人，他和这些人打了起来，他被打得遍体鳞伤，但他站在我家店前，坚持着不肯倒下去，那些人才走的。但是他从来没有对我们说过这件事。”

“审判长，这难道不奇怪吗？”公诉人不合时宜地插话道，“朱亚文与被害人、与证人素昧平生，他为什么要保护他们？”

“保护一个人需要理由吗？见义勇为难道不是我们每一个人都应有的想法吗？”老罗马上反驳道，“公诉人，请不要戴着有色眼镜看待我的当事人，他可以穿破衣烂衫，可以几个月不洗头不洗澡，但人最可贵的，不就是他有一颗善良的心，永远不会被污染吗？！只有那些内心肮脏的人，才会看每一个人都觉得是脏的。”

“审判长，他是在侮辱我的人格！我请求法庭撤销辩护人的辩护权利！”公诉人脸色通红，怒吼道。

“辩护人，请注意一下。”审判长为难地说道。

“对不起，审判长。”老罗点了点头。

“证人，我还是那句话，朱亚文为什么要保护你们？”公诉人趾高气扬地问道。

“因为他是个懂得感恩的人。”田红厌恶地看着公诉人说，“我曾经给过他吃的。”

“感恩？”公诉人冷笑了一下，继续说道，“审判长，先不说田红的说法是否有证据支持，那么我们假设一下，田红说的是真的，但是唐琼却屡次殴打被告人，试想一下，你屡次帮助别人，却遭到了侮辱、谩骂甚至是殴打，你不会怀恨在心吗？你不会报复吗？”

“他不会。”田红喊道，“他要这样做早就动手了，不会等到这个时候。”

“好，证人，既然你这样说，我请求法庭允许我继续对证人问话。”公诉人说。

“可以。”审判长点了点头。

“证人，你丈夫的脾气怎么样？”公诉人问。

“不太好。”

“他打骂过你吗？”公诉人又问。

老罗本能地感到不太妙，然而还没等他反对，田红就已经给出了肯定的答复。

“证人，你知道你今天站在这里是为了什么吗？”公诉人呵斥道，“你应该帮助我们给被告人定罪，将杀害你丈夫的人绳之以法。可是看看你都干了什么？身为被害人家属，你却在帮助凶手脱罪，为什么？”

“你不敢说？好，我替你说！”看着愣住了的田红，公诉人语气急促地说道，“你巴不得唐琼死，是不是？他死了，你就不会再遭受家暴，就不用再受气。而他——”公诉人一指朱亚文，“他给了你这个机会，你帮助了他。在他看来，你就是他的菩萨，他愿意为你付出一切，他无可救药地爱上了你。他不止一次地听到过你被打骂。而且，我想，唐琼之所以殴打被告人，不仅仅是因为他影响了你们的生意，还因为你们之间的感情，对吗？！”

“胡说！你胡说！”田红愤怒地喊道，就连朱亚文都咿咿呀呀地叫着。

“我胡说？”公诉人冷笑，“不，你的反应恰好证明了我没有胡说，你现在是被我戳穿了真相，恼羞成怒。审判长，我有理由怀疑，田红也参与了对唐琼的谋杀，这一切都是她和被告人串通好了的！审判长，请让法庭将证人逮捕，送上被告席！”

面对公诉人的诋毁，田红的情绪彻底崩溃了，她嘶吼着想要冲上去殴打公诉人，两名检察官赶紧冲上来死死地按着她，才没有让她成功。

这个模拟法庭开得实在是太成功了，参与进来的每一个人都完全进入了角色状态。像这种激烈的对抗，是在正式庭审的时候才应该出现的。

这个时候，作为辩护人，老罗本应质疑公诉人，向法庭提出申请，可老罗只是坐在辩护席里，冷冷地看着公诉人。

我实在看不下去了，下意识地想要起身，却被老罗死死地按在了座位上：“让他说。”老罗的嘴角带着一抹冷笑，“我要让全法庭的人都看到这个公诉人的卑鄙、丑陋。”

“你入戏太深了！”我无奈地摇了摇头，向审判长示意了一下。

“证人，你再这样下去，我不得不请你离开法庭。”审判长看着我，点了点头，无奈地说道。

证人席上的田红突然平静了下来，目光凛冽地看着公诉人：“法官大人，请让我说完。”

说着，她不等审判长允许，就自顾自地说道：“我痛恨凶手，我比你们每一个人都恨他。他杀了我的丈夫，毁了我的家，我才是受害者，我的心情、我的感受，你们这里的任何一个人都没有权利评判。

“但是我同样知道，我并不能因此就冤枉了一个一直帮助我们保护我们的人。”田红语气激昂地说道，“真凶不能被枪毙，才是我最无法接受的事。小孩子都知道，滴水之恩当涌泉相报。如果连这点道理都不懂，那和毫无人性的畜生有什么不同？！有什么资格活着？！

“我感谢法庭给我这个机会，让我能说出我的想法。”田红向审判席鞠了一躬，继续说道，“有人跟我说，如果我不指认被告人是凶手，那他们就不再管这个案子，让我丈夫白死。可是刚刚，我在外面，听到了被告人的陈述，我觉得，我不能那样做，那不是人该做的事！所以我坚持认为，今天的被告人并不是杀害我丈夫的凶手，法庭如果判他有罪，才是天大的笑话，你们这里的每一个人都是帮凶。尤其是你！”她一指公诉人，怒斥道，“这个案子赢了，你一定有好处对吧？可是为了打赢这个案子，你连事实都不顾了，侮辱我、诬陷我，你的良心呢？我今天站在这里，我敢告诉你，我、被告人，甚至来旁听的这些人，都是知道感恩的！只有你这个不是人的王八犊子才不知道！”

说完，不等审判长说话，田红昂首挺胸地走出了法庭。

“我冤枉啊！”公诉人一脸委屈地看着我们，“我这不也是想让她先接受一遍洗礼，等正式开庭的时候，就不会出问题了嘛。”

我同情地看了一眼公诉人，回应给他一个“我懂”的眼神，用力踹了老罗一脚。刚刚田红在发言的时候，这小子比在场的任何人都要兴奋。

4

老罗把车停在了商业街的出口处，目光看着不远处一个闪烁的灯箱。

那是一家台球厅，也是我们今天要去取证的地方。几天前的诉前预审辩论尽管激烈，但我和老罗也很清楚，我们提出的很多辩护意见更多的是推测，而没有真凭实据。

田红虽然为朱亚文进行了辩护，但她的话同样没有证据。那份监控视频随着电脑硬盘的遗失也难觅踪迹。

唯一值得庆幸的是，由于有了特教教师的加入，朱亚文的审讯笔录无效，罗副检察长最终还是没有签署公诉书，而是要求警方补充侦查。但这并不能从根本上排除朱亚文杀人的嫌疑，毕竟警方还提供了那么多的证据。

今天的取证，我们也没有抱太大的希望，我们所能做的仅仅是从另一个角度证明朱亚文的确曾经见义勇为过，为他争取减刑。

但是这次的取证并不顺利，我和老罗从相邻的几个店家调取了一部分监控录像，这些监控录像拍摄到了田红所说的，曾发生在她店门前的那场打斗，可这些录像只拍摄到了侧面，根本无法证实与那几个小混混搏斗的人是朱亚文。

隔壁王林的店有一个监控探头是对着日升五金行的，王林热情地帮着我们找了好久，却遗憾地发现，那天的监控录像遗失了，同样遗失的还有案发当天的录像。

对于没能帮到我们，王林表示很遗憾。不过对于我们质疑为什么会有录像遗失的事，王林坦然，开着监控是要用电的，偶尔他会关闭监控。

没办法，我们只能从与朱亚文搏斗的那几个混混身上入手，寄希望于他们能够做证。在经过了一番寻找后，我们确认那几个人就在这家台球厅里。

“走吧。”我深吸了一口气，推开了车门。

“等等，老简。”老罗喊道，下了车，几步走到了我的前面，将我挡在了身后，才说道，“走吧。”

对于老罗的这个经常出现的莫名其妙的动作，我有点难以理解，不过他既然喜欢，那就随他去了。

台球厅里一片昏暗，刺鼻的烟味弥漫在空气中，呛得人眼睛发红。

在最里面的一个角落，三个头发染成了黄色的年轻人一人嘴里叼着一支烟，摆弄着台球杆。

对于我和老罗的出现，这三个人只是抬头看了一眼便将注意力重新集中到了球台上。老罗却径直向他们走了过去。

没错，这三个人正是我们要找的人。

“兄弟，帮个忙。”老罗说道。

“什么事？”其中一个瘦弱的年轻人斜着眼睛看着老罗，不耐烦地说道。

老罗摸出一包软中华，丢给了年轻人说：“有个事，想跟几个兄弟打听一下。”

“真的假的啊？”年轻人拿起软中华，翻来覆去地看了看，怀疑地看着老罗。

“假一赔十。”老罗呵呵一笑，捏了下鼻子，“那乞丐的事，兄弟们都知道了吧？”

年轻人突然戒备地看着我们说：“你们是什么人？”

“这个不重要。”老罗说，“听说了吧？有人说了，他是见义勇为，和这片的几个兄弟发生过冲突。道上的规矩大家都懂，残废咱们不碰。我今儿来就是想知道，兄弟几个到底有没有打人。”

几个年轻人对视了一眼，没有说话。

老罗掏出钱包，从里面拿出了一张毛爷爷，放到了台球案上，微笑着看着这几个人。

“我们什么都不知道。”之前和老罗说话的年轻人摇头说道。

老罗没说话，又掏出一张票子，递了过去。

“你知道。”我却冷冷地说道，“人在撒谎的时候，就会出现你这种动作和语言不协调的情况，话都说完了，脑袋还在摇。”

“你说什么？我怎么一句都听不懂？”年轻人斜了我一眼。

“我这个人呢……”老罗点上一支烟，喷了一个烟圈，将之前拿出来的两百元钱又放回了钱包，“我信奉这世界上所有的事都能用钱解决，一张解决不了就两张，但是你想从我这儿要三张，那是绝对不可能的！”

“我姓罗，四夕罗。”老罗突然说道。

年轻人的脸上不知怎么竟露出了一抹惧色：“你是四……”

“哎，我可没说是，我只是个律师！”老罗打断了他的话，“怎么样？能告诉我了吗？”

“哥……哥儿几个都是道上混的，知道规矩。”年轻人突然话都有点说不利索了，结结巴巴地说道，“哥儿几个绝对没干那事儿。”

“真的没干？”

“没有。”

“你们想好骗我的后果没有？”老罗笑眯眯地问道。

“我们确实想过偷东西，被哑巴拦住了，可我们真没动过他。”年轻人慌张地说道，甚至还把刚刚打开的烟送还到了老罗面前。

“哥儿几个留着抽吧。”老罗微微一笑，转身走出了台球厅。

“这个四夕罗是个什么东西？好像有两把刷子啊。”一上车我就问老罗。

老罗只是摇了摇头，神秘地一笑，没有说话。

就像我看不穿张静，有时候，我发现连老罗我也看不穿。这个头脑简单、脾气暴躁，所有情绪都显露于外的家伙，我从来没想过，很多事情他都瞒着我，他肯给我看的，永远是不需要我担心的东西。

而我，就那么傻傻地相信了。

我们前脚刚离开台球厅，准备回办公室，张静的电话后脚就打了进来。

“专案组提取了一部分监控视频，委托我们做鉴定。这份视频能够证实，被害人唐琼对被告人朱亚文进行过殴打，而且很惨烈，头都打破了。不用我说你们也知道，这是想证明朱亚文有充足的理由杀害唐琼。”

“这帮家伙动作倒挺快。”老罗笑了一下，“你告诉我，是因为你有想法了？我可不想只听麻烦啊。”

“本姑娘何时给你找过麻烦啊。”张静说，接着我们就听到了敲击车窗的声音。老罗放下车窗，就看到张静拎着勘察箱，笑吟吟地站在车边。

“你给我们找的麻烦……”老罗正对着电话讲话，一看到张静，下意识地咽了口唾沫。

“我给你们找的麻烦怎么了？”张静忽闪着眼睛，一脸的无辜。

“那怎么能叫麻烦呢？那都是业绩啊！”老罗脸不红心不跳地说道。

“拉倒吧你！下车，去现场。”

张静一把拉开了车门。见老罗神色为难，张静冷笑了一声，“别想着视频的事了，重要的那部分都被专案组拿走了。不过……”

“你想要什么，尽管说，上刀山下火海，我要有一句怨言……”老罗的赌咒发誓没等说完，就被张静打断了。

“行了行了，难得你也有不只想着钱的时候，姑奶奶我也发次善心。”张静仰着头，把勘察箱丢给了老罗，“哎，这可是绝佳的机会啊，老娘我就这么错过了。”

看得出来，张静无比懊恼。而随着她这句话，老罗那副视死如归的表情也终于放松了下来。

“总会有下一次的！”我说。

“下次，绝对没有这么容易就放过他！”张静哼了一声，“我看了专案组传过来的视频，有几个疑点。”

“嗯？什么疑点？”老罗紧张地问。

“那几个混混和朱亚文第一次发生争执的时候，用的匕首和凶案现场的匕首是同一把。”张静皱着眉说，不等我和老罗表现出任何的兴奋，就一盆冷水浇了过来，“没有实物对比，只有视频，鉴定不具备科学性，法庭不会采纳的。我来这里，是想给你们证明另外一件事。”

说话间，我们已经来到了日升五金行。案发后，作为案发现场，日升五金行已经封存，田红也被迫暂时住在朋友家。

张静推开了卷帘门，房间里依然保留着案发当时的布置。

“被害人当时就是趴在这里的。”张静走到地上画着人形的痕迹前，那里的地面已经呈现紫黑色，“被害人死亡原因是失血性休克，即失血过多。”张静边回忆边说道，“被害人一共身中五刀，都在前胸和腹部。”

“对。”我点了点头。

“凶手是在被害人的身前刺杀的被害人，凶手一共刺出了五刀，意味着刀要从被害人的身体里拔出五次。”张静说。

“显而易见。”老罗点了点头。

“那你们就没想过，刀从被害人的身体里拔出来的时候，会有大量的血迹喷溅，站在他正面的人身上会沾上大量血迹吗？”张静侧着头看着老罗，“朱亚文被捕的时候，身上虽然也有血迹，但是我从照片上没有看到喷溅状的血迹。

“还有，如果唐琼和朱亚文发生了搏斗，那么唐琼抓的应该是朱亚文握着匕首的手，可为什么他的手印是留在朱亚文的肩膀上的？”张静说，“这只能说，朱亚文是在唐琼倒地后，抱住他的时候，唐琼用手抓了他的肩膀。”

“大意了！”老罗懊恼地说道。

“还没起诉呢，来得及。”张静说，“小骡子，你赶紧告诉罗叔叔，我们再碰一下这件事！”

老罗二话不说，当即拨通了罗副检察长的电话，告知了眼下发现的疑点。罗副检察长则邀请我们过去，和准备担任本案公诉人的检察官碰一下这件事。

“张警官，你说在早前朱亚文与人搏斗的监控视频中，那几个年轻人手上的匕首正是本案中出现的匕首，你如何证明这一点？”这次的检察官换成了一个稳重的中年人，听说了我们的疑点后，皱着眉问道。

“我能看出来。”张静面不改色地说道。

“看出来？”检察官目瞪口呆地看着张静，“凭一份并不清晰的监控录像，就能比对两把匕首是否是同一把？任何专家都不可能凭借肉眼和画质粗糙的录像进行这种同一认定吧？”

张静面不改色地笑了一下：“被告人身上的血迹你们打算怎么解释？”

“这很简单，假如凶手是在被害人倒地后进行的杀害呢？”检察官说，“这样一来，被害人的正面并没有阻挡的东西，而在这个姿势下，被害人要控制凶手，抓住的就是凶手的肩膀了吧？”

面对检察官淡定的回复，张静一时间竟也哑口无言。

“简律师，罗律师，这个案子即便没有被告人的口供，本案事实也很清晰，证据确凿。你们要是没有其他证据提供，我这边就要着手起诉的事了。”检察官微笑着说道。

他说到了，也做到了，在补充侦查期限届满前，我们最终没能找到能够帮朱亚文脱罪的证据，尽管警方也没有，但证据已经足够了。

在正式庭审的时候，我们的辩护意见没能取得任何效果，庭审的最后，我无力地站起了身，用力按了按老罗的肩膀，说道："审判长，本案的重大事实实际并未查清，我的当事人身为乞丐，但是作案后却并没有带走店内的任何财物，难道这不值得我们深思吗？对于一个乞丐，还有什么比巨额财富更吸引他们的呢？

"我们再来换个角度考虑，即便法庭认定我的当事人真的杀了人，那么我们也应该考虑到他为什么要杀人。他曾多次阻止了劫匪、窃贼对被害人的不良企图，这些在检方提供的证据里也已经得到了证实。可是被害人是如何对待我的当事人的？侮辱、殴打、谩骂。俗话说，泥人还有三分土性，何况我的当事人是个活生生的人？我希望法庭在拟定判决的时候能够充分考虑到这一点。"

说完，我坐了下来，不再说话。

那一刻，我甚至不敢抬头看朱亚文。

我玷污了当事人对我的信任。没有什么比委托的辩护律师不相信他无罪更让人绝望了。

5

庭审的结果并不理想，从目前的情况来看，朱亚文犯有故意杀人罪，手段残忍，情节恶劣，一审判处死刑立即执行的可能性非常大。

对于我和老罗的辩护意见，我们都很清楚，法庭采纳的可能性很低，因为我们没有能够提供充分的证据佐证我们的观点，法庭只能在排除了非法证据后，依据检察院提供的证据和查明的事实拟定判决。

"对不起，小明哥，小骡子，我让你们失望了。"张静眼圈红红地说道。

"你尽力了。"我用力捏了捏张静的肩膀，疲惫地说道，"这案子和以往的案子不同，我们想要找到真凶都无从下手。我们都愿意相信朱亚文是无罪的，可是现有的证据对他太不利了。"

"不能就这么算了。"老罗腾地站起身，向外走去。

“你干吗去？”我喊道。

“去找审判长。”老罗头也不回地说道。

“罗律师，我知道你的想法。”法官办公室里，本案的审判长给他倒了一杯茶，“可我也是没有办法。实话实说，我也愿意相信朱亚文是无罪的，我也愿意相信你们的辩护意见，但这有什么用啊？你们拿不出证据啊。

“没有证据，光凭一张嘴，是左右不了审判委员会的决定的。审委会只会依照双方提供的证据拟定判决。检察院出示的证据确凿，而你们的呢，大部分都是推测，我们启动了法庭调查取证，也还是没能证明你们的观点。”法官颇有耐心地说道，“一审这个死刑判决，目前来看，是没有什么争议的，不过我们也是经过慎重考虑的，这个案子肯定是要走二审的，而二审改判的概率非常大。就算不走二审，最高法在死刑核定这件事上，现在也非常小心，发回重审的概率非常大。这可是审委会能为你们争取到的最好结果了。这样一来，你们还有时间去调查取证。罗律师，我这么说，你总该明白了吧？”

老罗一言不发地离开了法院，可他并没有直接回律所，直到天色变黑，他才衣衫不整地回到了办公室。

那时候，我和张静还在律所，研究着朱亚文一案的卷宗。

“小明哥，你有没有发现一个问题。”张静皱着眉，“这个王林的证词。”

“什么地方？”我从卷宗里抬起头，问道。

“王林是第一个发现唐琼遇害的。”张静说，“但那天他不是第一个开门的。唐琼的店一直保持卷帘门半开，都没人过去看，怎么就他去了？”

“哦，那个啊，他们是邻居嘛。”我说，“俗话说，远亲不如近邻。”

“可是，他明明说前几天他们俩还打了一架。”张静说，“他这么过去看，总给我一种奇怪的感觉。”

“还有，案发当天，王林关闭了店里的监控。巧合的是，朱亚文与混混发生冲突的时候，他店里的监控也没有记录。在这个案子里，除了唐琼自己的监控，就属他的监控至关重要，可不偏不倚，他就缺失了这两天的监控，别的时间都有。这不奇怪吗？”张静皱着眉说道。

“你的意思是？”我也皱起了眉。

“这只是我的推测，但是太巧合了，巧合得有点不正常。”张静说。

“事出反常必有妖。”我沉默了，“要是能找到唐琼电脑的硬盘，这件事就好解决得多了。”

“也许，调用一些特殊的关系能找到。”张静想了想，“但是肯定会被作为非法证据排除掉的。”

“不用了。”老罗站在医药箱前，从里面翻出创可贴，贴在了右手背上。

“你吓死人啊，怎么走路都没声音的？”张静差点儿从沙发上跳起来，不满地说道。

“是你们自己太投入了吧。”老罗笑了一下，可我却敏锐地察觉到，他笑得非常勉强，而且，我注意到，除了手上的伤，老罗的双膝上还有灰尘，一向爱干净的他却根本没有去清理。

“老罗，你这是？”

老罗没有答话，而是从口袋里掏出了一块硬盘：“静，找人把硬盘的数据恢复一下吧。”

张静没有接那块硬盘，脸色却渐渐变得铁青：“你去找他们了？”

“这块硬盘就是唐琼电脑上的那块。买主拿到硬盘后，还没来得及做操作，只是删除了里面的数据。”老罗说。

“你去找他们了？！”张静提高了音调。

“是。”老罗犹豫了一下，点了点头。

“你答应过我，永远不会和他们有任何交集！”张静的脸沉了下来。

“但我也不能看着朱亚文去死。”老罗笑了一下，“我只是请他们帮个忙。”

“那潭水，你一旦进去，就别想再出来了！”张静说，“你知不知道？！”

“我知道。”老罗点了点头，“但是你放心，我就算去死，也不会回去的。我痛恨那个地方。”

老罗究竟去找了谁，让张静动了这么大的肝火，老罗没有说，张静也没有说。只在一次醉酒之后，张静才说，为了拿回这块硬盘，老罗在外面整整跪了两个小时才得到了线索，然后单枪匹马地找到那个收购了硬盘的人，用拳头说服了那个人交出硬盘。

直到老罗退出了律所，我才知道，老罗的家世，我所看到的，不过是冰山一角。

四夕罗家，罗家五虎，这些如雷贯耳的称号，一年前，张静的干爹也曾说过，只是我们这一代人，我们这一批与那个世界毫无瓜葛的人对这些并不感冒罢了。

那天晚上，张静丢下了一句“我会想办法让这份证据合法化的”之后就离开了律所。

三天后，一份特快专递放到了审判长的案头，里面还夹着一份打印的匿名信。

信中称，他无意中得到了这块硬盘，硬盘里的一份视频和眼下法官正在办理的一个案子有密切的关系。

审判长不敢大意，找来技术人员调取了硬盘内的资料。

那是一个月朗星稀的晚上，商业街里早已没有了人，只有路灯散发着昏暗的光芒。日升五金行门前，三个年轻人鬼鬼祟祟地靠了过来。

隔壁的店铺门打开了一条缝隙，一道人影钻了出来，和这几个年轻人协商着什么。说了几句，他转身回了店里，片刻后再出来的时候，手上多了一个纸袋。

一个年轻人从纸袋里拿出一摞钱看了看，满意地点了点头。

那人指了指头顶的监控录像，示意他们小心后，钻回了自己的店里。

这个人，正是向我们提供了诸多线索的王林。而那几个年轻人，就是台球厅里的那几个人。

王林离开后，几个年轻人用力敲响了日升五金行的大门，二楼的灯亮了起来，接着，卷帘门慢慢上升，露出了唐琼肥胖的身体。

不等卷帘门完全敞开，一个年轻人挥舞着手中的匕首刺了上去。唐琼愣了一下，摔倒在地，年轻人闯进了屋子，对着唐琼连刺几刀，看着唐琼渐渐失去了行动的能力，这几个年轻人上了楼。

就在这时候，朱亚文出现了，他走到日升五金行的门前，愣了一下，迅速冲了进去。

视频到这里就结束了。

尽管没能拍到朱亚文与那几个年轻人搏斗的场面，但这些已经充分说明，朱亚文并不是本案的凶手。

由于这份关键证据的出现，几天后，王林和那几个年轻人被公安机关逮捕。至于朱亚文，检察院在掌握了这份材料后，也撤销了对他的指控。

尽管历经波折，索命的利刃都已经悬在了当事人的头顶，但总算在最后时刻，老罗几乎凭借一己之力反败为胜。

出狱之后，朱亚文特意让张静拍下了我们三个人的合影，就是老罗办公室里的那张。

可是，从那个晚上开始，有大半个月的时间，张静虽然隔三岔五还会到律所，却始终不肯和老罗说话。

直到有一次，我跟张静说，她不说话，对于老罗来说才是天赐的奖励后，她才恍然大悟，再次恢复到了以前的那种生活。

009

校园霸凌

无论对个人还是对社会，预防犯罪行为的发生要比处罚已经发生的罚罪行为更有价值，更为重要。

——李斯特

1

“主任，机票订好了，您到机场凭身份证直接换登机牌就行。”

一大早，我拎着硕大的行李箱，刚到办公室，前台的林菲就说道。

“嗯，谢谢！”我由衷地表示了感谢，“对了，今天平安夜，晚上你们玩得开心点。还有，别再穿这身衣服了。”

“我习惯了。”林菲低下了头，拢了拢额前的头发，安静地坐了下去。

我只能无奈地摇了摇头。

林菲今年二十四岁，平时酷爱化妆，衣服也都是鲜艳的颜色，偏重于性感路线，随时随地都在散发着一股四溢的青春活力。

但每年的平安夜，她都会换上一袭黑衣，素面朝天，清纯中又不失成熟。胸前还戴着一朵小白花。

这个习惯从她到律所上班那一年开始，持续到今年，已经七年了。

我把行李箱放在办公桌上，打开，同时打开了保险柜，从里面拿出了护照、签证，一一塞进了行李箱。

就像林菲每年的这个时候都会换上一身素服，戴上一朵白花，我也有一些习惯是无法改变的。每年的这一天我都会离开中国，远赴荷兰，去那个老罗曾玩笑说赚够了钱就和我一起移民过去的国家。

我会离开一个月，这一个月里，律所的所有工作只是在惯性中维持着运转，我并不插手。要知道，每年，我可只有这一个月假期，能让我和老罗、张静三个人安安静静地聚在一起，度过一段快快乐乐的三人时光。

在酒、烟和对过去的回忆中迎接新一年的到来，可是我每年从年初一直盼望到年尾的事。

今年稍微有一点儿不同，当我的手滑过保险柜里的一个档案袋时，它不受控制地抖了一下。

好吧，今天就来讲讲这个林菲的故事吧，下一次再给大家讲故事就是明年的事了呢。

我打开档案袋，入眼的是一张从空中俯拍的照片，鹅毛般的雪花随风飞舞，地面已经笼罩上了一层白色。就在这幅如诗如画的白色背景上，却突兀地涂抹着一片暗红。

一个年轻的女孩儿，穿着白色的睡衣，赤着脚躺在地上，一条腿不自然地扭曲着。那片暗红就是从她的身下流出的。鲜血汩汩地流淌着，转瞬间就铺满了我的整个视线。血泊中的女孩儿带着一抹冰冷的笑容，双眼死死地瞪视着我。

照片上的这个女孩儿叫刘颖，2008年的时候，十八岁，大学一年级，成绩优异、长相甜美的她被誉为该校的校花。那年的12月24日，星期三，也是平安夜。晚自习后，这个被家长和老师寄予了厚望的女孩穿着一袭单薄的白色睡裙，从宿舍楼顶的天台一跃而下。

而伴随着她的死亡，一宗恶性的校园霸凌事件冲破了重重阻挠，血腥的罪恶终于暴露在了阳光之下。

人们发现，刘颖的大学生活并没有像她甜美的笑容那样充满温馨。入学以来，她始终生活在某些人的阴影下。那同样是几个女孩子，和她同寝室的女孩子。她们打扮妖冶，出口成脏，对于一切既定规则均毫不犹豫地挑战。没人知道刘颖为什么会成为她们的目标，只是这些人兴致来了的时候就会把她叫到宿舍楼顶，打骂、侮辱，甚至扒光她的衣服拍照留念，威胁她不听话的话，就会把这些照片传到网上。

其实这不仅仅是威胁，这些人也确实这样做了。可她们并没有受到应有的惩罚，只是被老师叫到办公室教育几句了事，而事后，刘颖换回来的是变本加厉的侮辱。

那天的平安夜，那几个人中的老大，再次将刘颖叫到了楼顶。她强迫她在寒冷的冬夜换上单薄的睡裙，强迫她赤足踩在积雪里，然后，强迫她从楼顶一跃而下。

一个年轻生命的消逝并没有让她感到恐惧，甚至没有感到一点点的不安。她将这一切用照片的形式记录了下来，并上传到了网络。

事后，她更坦诚，是她将刘颖推下了楼。

没有负罪，没有忏悔，甚至没有一丝一毫的愧疚，她将这件事当成了一个至高无上的荣誉，四处炫耀，最终也将自己送进了警局。

这个人就是林菲。

我们介入这个案子已经是案发后的第三个月，时间也已经进入到了2009年3月。公安机关已经完成了前期侦查工作，认定林菲对刘颖的殴打虐待事实清楚，证据确凿，林菲本人也承认自己的确做下了这些事。

对于杀害刘颖一事，公安机关从刘颖的指甲内发现了一些皮肤残屑，证实属于林菲。事后林菲在网上散布的言论也成了重要证据。且多名目击者证实，事发当晚，林菲确实再次将刘颖叫到了顶楼。

刘颖身上有多处利器造成的割伤，致伤工具是掉落在现场的一把水果刀。多名证人证实，这把刀属于林菲，警方在刀上发现了林菲的指纹。

而刘颖坠楼后的照片也出现在了林菲的QQ空间及博客等网络社交工具中。

直到这个时候，林菲才意识到自己将要面临的是怎样的麻烦，对于警方出示的相关证据开始一概否认。

她称，当晚并不是她将刘颖叫到了宿舍楼顶，而是刘颖叫她过去，说有重要的事情要谈。但一到楼顶，刘颖却一句话都不说，而是拿出一把刀开始自残。

林菲认出，那把水果刀就是她平时用来威胁刘颖的刀。在她还没反应过来发生了什么的时候，刘颖将刀递到了她的手里，并抓伤了她。受伤的林菲离开了楼顶，回到了寝室，并不清楚刘颖是何时又是为什么坠楼的。

对于出现在社交平台上的现场照片，林菲否认是她拍摄并上传的。这些照片为什么会出现在她的账号上，她表示并不清楚。

对于事后宣称是自己杀害了刘颖一事，林菲表示，这些话不是她说的，她根本没时间，案发后学校先对她做了调查，然后就被警察带到了局里。

“不接。”

其实在最开始的时候，只是简单了解了一下案情，我就给出了这样的答复。这个案子里，不管林菲是否真的杀了人，单凭她曾经对刘颖做过的事，我就有足够的理由拒绝这个案子。

“五十万。”老罗深吸了一口气，“林菲的家里愿意出五十万请我们给她作无罪辩护。”

“做不到。”我简洁干净地说道，“多少钱我都做不到。”

“老简！”老罗无奈地叹了口气，“就当帮帮我好吧？咱们已经又连续好几个月赤字了，你想让我回到那个该死的地方？”

“理由不充分！”我笑了一下，“虽然连续几个月赤字，但是本年度我们还是盈利的！”

“好吧。”老罗苦笑了一下，“我是觉得，这案子有点古怪。林菲入学的成绩和刘颖相差无几，同样也是被学校寄予厚望的人物，怎么可能就去杀人了？”

“学习好不代表性格就好。”我说，“相反，过于追求学习成绩的人，性格多少都有些缺陷。比如马加爵，从初中到大学，学习成绩一直很不错，还得过全国奥林匹克物理竞赛二等奖，被预评为‘省三好学生’，结果呢？”我竖起四根手指，“他杀了四个人！三天内连杀四人！

“而且，你也看到了，林菲承认，她对刘颖有过加害行为，这意味着什么你不会不清楚。她有动机杀人！”我端起水杯喝了一口水，“无罪辩护几乎不可能成功。”

“可是……”老罗沮丧地说道，“一百万啊，就这么给别人了？真不甘心啊！”

“多少？！”我一口水喷到了电脑屏幕上，“你不是说五十万吗？怎么变一百万了？”

“新买的，老多钱了！”老罗心疼地擦拭着刚换的显示器，不好意思地笑了一下，“违约的话，要再赔五十万。”

“哪来的约？什么时候签的约，我怎么不知道？”我不可置信地看着老罗。

“嘿嘿。”老罗挠了挠头，“委托人来的时候你不在，我一听这数，手一抖，就签了。”

“完了你才问这是什么案子，是吧？”我靠进椅子里，仰头看着天花板，一股邪火在身体里乱窜，我却连发火的力气都没有了。

“你真是钻钱眼里了，迟早有一天，你就死在这钱上！”我恶狠狠地瞪了一眼老罗，大脑却在飞速运转着，五十万的赔偿不是拿不起，只是拿完之后，我这个大股东，律所的主任就得光屁股上街讨饭了。

“老简，我这么说吧。”老罗严肃地看着我，“我理解林菲，她享受的是凌辱的过程，是把一个高高在上的人踩在脚下的感觉，就这么杀了猎物，这不符合她的追求！”

“你理解？”我看着老罗，愣了一下，随即无力地吁了一口气。

没错，他确实应该理解林菲。老罗这家伙，除了爱财，没有什么特别的爱好，却有一个嗜好，对于所有比他强的人，都要想尽办法踩在脚下，当然，我指的是字面的意思，只不过没有林菲那么血腥罢了，而且，在这上面，他还是肯稍稍动动脑子的。

比如，对于体育比他好的，他会邀请人家比学习成绩；对于文艺比他好的，他会和人家比力量；对于学习比他好的，他就和人家比体育。

赌约就是输的人要被踩在脚下。

总之，他的一条处事格言就是：我可以在一件事上不如你，但一定要在另一件事上碾压你，但你永远别想碾压我，因为，战场的选择权在我！

我大概是唯一没被他踩过的人，因为我睡他上铺，我警告过他，我不确定是不是哪一天不小心就睡穿了床板。

2

“我没杀人！”看守所的会见室里，穿着囚服“黄马甲”的林菲一见到我和老罗就说道。

此时的她早已敛去了张扬，取而代之的是对自由的无限渴望。

“怎么每个当事人对我们说的第一句话都是这句？”老罗看了我一眼，无奈地摇了摇头。

我没搭理他，这个案子我打定了主意绝不参与太深，让老罗自己一个人折腾去吧。至于输赢，我不在乎，只要履行完这份合同就好了，委托人虽然要求作无罪辩护，但是结果可不在约定的范围内。

老罗见我不说话，清了清喉咙正色道：“你是否杀了人只有你自己清楚，但如果你想重获自由，就必须如实回答我们的问题。”

“你们问吧。”林菲凄然道。

“那天晚上到底发生了什么？”老罗问。

“我都跟警察说过了，可他们不信我。”林菲一脸哀求地看着老罗，“你们信我吧，我真的没有杀人！”

说着，林菲的眼睛里开始闪现晶莹的泪光。接着，她断断续续地讲述了那天晚上发生的事。

和向警方供述的内容差不多，12月24日下晚自习之后，林菲就回到了寝室，刚准备洗漱休息，已经换好了睡裙的刘颖就突然站到了她的面前，面无表情地说道：“你跟我来一下，我有事跟你说！”

不知道怎么，平时一向作威作福的林菲听到刘颖这句话，却感到一阵刺骨的冰寒。她下意识地看了眼身后，可平时跟在她身后的那两个人此时都不在寝室。浪漫的平安夜自然要做一些浪漫的事情，除了单身的她和同样单身的刘颖。

“怕了？”看出了林菲的犹豫，刘颖竟扯出了一抹讥诮的笑容。

“怕你？”林菲冷笑了一声。

“不怕就跟我来！”刘颖昂着头，像一只骄傲的白天鹅，带头走上了宿舍楼的天台。

看着她就那样赤着脚走了出去，林菲有些犹豫，可刘颖的那些话就像一根刺扎在她的心上，她咬了咬牙，跟了上去。

刘颖就站在天台边，面向着门边的林菲，脸上带着一成不变的笑容。飘扬的雪花飞洒，一头披肩长发、一袭白色睡裙的刘颖此时看起来像极了日本传说中的雪女。

“喂，你想说什么？”林菲掏出一支烟，狠狠地抽了一口问道。

“是时候付出代价了。”刘颖似在自言自语，又似在对林菲说，随即她便掏出了一把水果刀，突然划向了自己的胳膊，血一下子流了出来，可她却像受伤的不是自己一样，脸上的笑容没有丝毫的改变。

“这世界上最残忍的不是欺负别人，而是敢对自己下刀。”刘颖冷笑着说，刀锋移到了脸上。

这诡异的一幕让林菲也呆住了，直到刘颖的脸上也流出了鲜血，她才反应过来，喊道：“你神经病啊！”

“我只是，想让你付出代价而已！”这句话，刘颖说得无比轻松。她走到林菲的身边，将水果刀塞进了她的手里，死死地抓住了她的胳膊。

“放手！”林菲喊着，努力想要抽回手，刘颖的指甲却已经深深地刺入了她的皮肤。

“你干什么？！”林菲色厉内荏地喊道。

“我只想让你知道，以前，你可以随便打我骂我，以后，我不是你能惹得起的人！”刘颖依然保持着笑容，语气却无比森寒。

“有病！”林菲用力一挣，挣脱了刘颖的手，丢下水果刀，离开了天台。

“后来发生了什么我不知道，没过几分钟，就听他们喊刘颖跳楼了。”林菲说，语气中带着些无奈，“真的和我没关系。”

“按你说的，刘颖确实是自杀。可是证据呢？谁看到了？”老罗问。

“没有。”林菲苦笑，“她们就看到我和她一起上了天台，我自己回来了，刘颖死了。可是，这也不能就说我杀了她吧？”

“那些照片是怎么回事？”老罗又问。

“我不知道。”林菲用力摇着头，“我什么都不知道，出了那么大的事，我平时就和她有矛盾，学校就找我去问话了，然后我就被警察带走了。那些照片传到网上，用的还是我的账号的事，也是警察告诉我的。”

“你后来为什么公开承认那些事是你做的？”

“我没有。我说了，出事之后我根本没时间去管那些，学校问完话，我就被警察抓来了。”林菲苦着脸。

“你恨她，对吗？”老罗突然问。

“谁？”林菲愣了一下。

“刘颖！”

“我……我不知道！”林菲想了想，摇了摇头。

“承认吧，你恨她。”老罗叹了口气，“你和她成绩差不多，长得各有千秋，也算是美女，可是她却独占了所有的光环，你觉得不公平，那些东西本来应该是你的，所以你欺负她，你侮辱她，你靠这样的方式来证明自己比她更优秀。”

“我……”林菲怔怔地看着老罗，一时间竟说不出话来。

“可你不会杀了她！”老罗话锋一转，接着说道，“你有自己的骄傲，你要的是把她踩在脚下，而不是没有对手！”

老罗看着怔怔的林菲，此刻，林菲的目光中多了一些若有所思和狐疑，然而过了半晌，她还是茫然地摇了摇头：“我也说不好，我就是看她不顺眼。”

老罗却点了点头：“你放心，这官司，我肯定给你打赢！”

“你太冲动了！”一出看守所，我就冷冷地说道，“身为一个律师，要时刻保持冷静，包括在什么时候爆发出最激烈的情感都要经过周密的计算。你脑袋一热就给人拍胸脯保证，完了你拍屁股走人，当事人怎么办？”

“放心，老简，这案子，我有信心！”老罗用力握了握拳头，“接下来咋办？”

我无力地抚了抚额头：“你一副胸有成竹的样，合着你根本不知道该怎么办啊？”

“我哪知道咋整啊。”老罗摇了摇头，“反正你每回给当事人作保证完了之后官司都赢了，我还合计这是什么窍门，一拍胸脯点子就来了呢。我这胸脯拍完了，还是没想法。”

“你啊，你是胸大无脑。”我指着老罗，又好气又好笑，“跟你说过多少回了，我要么是凭借科学分析，要么是靠过人的直觉，从来没盲目打过包票！”

“嘿嘿，老简，你不会真以为哥没辙了吧？”老罗阴险地笑了一下，“哥逗你玩呢。这时候当然是我们的顾问大人闪亮登场了！”

说着，老罗掏出手机，拨通了张静的电话，约定了待会儿在律所见面。

我和老罗回到律所的时候，张静已经等在办公室里了，正兴致勃勃地摆弄着老罗的新玩具，一架无人机。

无人机在她的操作下做着各种高难度的飞行动作，无人机底部的摄像头咔嚓咔嚓地拍着照片。

“小骡子，说吧，这回又有什么事求助你姑奶奶啊？”一看到老罗，张静就冷笑了一声说道。

“没事就不能找你了？”老罗一脸讨好的表情，“静啊，你妈最近怎么不提价了？不会是默认了吧？那我可就亏大了。”

“少来这套！”张静不耐烦地摆了摆手，“我都老成这样了，她不默认还能怎么样？我昨天听她和我爸商量，要多少钱你才肯娶我！”

老罗的脸一下子变了颜色，期期艾艾地看着我：“老简，你可得给我做主啊！”

“做你妹的主！”我笑了一下，“我倒是赞成你们俩赶紧结婚，省得天天烦我！”

说完，我才发觉不太对劲，张静一脸吃惊地看着我。

“我不是那意思，我的意思是……算了，静，你看看这个。”意识到这件事越描越黑，我连忙转移了话题，把卷宗丢给了张静。

“你们接了这个案子？”张静一打开卷宗就愣了一下，语气骤然冰冷，“谁让你们接这个案子的？”

“他！”我和老罗一起伸手指向了对方。

“哼，小明哥才没那么蠢。”张静冷哼了一声，“收了人多少钱我不管，但我明确告诉你，这案子我不管，也别指望我帮你们！”

“怎么了？”看着张静丢下档案，站起身要走，老罗惊讶地问道。

“怎么了？”张静看着老罗，“你有没有点良心？林菲干了什么你不知道？这样的人值得你们去救？罗杰，你是想钱想疯了，还是看上人家年轻貌美了？”

“我，不是，我这不就是接个案子嘛，这当律师的，这事不是很正常吗？”老罗看着我，一脸的不明所以。

“静啊……”

“你别说话！”我刚要说话，就被张静堵了回去，“我告诉你们，这案子什么地方有问题我清楚，但是别指望我告诉你们，她那种人，活该关监狱里一辈子。”

说完，张静就不再理会我和老罗，一言不发地离开了律所。

我的手指快速地在口袋里按动着手机键盘，一条短信乘着电波跨越基站后飞到了张静的手机里：“这回我站在你这边！”

“这，怎么了这是？”老罗看着张静的背影，无奈地叹了口气。

“龙有逆鳞，触之者死啊！”我摇着头，开始收拾散落一地的档案。当我捡起那张照片的时候，突然愣了一下，下一刻，我猛地一拍大腿，喊道：“我知道了！”

“一惊一乍的，你们俩想吓死谁啊！”老罗不满地喊道。

“老罗，你看这个，没看出点什么来？”我将照片递给了老罗。

“啥呀？”老罗看着照片，“这有啥啊？”

“角度，角度！”

“角度？”老罗看着照片，眼睛慢慢瞪大，“我去，老简，你这双狗眼还真是钛合金的，这都让你看出来了。”

“嗯哼。”我耸了耸肩，“我也只能帮你到这儿了，别指望我还能干别的。”

“这一个就够了。”老罗迅速掏出了手机。

3

老罗的电话是打给他五叔，罗副检察长的，要求调取本案的相关材料，包括当事人林菲的手机、数码相机以及电脑，并请求由第三方机构对存储卡及硬盘进行数据恢复。

“有这个必要吗？我们已经详细核实过了所有的证据。”罗副检察长有些不太情愿，“我已经准备签署公诉书了。”

“当然有这个必要。”老罗说，“首先，这个复查能够证实本案的那些照片是否由林菲拍摄并上传到网络的。其次，调查并核实你们提供的所有证据也是法律赋予我们的权利。”

“行了行了，别跟我打官腔。”罗副检察长不耐烦地说道，“你们过来吧，我们正在做这件事呢。”

老罗当即开车和我一起到了检察院，技术人员已经架好了摄像机，我们到场之后，便开始了工作。

这是一项复杂又枯燥的工作，看到后来，老罗又有点昏昏欲睡了。

“别睡了，结果出来了。”天色变黑的时候，我踹了老罗一脚。

“咋样？”老罗揉着惺忪的睡眼问道。

“鉴定结果显示，通过对当事人手机、数码相机及电脑的硬盘数据恢复，未发现与本案相关的照片、聊天记录等信息。但通过对电子证据的核实，证实这些内容的来源IP地址确实属于林菲的电脑。”鉴定人员说道。

“太棒了！”老罗兴奋地一握拳说道。

“别高兴得太早了。”鉴定人员兜头浇下了一盆冷水，“这份报告不能作为权威证据使用，数据恢复并不能完全恢复硬盘内容，有多种手段可以让数据永久性丢失。”

“所以，你要想打赢这个官司，还是得找到其他证据。”我看着老罗，似笑非笑地说道。

“去哪儿找？”老罗问。

“那是你的事！”我看了一眼老罗，他也正看着我，双眼迷蒙，嘴巴微微嘟起。

“太恶心了你！”我忍不住干呕了一下，翻开卷宗，转移注意力。

看着检察院提供的电子证据的打印件，我却慢慢地皱起了眉。

刘颖死亡的时间是12月24日晚10点，目击证人证实，9点50多的时候，林菲已经回到了寝室。照片发到网上的时间是10点05分，那些言论几乎也是在这个时候传到网上的。

“10点05分的时候，林菲已经被控制住了，她不可能上网。”老罗也意识到了这个问题，“那就是说，林菲没撒谎。”

“所有的时间都是大约，前后有几分钟的误差，没有什么奇怪的。”我皱着眉说道。

“现在咱们就假设这事不是林菲干的，那拍照片，又上传到网上的会是谁？”老罗轻轻敲打着方向盘，“案发时间段除了刘颖和林菲，就没有别人上过天台，总不能是刘颖自己拍照自己上传的吧？”

说到这儿，老罗的脸色突然变得苍白：“那可真是见了鬼了。不会来找我们算账吧？”

“那可不好说。”我笑了一下，“至少我不怕，至于你，收了人家钱了。”

“晚上我去你那儿睡。”老罗咬牙说道，“现在咋整？”

“我都说了这案子我不管！行了行了，别整那个恶心的表情，去看看被害人那边吧。”眼看着老罗又要双眼蒙眬地看着我，我赶紧说道，“报告里说了，被害人手机里没有任何存储内容，好像被人为删除了，他们的技术手段也没办法恢复。没准儿，这里面藏着什么重要的线索，我们去她家里找找。”

半小时后，我们敲响了刘颖家的门。

“谁啊？”伴随着这个沙哑的声音，一个憔悴的老人打开了房门，戒备地看着我和老罗，“你们找谁？”

“您好！我们是林菲的代理律师，想问您点事。”老罗微笑着说道。

“林菲？”老人愣了一下，脸色也冷了下来，“你们是那个凶手的律师？你们走，我不想看见你们！”老人喊道，伸手推了一把老罗。

“你干啥？”老罗眉毛一竖，低吼道，“我削你啊！”

“打啊打啊，给你打！”老人说着，竟贴上了老罗，“你们害死我女儿还不够，现在连我也不放过？”

“说啥呢？谁害死你女儿了？”老罗高举着双手，示意自己并没有对老人动武，嘴上却不闲着，“你可别瞎说啊。老简老简，赶紧录像，我可没碰他啊。”

“我们是想查明白，到底是谁杀了你女儿。”我苦笑了一下，耐心地解释道。

这个老人的心情我完全可以理解，相依为命的女儿就这么不明不白地死了，嫌疑人的辩护律师却又找上门来要帮凶手脱罪，老罗甚至还威胁了人家一句，没当场揍我们一顿，这个老人的涵养已经相当好了。

“哼！”老人哼了一声，“警察都查完了，用得着你们查？林菲那个小崽子杀了我女儿，你们给她当律师也不是什么好人！滚滚滚！别来烦我！一群没良心的浑蛋！”

说着，老人“砰”的一声关上了门。

“咋整？”老罗苦笑着看着我。

“好狗不挡道！”就在这时候，我们身后传来了一个清脆的声音。

老罗回头，就看到张静一脸阴沉地站在我们身后。

“静，你咋来了？”老罗赶忙堆起了笑脸。

“查案！”张静冷冰冰地吐出了两个字。

“你不知道，这家人可难对付了。”老罗抱怨着。

“那是你们，不是我！”张静抬手敲响了门。

“都说了，别来烦我！”门里传来了一声怒吼。

“大叔，是我，刚和您通过电话的。”张静说道。

门打开了一条缝，门内的老人警惕地看着门前一身警服的张静：“他们俩？”

“我和他们俩不是一伙儿的。”张静说，“我来是想找到更多证据给凶手定罪！”

“你进来，他们俩不行！”老人说。

“大叔，我看，你还是让他们俩看着我怎么干活的吧。”张静微微一笑，“要不然，回头在法庭上他们该说我违法取证，我找到的证据就不能用了。”

老人犹豫了一下。

“大叔，你放心，他们只能看着，不管问你啥你都可以不说。要是随便动屋里的东西，你就报警！”张静说，“完了你看我不收拾死他们俩。”

张静恶狠狠地瞪了老罗一眼。

“进来吧！”老人终于打开了房门。

一进房间，张静二话不说就进了刘颖的卧室：“大叔，刘颖的东西都在这里了吧？”

“都在这儿了。”老人点头，“等周年的时候，就都给她送过去了。”

“大叔，刘颖喜欢电脑？”看着书架上满满当当的程序设计教程，张静问。

“嗯，那孩子可喜欢电脑了。可是电脑坏了。”老人叹了口气，“我合计着，那台笔记本电脑是孩子的，里边总能留下点啥，可是我笨啊，都不会用！”

“能把电脑给我看看吗？”张静说。

“行！”老人蹒跚着从衣柜里拿出了一台笔记本电脑，交给了张静。

张静连通电源后，按下开机键，奇怪的是，电脑没有任何的反应。

“这是咋回事？”老罗忍不住插嘴道。

“拿回来那天就这样了。”老人看了一眼老罗，冷哼了一声，“这孩子走得不甘心啊！等着我给她送电脑去呢。”

“大叔，电脑我能带回去吗？”张静想了一下问，“你放心，我用完就给你送回来。这里边说不定有重要证据。”

“这个……”老人不放心地看了一眼我和老罗，“我送你？”

“不用。”张静呵呵一笑，从腰间摘下了手铐，轻轻晃动着，“他们就是想干点啥，也得问问我手里的家伙同不同意。”

4

“这丫头到底想干啥？！”看着张静远去的背影，老罗愤愤地说道。

在刘颖家里的时候，老罗还认为张静是在给他们创造机会，可一走出刘颖的家，老罗就意识到，自己理解错了。

他本是想腆着脸请张静吃顿饭，顺便套点消息出来，可张静却一言不发，径直开车走了。

“不管她想干啥，看来她的确是找到关键线索了。”我沉思了一下，说道。

“那有啥用，死丫头摆明了不会告诉我们！”老罗白了我一眼，“现在可咋整？”

说完，他眼睛一亮：“我知道了，去现场。这丫头说过，现场还原最容易找到线索。”

“说得轻巧，是你会啊还是我会啊？”虽然这样说，但我还是上了车，看着老罗转动方向盘，驾车驶向了刘颖的学校。

开学已经有一段日子了，经历了刘颖坠楼的案子，学校明显加强了安保措施。教学楼和宿舍楼下坐着一名保安。所有能够通向楼顶的门都更换了更安全的门锁，甚至安装了触发式报警系统，一旦有人非法闯入，保安在第一时间就会知道。

出示了相关手续后，在保安队长的带领下，我和老罗登上了出事的宿舍楼天台。

“真不敢想啊，那么大点的孩子，就敢干出这种事来。”保安队长感叹道。

“现在的这群孩子，都早熟！”老罗回应道，“一点儿社会责任感都没有，天上地下，唯我独尊！都让家里惯坏了。老简，你找着啥没？”

此时的我正站在天台边，低头看着下面。

“你小心点！”老罗连忙喊道。

“照片绝对不是在这儿拍的。”我回过头，神情凝重地说道，“那张照片是空中九十度角俯拍的，在这个地方，拍不到。”

“自拍杆呢？”老罗问。

“你傻啊！”我笑骂了一句，虽然自拍杆早在上世纪80年代就已经发明了出来，但在这个案子的年代，这东西对于国内来说，除了专业的摄影师和一些有点特殊癖好的人，还真没几个人听说过，更别说用过了。

凑巧的是，老罗偏偏就有一个自拍杆，虽然从来没见他用过。但说林菲会有这种东西，我是无论如何也不会相信的，警察根本没见过这东西。

“可是光有这个还不行，就算照片不是林菲拍的，也无法证明人不是她杀的。”我皱着眉，沿着天台边缘慢慢地走着。老罗也跟了上来，离天台边稍远了点，一只手死死地抓着我的袖子。

“要是我们能弄明白是谁，用什么办法拍了这些照片，出于什么原因，用什么手段传到了林菲的社交账号上，这案子的真相应该就能水落石出了。”我停下脚步，点了点头。

“快看那边。”老罗突然喊了一嗓子，脸色因为恐惧而变得苍白，指着对面那栋宿舍楼的手也轻微地颤抖着。

就在那栋宿舍楼的楼顶，一点微弱的光闪烁着。

“谁在那边？”陪同我们的保安也喊道，对着对讲机请求支援，“小林，5号楼，谁上天台了？”

对讲机里传来了一阵吱吱的声音，接着一个年轻的声音说道：“队长，是个女警察，说是来查案的！”

女警察，查案。

这两个关键词让我和老罗对视了一眼，老罗下意识地掏出了手机，拨通了张静的电话，清脆悦耳的铃声从对面飘了过来。

我们看到张静走到了5号宿舍楼的天台边，手里还拿着一个奇形怪状的东西，用力向我们挥了挥手就下了楼。

等我们追下楼的时候，张静的车已经跑出了老远，一个年轻的保安神色怪异地看着我们：“请问是简律师和罗律师吗？”

“我是。”我点了点头，“有事？”

“哦，刚刚那个警察让我给你们带句话。”保安清了清喉咙，捏着嗓子，“小骡子，你就安安心心地等死吧，本姑娘要让你万劫不复！”

他学得惟妙惟肖，就连神态也入木三分。学完张静的话，这个保安不好意思地挠了挠头：“她说了，要是差一点儿，就抓我去挖煤。”

我和老罗无奈地看着这个保安，同时也确定，张静一定找到了什么关键性的线索，但这个线索她不打算给我们看。对于我们的求见，这丫头来了个闭门谢客，电话拒接，寸步不离办公室，甚至交代保卫，禁止我和老罗踏入公安厅半步。

“嘿，这死丫头，三天不打上房揭瓦，逮着我非弄死她！”老罗撸着袖子，愤愤不平地叫嚣。

“哪次挨打的不是你？”我笑了一下，“放心吧，静不是那种不明事理的人。”

“审判长，各位陪审员，以及旁听席上的诸位，很明显，本案的被告人林菲，无论在学习成绩上还是人气上，都较本案的被害人刘颖稍逊一筹。通常来讲，这个时候，一个正常人应该做的是努力学习，改变自身的交往模式，提升魅力。然而，林菲是怎样做的呢？她并没有从自身寻找原因，而是认为，刘颖所拥有的一切原本都应该是她的，刘颖的出现剥夺了本属于她的一切。所以她怨恨、她嫉妒，她疯狂地报复刘颖，殴打、虐待，甚至将这一切上传到网络，损毁刘颖的名声，试图以这种方式来挽救自己的地位。

“当这一切都没有达到预定的目标时，林菲便预谋杀害了刘颖。事后，对自己的这种做法她不仅没有反思，反而四处炫耀。这是一个‘人’能做出的事情吗？不，任何一个有良知的人都不会做这种事！本案的被告人林菲是一个毫无人性、凶狠残虐的人！她应该为自己的所作所为付出沉重的代价，这不仅仅是教育她，更是为了给其他和她有一样想法的人以告诫！

“我必须提醒法庭注意的是，本案既不是激情杀人，也不是过失致人死亡，而是谋杀！”

既然我们在案件起诉前就已经介入了，罗副检察长自然没理由放过我们，于是，在正式起诉前，他再次组织了一个模拟法庭。

扮演公诉人的检察官用极为煽情的措辞和一句铿锵有力的话结束了第一段发言。

“我们的观点有一部分是和公诉人相同的。”老罗轻咳了一声，站起了身，“那就是无论出于什么原因，都不应该以贬低他人的形式来抬高自己的身价。显然，我的当事人在某些事情上是有错误的，这一点无论是我，还是我的当事人都必须承认。”

“但是，就像公诉人刚刚说的，会做出这种事情的人不能称之为人！”老罗话锋一转，说道，“可是公诉人刚刚对我的当事人进行人身攻击，这样的做法就对了吗？这难道不也是通过贬低他人来提高自己的身价吗？就这件事，公诉人必须向我的当事人道歉，除非他承认自己也不是人！”

公诉人怔怔地看着老罗，脸色慢慢涨红：“我拒绝！”

“不用这么入戏吧？”审判长讪讪地看着控辩双方。

“做戏当然要做全套。”老罗耸了耸肩，“要不然到法庭上指不定出什么问题呢。审判长，首先我们必须明确一件事。今天我们将要审判的是一名涉嫌故意杀人的嫌疑人，这就肯定了我的当事人作为自然人的属性，既然是自然人，那么她就有权享受法律赋予她的人权。然而，”老罗再次话锋一转说道，

"公诉人的言辞中却并没有将她作为一个自然人来看待，这就表示，他在处理这起案子的时候，很难公正地对待我的当事人。他带有诱导性的措辞也正在将法庭的审判带往另一条路，正在将审判变成批判。审判长，要知道，在法庭最终判决下达前，我的当事人只是嫌疑人，还不是犯人！"

"争论这些并没有实际意义！"审判长说道。

"不！"老罗摇了摇头，"我的当事人并不会因为这一起案子、这一次审判就结束人生，她还有未来。但我们也看到了，今天来参加旁听的还有多家媒体的记者，如果他们以公诉人的言论为基础进行报道，事后我的当事人却被证明无罪，那么她的人生怎么办？背负着骂名继续吗？公诉人必须就他的不当言论向我的当事人道歉！"

审判长的脸色有些难看地看了一眼老罗，又看了一眼检察官，一脸的无奈。

检察官看着空荡荡的旁听席，更是一脸的委屈："凭啥倒霉的总是我！算了算了，我道歉还不行吗？"

"这叫给你个教训，省得真开庭的时候你犯这种低级错误。"老罗不无得意地说。

"辩护人，请发表辩护词吧。"法官摊了摊手说。

"谢谢！"老罗点了点头。

看得出来，他对这个结果非常满意。我对这个结果也很满意。这场看起来好像毫无意义的争论，实际上已经拉开了我们与公诉人交锋的序幕。这是我一早就给老罗制定好的辩护策略。

在这个案子里，林菲的过往极大地影响着法官的内心倾向，而公诉人也恰恰准备利用这一点。如果我们不为林菲争取，法官在审理的时候就会倾向于公诉人。

这些内容可能微不足道，但在很多时候，压死骆驼的往往就是最后一根稻草。

而且，林菲有没有罪现在还不能确定，即便最后一纸无罪判决书下达，就能够让她回归到原来的生活轨迹吗？我不这么认为，媒体具有强烈倾向性的报道，足以毁掉一个人的一生。

这和前一段时间发生的事情有着异曲同工之处，被告人本是明知故犯，偷盗贩卖国家二级野生保护动物，结果新闻标题却是大学生掏鸟窝被判十年，舆论风向一下子就变了。全民都在讨伐司法体系的不公。

这种事情，我决不允许再发生。

“对于公诉人提出的各项证据，我无从反驳。但是公诉人提供的照片，我需要提醒大家注意一下，这张公诉人称是由我的当事人上传到网络的照片是以空中九十度角的俯拍得到的。”老罗手里举着那张照片，说道，“但是，被害人死亡的地点与楼体之间有一定角度，要以九十度角的位置拍下这张照片，就要求我的当事人要悬浮在空中，显然，这是很难办到的。

“现在问题来了，这张照片究竟是谁拍下的？”老罗问。

“是谁拍下的并不重要。”公诉人反驳道，“重要的是，我们所提供的证据已经能够证明，杀害刘颖的就是本案的被告人林菲。”

“但是你们提供的证据却与我的当事人提供的口供并不匹配。你们就没有想过，假如我的当事人说的是真的呢？假如那天真的是刘颖叫上我的当事人到了天台，并进行了自残，抓伤了我的当事人，然后再被其他人杀害的呢？”老罗反问。

“对于一个劣迹斑斑的人，口供的可信度能有多高？”公诉人说。

“我不得不提醒一下公诉人，你的言辞再次对我的当事人造成了伤害。一个人过去的经历的确会对他的现在造成影响，但并不是绝对的。”老罗笑嘻嘻地说道，“别忘了，纳粹头子希特勒是个自律性极强的人，而丘吉尔却是个酒鬼，学习成绩不怎么样，你能想到他后来成了英国首相、二战英雄？”

“在面对牢狱之灾的时候，我们有理由相信，我的当事人说的都是实话。”老罗说。

“证据呢？”公诉人摊了摊手，“法律是根据证据表明的事实进行裁判的，而不是你或者我的主观言论。”

“证据嘛，我当然有。”老罗硬着头皮说道，“只不过现在还不是时候。”

“控辩双方，请等一下。”扮演审判长的法官突然说道，我这才注意到，一个检察官走到了法官的身边，耳语了几句，审判长皱着眉，不住地点着头。

“暂停一下，罗副检察长那边好像有新的发现。”法官说。

5

二十分钟，不过是抽几根烟的工夫，可对于我们来说，却是异常煎熬。老罗焦躁不安地在走廊里走来走去，几次想抽支烟，却都被严肃的工作人员制止了，到最后，他干脆把烟丝抽出来，塞进嘴里慢慢嚼着。

尤其让我们难受的是，到现在我们根本不知道这个所谓的新发现到底是什么人，还是什么东西。

“简律师，罗律师，罗副检察长请你们到他的办公室去一趟。”我们正焦躁不安的时候，一个工作人员突然走上来说道。

我和老罗对视了一眼，眼中的狐疑更加浓郁了，但还是跟在这个工作人员的身后，走进了罗副检察长的办公室。

办公室里除了罗副检察长、法官和那个扮演公诉人的检察官外，还有两个人，正围在一台电脑前看着什么。

罗副检察长抬眼看了一眼我们，点了点头：“过来一起看看吧。”

我和老罗站在门边没有动，一脸震惊地看着这群人。

正在操作电脑的不是别人，正是张静，看到我们进来，她抬头看了我们一眼，迅即低下了头，脸上带着冰冷的神情。

“五、五叔！”老罗战战兢兢地叫道。不知道为什么，在面对罗副检察长的时候，这小子总跟做了什么事被发现了似的。

罗副检察长狠狠地瞪了一眼老罗：“这里没有你五叔，过来看。”

“哎。”老罗应了一声，躲在我的身后，慢吞吞地走到了办公桌边。

张静动了动鼠标，她的手有轻微的颤抖，指尖泛着一抹苍白："我们专门请电子方面的专家写了一套程序，对被害人的电脑、手机进行了数据恢复。在被害人的手机里，我们找到了一个操作软件。"

张静的声音有些低沉，甚至还有些抵触。她打开了那个操作软件解释道："这款软件共有两个作用，它会向外发射一条指令，当接收端收到这个指令后，软件就会启动另一个功能，对手机进行格式化，消除里面所有的数据。"

"至于指令的接收端，则是这个。"张静俯下身，拿出了一个奇形怪状的东西，主体部分是一个十字交叉的形状，其上却安放着四个螺旋桨。

"无人机？"老罗愣了一下。

"是无人机。"张静瞪了一眼老罗，"这是我在被害人对面那栋宿舍楼楼顶找到的，看这里。"她将机腹展示给我们，一个小巧的摄像头显露了出来，"无人机在接到手机发出的指令后，会从5号宿舍楼起飞，悬停在两个宿舍楼的中间，机腹下的数码相机会对地面上的景象拍照，并将这些照片发往另一个地方。

"完成这些之后，无人机会返回5号楼一个隐蔽的角落，并启动另外一个程序，将数码相机的内存卡进行格式化，消除里面所有的数据。

"接收这些照片的，是刘颖的电脑。"张静继续说道，"电脑在接收到照片后，会通过一个伪装的IP地址登录林菲的社交账户，将照片上传，并发布一些激烈的言论。完成这一切后，电脑最终也会进行全盘格式化。

"好了，详细的过程我已经给大家讲解了一遍，现在我要给大家展示一遍，只有这一遍。"张静说着，拿起了刘颖的手机。

"等下等下。"老罗皱了皱眉，"为什么只能展示一次？这东西我们需要拿到法庭上去的。"

"为了保证物证的完整性和可信性，"张静瞪了老罗一眼，"我们没有对程序进行任何修改，我说过，如果电子专家没弄错，所有程序的最后一个执行指令都是格式化所存在的硬盘。至于拿到法庭，"她冷笑了一声，"我并没有对专家的话进行过核实，不知道这个程序是否像他们说的那样，如果根本不是那么回事呢？”

“如果就是那么回事呢！”老罗瞪着眼睛，“那这份重要的证据不就彻底消失了？”

“如果就是那么回事，这案子没机会上法庭。”罗副检察长狠狠地瞪了老罗一眼，他马上闭上了嘴。

“那我们走吧。”

张静合上笔记本电脑，由两名法警、两名检察官和两名警察携带着相关物证，我们一同驱车来到了刘颖坠楼的地方。

校方此前已经接到了通知，对两栋宿舍楼进行了隔离。一名法警、一个警察和一个检察官携带着无人机登上了5号宿舍楼的楼顶，剩下的一组当场打开了刘颖的笔记本电脑，连接了无线网络，同时，我和老罗则分别对两组人进行全程录像。

张静持着刘颖的手机，站到了她当天坠楼的地方。

罗副检察长点了点头，张静按下了手机上的发射键，片刻的工夫，5号宿舍楼楼顶传来了一阵嗡嗡的声音，那架无人机正如张静说的那样，悬停在了两栋宿舍楼的中间，机腹下的摄像头频频闪动。

“有了。”

操作着刘颖笔记本电脑的法警叫了一声，我循声看过去，就看到一张张照片正通过一个程序传送过来。照片正是从空中九十度角的俯视角度拍摄的此时的张静。

完成了任务的无人机已经返回了5号宿舍楼楼顶，而刘颖的笔记本电脑正在打开一个伪装程序，在自动填写了一个IP地址后，登录了林菲的社交账号。

接着，这些照片出现在了林菲的社交账号上，而林菲的QQ账号也开始在QQ群里发言。

“我宰了那个贱人！”

“哈，她血还热着呢。”

“你们没看到她掉下去时候的表情，恨我？恨我有什么用，抢了我那么多东西，到最后还不是没有福气享受！”

紧接着，“嗡”的一声，刘颖的电脑陷入了黑屏的状态，任凭法警如何操作，这台电脑都不再有任何的反应。

我急匆匆地翻查着卷宗。

“不用看，这些话和卷宗里的一样，那个IP地址也和卷宗里提到的一样。”张静按住了我的肩膀，“你还记得，刘颖的父亲说过，她最大的爱好就是电脑吧？这些程序，看来只能是她写的了。”

“这么说的话，这场看似是林菲预谋杀人的惨剧，其实是刘颖预谋许久的栽赃？”刚跑回来的老罗难以理解地挠着头，“她为啥要这么干？”

和他有着一样怀疑的还有检察官，此刻，他也正以同样的问题问着罗副检察长。

“她报警也行，向学校求助也行，最差还可以告诉家长，反抗得再激烈一点儿，说不定林菲就不敢拿她怎么样了。”检察官说，“她却用自杀的方式想让林菲陪葬，副检察长，我想不通，这案子的真相绝对不是这样的，林菲就是杀死刘颖的凶手！”

罗副检察长如约做出了不起诉的决定，说这话的时候目光却灼灼地盯着我，“也许，她是觉得老师的教育、警察的劝诫都不能完全弥补她受到的伤害。也许她对这个环境彻底绝望了。她要的不仅仅是惩罚，更是解脱！你说是吗，简律师？”

“也许！”我悚然一惊，不明白罗副检察长为什么要对我说这样的话，下意识地应道。

“别以为你们就这么赢了。”检察官不甘地说道，“我会要求警方对林菲故意伤害一事展开调查的，林菲必须为她做过的事付出代价。”

“随你。”老罗耸了耸肩，“我们代理的只是她涉嫌故意杀人的案子，至于故意伤害，我们管不着。不过，”老罗捏了捏鼻子，“故意伤害这种案子，定罪的标准是是否达到了伤残鉴定里规定的标准，现在刘颖的尸体已经火化，你们恐怕找不到什么证据了。”

“你……”检察官恨恨地看着老罗，却一句话也说不出来。

诚如那个检察官说的，林菲为她的恶行付出了足够的代价，尽管检察院最终没有起诉，但她并没有能够继续学业，学校拒绝接收她这样的人。

至于刘颖的家人却更加窘迫，对于这个案子的结果，老人并不接受，开始了漫漫的上访之路。

但是林菲却和我们结下了不解之缘，不久之后，老罗就亲自将林菲带进了律所，让她成了律所的一员。

我曾经竭力反对过这件事，但是老罗只说了一句话，就让我接受了这个事实。

“她和当年的我很像，你都愿意给我一个机会，为啥不能给她一个机会？老简，相信我，她已经意识到了自己的错误。”

“主任，时间到了。”我正感伤的时候，林菲敲了敲门，微笑着说道。

“哦。”我应了一声，站起了身，这才注意到，不知不觉间，一天已经过去了，天色渐渐暗了下来。

我合上行李箱，走向电梯：“小林，你说，老罗到底是个什么样的人？”

“罗副主任吗？”林菲愣了一下，“他是个英雄，顶天立地的大英雄！”

“嗯。有时候是吧。”我笑了一下，走进了电梯，思绪却不由得再次回到了老罗将林菲带回律所的时候，那是第二年的平安夜。

“那时候我一直在想，我们成绩差不多，我长得也不比她差，可凭什么所有人都觉得她比我优秀，凭什么她要比我更受欢迎？那些东西原本应该是属于我的，是她抢走了我的一切。我恨她。”林菲坐在我的对面平静地说道。

“人性之恶，竟能达到如此的程度吗？”我下意识地说出了这句话。

“罗律师说，人之初，性本恶！”对于我的无礼，林菲并没有表现出任何的反感，依旧平静地说道，“人之所以为人，在于我们并不依靠本能行事，我们能够抑制住心底的恶，放大心中的善。”

我心中一动，看着她胸前的那朵白花说：“所以，你做这样的打扮，是在纪念刘颖，为自己赎罪吗？”

“赎罪？当然不是。”林菲犹豫了一下，“也许有一点儿吧。不过，我是在纪念我自己，她死的那天，也是过去的我死了的日子。”

我好像忘了什么事，连忙按住了电梯说：“小林，看好我那几盆花，别让它们死了。”我喊道。

小林就是除了我之外，这个律所唯一可以进入老罗办公室的另一个人。

看着小林微笑地点了点头，我这才长出了口气。

那可是张静留给我的最后的礼物，要是死了，我也没心情活下去了。

荷兰，阿姆斯特丹，I’ m coming!

我脸上笑容洋溢，可电梯壁上映出的却是一张强颜欢笑的脸。果然，我还是逃不过那段回忆吗?

那天，在法院和检察院以及警方的人离开了学校之后，我和老罗原本是打算缓解一下和张静之间渐入冰点的关系的，可是张静却目光冰冷地看着我们，语气森寒地说道：“我仅对我提供的鉴定报告的真实性做证，这些鉴定是在省公安厅刑事技术鉴定部门的监督下完成的，结论真实有效。除此之外，我不想和你们说任何一句话，至少今天不想。今天我来这里，完全是出于职业道德，但从社会道德角度，我宁愿让被告人接受有罪判决！她应该为她的所作所为付出代价。”

说完，张静就自顾自地上了车，驾车驶出了校门。我和老罗无奈地对视了一眼，也向自己的车走去。

可就在那时候，我们的身后却传来了一阵刺耳的刹车声和路人的惊呼。我和老罗回过头，就看到张静的车失控一般向路边的绿化带冲了过去。

《无罪辩护2》即将出版，敬请期待！

负气归乡的老人窒息而亡，尸检却发现肺部呈纤维化蜂窝状，百草枯萎的真相到底是什么？

闹市枪响，警方的子弹打中了无辜之人，“渎职”言论甚嚣尘上，金牌组合该如何为他脱罪？

一个死者却留下两份法律效力相等的遗嘱，持有人为此展开了明争暗斗，张静却为什么说这二人谁也得不到遗产？

开膛怪杰、仲夏邪火、割臀恶魔、小巷怨灵……

公检法三部门联手试行的诉前预审制度让简明、罗杰、张静这个铁三角大展拳脚，一桩桩铁案在他们的手里原形毕露，一个个必死之人觅得了一线生机！

然而，年终岁尾，简明收到了外出旅行的张静和罗杰的鞋子，二人却失去了联系。

张静的意外已经让简明用一生来赎罪，这一次，他能扛过两个人失踪带来的打击吗？